古典文學研究輯刊

九　編

曾　永　義　主編

第 7 冊

儒家詩教復變
——以中唐詩歌爲探討中心（上）

林　志　敏　著

國家圖書館出版品預行編目資料

儒家詩教復變——以中唐詩歌為探討中心（上）／林志敏
著 — 初版 — 新北市：花木蘭文化出版社，2014〔民 103〕
目 4+158 面；19×26 公分
（古典文學研究輯刊　九編；第 7 冊）
ISBN：978-986-322-539-3（精裝）
1. 唐詩　2. 儒家　3. 詩評
820.8　　　　　　　　　　　　　　　　103000750

ISBN-978-986-322-539-3

9 789863 225393

古典文學研究輯刊
九 編 第七 冊　　　　　　　ISBN：978-986-322-539-3

儒家詩教復變──以中唐詩歌爲探討中心（上）

作　　者　林志敏
主　　編　曾永義
總 編 輯　杜潔祥
副總編輯　楊嘉樂
編　　輯　許郁翎
出　　版　花木蘭文化出版社
社　　長　高小娟
聯絡地址　235 新北市中和區中安街七二號十三樓
　　　　　電話：02-2923-1455／傳眞：02-2923-1452
網　　址　http://www.huamulan.tw 信箱 hml 810518@gmail.com
印　　刷　普羅文化出版廣告事業
初　　版　2014 年 3 月
定　　價　九編 27 冊（精裝）新台幣 48,000 元　　　版權所有·請勿翻印

儒家詩教復變
——以中唐詩歌爲探討中心（上）

林志敏　著

作者簡介

林志敏，國立臺灣大學中文系畢業，新加坡國立大學文學碩士，中國武漢大學文學博士，現爲馬來西亞拉曼大學中華研究院中文系助理教授。

提　要

　　從孔子至漢儒建構之「儒家詩教」，搭建起中國傳統文論之主架。詩教重規諷美刺政教，強調詩歌社會功能，已成中國詩學的主流話語。繼《詩》後，唐詩爲詩歌史上最大放異彩之華章。此外，唐歷經國家統一、經濟繁榮、三教匯合、「詩言志」與「詩緣情」互相融合等丕變，致使文化範型轉換，而中唐更是中國古代社會之重要變革時期。本書據此以唐詩爲切入點，並以中唐爲考察中心，折射出傳統詩教對古典詩歌之浸潤滲透。

　　宏觀的思考尚需微觀實證之支持。本書以推源溯流、社會歷史研究，以及傳記研究等方法來進行演繹歸納，並從歷時性及共時性兩個維度來開展評述唐詩與詩教之關係。

　　論文首章分三小節，由先秦儒家的尚用主義論及詩教意蘊，以及對漢至隋之詩教接受嬗變作必要之梳理。孔子詩論歷有集矢，本章回歸文本，引用《論語》章句，並參酌後儒注疏，指出詩教思想本質乃「思無邪」，而「溫柔敦厚」則爲其運用哲學。論證目的一乃正源，二爲「儒家詩教」確義。第三節則指出兩漢論詩重美刺；魏抒情式寫實而晉偏取頌美；南朝論詩雖涉教化，詩作卻趨浮靡；北朝作品徒具說教，缺藝術形式；而隋則只有微薄的詩教宣導，詩教大體經歷了由濃厚逐轉淡薄之衍化。

　　第二章首要論述初、盛唐人對詩教之接受。初唐貞觀君臣及《五經正義》，雖主張折衷南北，文質並取，不過更強調文學政教功能。初唐四傑則始倡復古詩教，但他們偏重「風骨」，而陳子昂並舉「風骨」與「興寄」，寓變於復，「通變」了詩教傳統。盛唐詩人質文半取中紹承詩教，在詩教影響下各展特色。李白創政教遊仙詩與抒情式政教詩，而高適則將美刺政教表現之領域擴展至邊塞。

　　第三至第五章則重點論述中唐詩歌與儒家詩教的關係。杜甫、元稹及白居易語言坦露，直接針砭政弊；韋應物、劉禹錫與柳宗元寫政教寓言詩；後兩者亦創作不少政治詠史詩；顧況詩歌清狂式地抒情中帶美刺寄託；而韓愈則運用奇特意象及雄奇氣勢，突破傳統平樸寫實之風格。中唐詩人意öff古而詞新，走出詩教的傳統表達題材與表現手法。然而元結、孟郊、元稹及白居易部分諷喻詩，質直簡樸中帶質木無文之失，失卻詩歌應有之韻味，此爲極端發展詩教偏質輕文之後果。

　　進行歷時性考察之餘，論文第三章聚焦於共時性層面，探索中唐美刺政教詩與政治、儒學、經學，以及文學之互動關係。本書論證了中唐社會變革、儒學與經學復興，以及文學革新等多重文化因素，彼此與中唐詩人對詩教之接受相互滲透，交叉影響，形成一種多向會通之勢。

　　第六章則評述了晚唐五位詩人。皮日休、陸龜蒙袒露批政，聶夷中、杜荀鶴及羅隱等反少運用該變革手法。詩歌裏大量流露家國之憂患，爲彼等之共同點。不過，詩歌題材與表達手法則大體延續傳統，復古詩教中終究缺乏通變。

論文總結出詩教對唐詩的發展有「三得」與「三失」。詩教豐富了唐詩的審美藝術與相關詩論、賦予舊題材以新意義，並重塑人心道德。然而，它同時也制約了詩歌往多元化審美之發展、內容偏重說教而忽略審美，以及詩歌道德情感與審美情感失衡偏頗。

　　本書共剖析了廿八位唐詩人，其紹承詩教方式有二。一為延續傳統，委婉地美刺政教；其二則是堅持「思無邪」的特質，卻進行非本質性的變革，其創作偏重譏刺，直揭時弊，突破委婉之運用哲學。此外，他們開拓了詩教之表現領域，改以浪漫抒情之書寫方式關懷政教。

　　唐詩人兼采「傳統」與「革新」的方式來復古詩教：復中有變，變中不忘復，因此筆者視之為「復變」。先秦、漢魏六朝與唐代詩教接受之衍化，形成了「正 —— 復 —— 復變」三個蛻變過程。究「復變」之因，實受「儒家權變」之影響。

目

次

緒　論

　　孔子詩教以「思無邪」爲思想本質，強調詩歌對政教之雙向功能，重視上對下的教化與下對上委婉之美刺，根植於一種主張倫理教化作用及美刺政教的社會致用主義詩學上。從孔子至漢儒建構起來之「儒家詩教」，搭建中國傳統文學理論的主要框架，其政教文學論奠定了兩千年來中國詩學的主流話語，影響後世深遠。

一、課題之確立

　　初唐陳子昂爲了橫制頹波，提出「風骨」與「興寄」兩個影響唐詩發展之美學範疇。陳伯海定義「興寄」爲「比興寄託，即指用比興的手法來寄託詩人的政治懷抱」〔註1〕，同時他也強調「興寄」主要針對六朝綺靡詩風，缺乏關懷政治內涵，「倒不特別強調詩歌的教化功能」〔註2〕。傳統詩教主張「教化」與「美刺」，而陳子昂捨棄前者，偏重後者，體現了他復古詩教中，有所變革。

　　此外，陳伯海推舉「風骨」與「興寄」並爲「構成了唐詩內容上的兩大支柱」，並認爲它們是「唐詩在長時期歷史演進中所形成的穩定素質，貫穿於唐詩進程的始末」，指出該兩個詩學範疇並非齊頭並進，而是互有消長。〔註3〕

　　羅宗強則具體指出唐朝之詩歌遵循兩道軌跡來發展，其一從反綺靡走向風骨，然後復歸於綺靡清麗；其二則從反綺靡走向寫實，並進一步發展至諷

〔註1〕　陳伯海：《唐詩學引論》，上海：東方出版中心，1996年，頁11。
〔註2〕　陳伯海：《唐詩學引論》，頁12。
〔註3〕　陳伯海：《唐詩學引論》，頁14。

喻規勸，最後又復歸於綺豔清麗。〔註4〕後者深切地指向詩教精神之重現。

唐詩體現傳統詩教思想，可由以下四道例證來充分論證。

一、盛唐初唐玄宗接受魏知古勸諫。先天元年（712）〔註5〕冬，魏知古（647～715）跟從玄宗畋獵於渭川，進獻一首勸諫詩，其詩曰：「嘗聞夏太康，五弟訓禽荒。我後來多狩，三驅盛禮張。順時鷹隼擊，講事武功揚。奔走未及去，翾飛豈暇翔。非熊從渭水，瑞雀想陳倉。此欲誠難縱，茲遊不可常。子雲陳《羽獵》，僮伯諫漁棠。得失鑒齊、楚，仁恩念禹、湯。邕熙諒在宥，亭毒匪多傷。《辛甲》今爲史，《虞箴》遂孔彰。」玄宗閱詩後頗有感悟，手詔褒獎曰：「夫詩者，志之所以，寫其心懷，實可諷諭君主。是故揚雄陳《羽獵》，馬卿賦《上林》，爰自《風雅》，率由茲道。予頃向溫泉，觀省風俗，時因暇景，掩渭而畋，方開一面之羅，式展三驅之禮，躬親校獵，聊以從禽。豈意卿有箴規，輔予不逮，自非款誠夙著，其孰能繼於此耶？今賜卿物五十段，用申勸獎。」〔註6〕詔書中雖有刻意維護己意，然而玄宗也承認詩歌具規勸諷喻君主之功能，並有從善如流之意。

二、盛唐元德秀的美刺政教詩曾感動玄宗。唐玄宗在東都時，一日設宴五鳳樓，命令三百里內所有縣令與刺史彙集演奏歌曲。河內太守用車載著幾百人，皆披掛錦繡，有者裝扮成犀牛及大象，甚新奇絢麗。魯山令元德秀〔註7〕（696～754）僅攜幾十人，集體獻唱一首詩人自創曲《于蔿于》。皇帝聽後讚歎「賢人之言哉！」並向宰相表示河內府之黎民恐怕都生活於苦難中，於是罷黜了太守。〔註8〕該事蹟載述於《新唐書》之《元德秀列傳》裏。惜今《于蔿于》已佚，我們無法窺探內容，不過從它感動玄宗此事來說，推測該詩內容思想與揭露民瘼，譏刺失德敗政攸關，應與詩教美刺政教精神不遠，正如清人顧炎武（1613～1682）指出「天下有道，則庶人不議。然則政教風俗，苟非盡善，即許庶人之議矣。……唐之中世，此意猶存。魯山令元德秀遣樂

〔註4〕 羅宗強：《隋唐五代文學思想史‧引言》，北京：中華書局，2003 年，頁 5。
另：本書評述之唐詩人對詩教之接受，基本上依循第二道之發展軌跡來探討。

〔註5〕 爲了簡省，本書所引之年份，均省略「公元」二字，至於「公元前」則照錄，以示區別。

〔註6〕 〔後晉〕劉昫等撰：《舊唐書》，卷九十八，《魏知古列傳第四十八》，北京：中華書局，2002 年，頁 3063。

〔註7〕 關於元德秀生平經歷，將會於第四章第一節論述。

〔註8〕 〔宋〕歐陽修、宋祁：《新唐書》，卷一百九十四，《元德秀列傳第一百一十九》，北京：中華書局，2002 年，頁 5564。

工數十人連袂歌《于蔿》，玄宗爲之感動。」〔註 9〕若《新唐書》所述可靠，諷喻詩的確曾發揮其政教功能。

　　三、中唐白居易對他人詩歌及己作之讚美。白居易曾表示十分讚賞張籍富於美刺政教之詩作：「讀君《學仙》詩，可諷放佚君；讀君《董公》詩，可誨貪妄臣；讀君《商女》詩，可感婦仁；讀君《勤齊》詩，可勸薄夫敦」〔註 10〕。同時，詩人又自稱己作具有譏刺嘲諷之能，「凡聞僕《賀雨》詩，而眾口籍籍，已謂非宜矣。……聞《秦中吟》，則權豪貴近者相目而變色矣。聞《樂遊園》寄足下詩，則執政柄者扼腕矣。聞《宿紫閣村》詩，則握軍要者切齒矣。」〔註 11〕足見儒家詩教說於唐朝之接受。

　　四、後唐明宗受晚唐詩人聶夷中寫實詩歌感動。聶夷中《詠田家》爲悲憫農家之作。該詩斥責官吏橫征暴斂，農民「二月賣新絲，五月糶新穀。醫得眼前瘡，剜卻心頭肉」，忍痛廉價預售蠶絲與穀糧，然而最後還是在不堪重重剝削下，逼得捨棄家園，四處流竄。詩人唯有衷心祈願「我願君王心，化作光明燭。不照綺羅筵，只照逃亡屋」，顯示詩人嘗試借詩來規勸統治者，要關注並改善苛捐雜稅，以及農民土地遭受兼併之嚴重問題。史載五代十國中執政比較清明，革除不少時弊的後唐明宗，曾於天成四年（929）問宰相馮道攸關豐凶年之稼穡事，後者推薦聶夷中《詠田家》一詩，並指出「農家歲凶則死於流殍，歲豐則傷於穀賤，豐凶皆病者，惟農家爲然。臣記進士聶夷中詩云：『二月賣新絲，五月糶新穀；醫得眼下瘡，剜卻心頭肉。』語雖鄙俚，曲盡田家之情狀。農於四人之中最爲勤苦，人主不可不知也。」結果「上悅，命左右錄其詩，常諷誦之」。〔註 12〕史書該載大有恢復上古執政者采詩以「觀風俗，知得失，自考正」〔註 13〕之美好遺風餘教，折射出傳統詩教精神深切承傳於後代詩歌中。

〔註 9〕　〔清〕顧炎武著，黃汝成集釋：《日知錄集釋》，卷十九，《直言》，上海：上海古籍出版社，2005 年，頁 846。

〔註 10〕　〔唐〕白居易：《讀張籍古樂府》，朱金城箋校：《白居易集箋校》，卷一，上海：上海古籍出版社，2003 年，頁 5。

〔註 11〕　〔唐〕白居易：《與元九書》，朱金城箋校：《白居易集箋校》，卷四十五，頁 27942。

〔註 12〕　〔宋〕司馬光：《資治通鑒》，卷二百七十六，《後唐紀五》，北京：中華書局，2005 年，頁 9032。

〔註 13〕　〔漢〕班固：《漢書》，卷三十，《藝文志第十》，北京：中華書局，2002 年，頁 1708。

二、選題考量與價值

　　儒學不只重塑人心道德或提供社會道德規範，它對文學的影響深遠，不該忽略。詩教作爲儒家思想在文學藝術上之具體體現，重規諷美刺政教，強調詩歌社會功能，已成中國詩學正統及主流話語。欲瞭解儒家之文學觀，必經由詩教入手。

　　唐詩乃繼《詩》後中國詩歌發展之另一座高峰。與此同時，唐政治上國家長久分裂歸於統一；經濟方面實施均田制與租庸調法，改善了人民生活條件；思想界有儒、釋、道三教匯合；而詩歌發展流變中，魏晉興起之「詩緣情」論，與傳統「詩言志」說，兩流派在滲透與融合中趨於合流，以及各種詩體至唐大備及極盛，諸種丕變之文化語境，足以導致文化範型之轉換。此外，中唐乃是中國古代社會發展中的一個重要變革時期，學者視之爲「古今百代之中」〔註14〕，故選擇以唐詩爲切入點，並以中唐爲考察中心，能有效折射傳統詩教對歷代詩歌之浸潤滲透，深具研究價值。

　　傳統詩教開拓了唐詩之表現題材，以及豐富了唐詩的審美藝術與相關詩論，然而與此同時它也帶來一些局限，如內容偏重說教，限制多元化審美等，這些正負面因素影響了唐詩發展，它們蘊含可貴之學術研究價值，都該給予嚴視。

　　二零零一年，《孔子詩論》橫空出世，固有之先秦儒家觀念易改。孔子論詩「主情」說，衝擊傳統「詩言志」。新材料的出現，足以讓唐朝抒情詩歌與詩教關係之舊觀點丕改，值得讓人再三探討分析。

　　撇開詩歌本身的內在發展規律不說，作爲中國詩學主流話語之傳統詩教，對唐代詩歌蓬勃發展所扮演之角色，即是一項誘人探究之課題。歷來學者集中探討唐詩格律體制、題材思想及藝術風格等，然而若要找些討論唐詩如何教化人民，或唐美刺政教詩等類之研究文章卻不多見。無論專題或個人研究，學界於該領域尚未有眞正成果，研究者似乎未正視詩教對唐詩之影響，論成績近乎一片空白。

　　筆者擬以唐詩對儒家詩教接受爲立足點來系統考察，梳理唐詩裏蘊涵之詩教精神，美刺政教詩於有唐二百八十九年間之浮沉起伏及承傳嬗變，以及

〔註14〕〔清〕葉燮：《百家唐詩序》，轉引自陳伯海主編：《唐詩論評類編》，濟南：山東教育出版社，1993年，頁236。

詩以美刺教化對唐詩整體風格面貌之影響，進而建構一個完備與有價值的唐詩與儒家詩教研究，以闕補該段詩歌研究史之空白。

三、研究方法

1. 時間維度

本書由孔子前論起，旁及漢、魏、六朝詩教接受之衍化，而主要勾勒全唐詩人，尤其聚焦中唐詩人對傳統詩教之接受發展歷程。時間跨度千餘年，為歷時性研究。然後於論述中唐時，橫向討論中唐政治社會變革、儒學復興，以及分別代表經學與文學的「新春秋學派」與「古文運動」，討論它們與中唐詩人對詩教接受之互動關係，為特意安排之共時性研究。歷時與共時並舉，讓論文具縱橫向與經緯度，構建出立體又豐滿的美刺政教詩歌之形象。

2. 研究路徑

本書研究採宏觀與微觀兩道路徑。筆者於首章先給「儒家詩教」下定義，並嘗試於每一章節前後作特色概述與總結因由，然後再於第七章宏觀指出唐人乃是「復變詩教」，而先秦、漢魏六朝至唐共三階段之詩教接受，歷經「正──復──復變」的蛻變過程。如以討論詩教影響中唐詩人為例，論文指出他們對詩教接受之復變特色時，具體列出一首首相關著作，抽引推求，宏觀中具微觀分析；同時於演繹歸納個別詩人作品時，又不忘回應章節前的概述或第七章之論斷，微觀中不忘宏觀思想。論述中力求達至宏觀與微觀互滲，交叉並述。

3. 操作方法

本書分七篇來論述，綜合了政治、社會、歷史、經學、文學與思想等多角度來進行研究，而論文研究方法主要有四種，它們雖皆屬於傳統古方，然行之有效。

論文首先運用「推源溯流法」。這是一種刨根問底、追本溯源之老學術研究法。擺在歷史發展前後之聯繫來說，我們無法否認一部作品的思想意識與審美特徵，或多或少受前人制約，而同樣地它也會影響同時代或後來者。文學思想的接受過程中，充滿起伏變化，在與前人或後人之比較中，可以發掘其承傳，更可以考察其蛻變及對後世之啟迪，據此為研究對象立下一個確切之定位。從淵遠流長的文學傳統中進行尋繹，可以讓研究課題體現出文化積

澱與歷史厚實感，所以本書雖旨於探討中唐，卻得從先秦論至唐末。又如第五章，筆者先探討元、白對《詩》與杜甫之紹承，然後才逐點伸展論述，好讓討論對象具體化及富有文化歷史意義。

其二是「社會歷史研究法」。這是一種按照社會、文化，以及歷史背景等去解釋文學活動之傳統研究方法。其理據是作家之創作一定程度受到處身之社會環境影響，由此就可將作家及作品置於其產生之社會背景中去進行有效解讀。如論文第三章橫向論述了中唐政治社會變革、當時儒學與經學之復興，以及古文運動等，所持者即該研究理念。

在此同時，論文配合運用以作者爲研究中心之「傳記研究法」。該法主要是透過作品去尋找作者人格經歷，然後再據此返回詮釋作品內容思想，爲一種緊繫作品與作家之研究。該以作者爲中心之研究法歷史悠長，具深遠影響力，雖說其理據非無瑕可擊，然時至今日仍不失爲有效。本書評述之廿八位詩人，基本根據該古老傳統的「知人論世」研究法來解剖，如第四章第一節即以杜甫及元結家世淵源、崇高人格，以及生平經歷爲出發點，剖析作品，開展論述。

論文使用最多者爲傳統分析文本之演繹與歸納。有關唐代對詩教之論述，散佈於唐人或後人的文章、詩歌、詩文論或詩話裏。它們可能是洋洋灑灑的長篇巨著，也可能僅是一、兩段或幾句有意、隨意或無意之論述。同時它也許是對詩文比喻式品題或意象式評論，抑或間雜在詩歌中的評點，或許它僅是詩話或詩論裏的一小則。這些星散之可貴資料，筆者都嘗試一一細細地俯拾，抽引爬梳，演繹歸納，力使唐詩對儒家詩教之接受理論化與系統化。

論文大多數之論證根據詩歌文本來說話，不過文本解讀容易流於接受者主觀揣測，同時又受制約於外在詩語的高度凝練及獨特性，以及內在抽象式地以隱喻或象徵等手法來表現詩情、詩意與詩味。解讀詩歌文本時，筆者嘗試避免融會入過多個人感受、體驗、聯想或主觀判斷，盡量參酌權威學者之詮釋或評論意見，保持客觀公允，務求提高論證之有效與可靠性。

四、研究成果

1. 前人成果

縱觀宋、元、明、清諸朝，絕少正視唐詩對傳統詩教之接受。學者只是論詩或編選詩集時崇雅正重教化，如元朝的郝經、虞集及戴良等；明朝宋濂、

以及以三楊爲代表的臺閣詩人；清聖祖《御選唐詩》及乾隆《御選唐宋詩》依詩教標準來編選詩集，錢謙益、馮班、黃宗羲等肯定詩以教化，而沈德潛於《唐詩別裁》裏更是大倡詩教。至於前賢對唐詩與傳統詩教之關係展開專題研究，乃極其稀有之事。

　　二零零四年甫上市的傅璇琮與羅聯添編著《唐代文學研究論著集成》，煌煌八大冊，幾乎網羅了中國、香港、澳門及臺灣，從一九四九年至二零零零年之重要專著及單篇論文。當代學者對唐代文學之研究，主要集中於唐詩，著作可謂汗牛充棟，可惜當中唯獨欠缺對詩教於唐朝之整體研究。學者研究似乎僅停留於傳統詩教之論述，如朱自清《詩言志辨》〔註15〕，即爲其中之經典實例。

　　比較專題研究者有陳炎與李春紅合著《儒釋道背景下的唐代詩歌》〔註16〕，不過它並非集中討論儒家詩教，尚旁涉了釋、道兩教。在此同時，以傳統詩教與唐詩作爲探討對象之碩、博士論文，筆者手頭資料付諸闕如，甚至連研究傳統詩教者也不太多，僅止於李紅《中國傳統詩教批評》〔註17〕及余華瓊《傳統詩教的文化內涵分析》〔註18〕等寥寥幾部。

　　至於夾雜於詩學專著中，作爲其中一章之形式出現者亦不多見。比較特出者有尚學鋒與過常寶合著《中國古典文學接受史》裏的《詩教觀念對唐代文學接受的影響》〔註19〕；臺灣大學教授蔡瑜的《唐詩學探索》之第三部分《唐詩時代意識的遞嬗——以風雅正變觀爲參照的探討》與第四部分《論〈聲音之道與政通〉的意涵及其在唐詩學中的演繹過程》〔註20〕。前者泛論詩教對唐詩影響，指出詩教觀念對唐代沒什麼約束力，僅爲一種文學觀點之表述，筆者認爲該論恐流於輕率，未深究課題。至於後者專著第三部分則剖析了唐各期詩學經歷盛唐「創變風雅」，中唐「回歸風雅」及「樂府改造」，再至「古文運動」之提倡，致使詩文特性分流。作者指出唐人的復古觀念，對傳統詩

〔註15〕朱自清：《朱自清說詩》，上海：上海古籍出版社，1999年。

〔註16〕陳炎、李春紅：《東方文化集成・中華文化編——儒釋道背景下的唐代詩歌》，北京：崑崙出版社，2003年。

〔註17〕李紅：《中國傳統詩教批評》，華中科技大學碩士學位論文，2004年。

〔註18〕余華瓊：《傳統詩教的文化內涵分析》，華南師範大學碩士研究生學位論文，2003年。

〔註19〕尚學鋒、過常寶等著：《中國古典文學接受史》，第四章，《詩教觀念對唐代文學接受的影響》，濟南：山東教育出版社，1999年，頁177～181。

〔註20〕蔡瑜：《唐詩學探索》，臺北：里仁書局，1998年，頁179～324。

教之接受與通變。專著第四部分則集中討論音樂與政教的關係。該著雖觸及唐詩與詩教之關係，不過主要探討唐詩之形成意蘊及文化內涵，與本書欲探究者有別。

此外，發表於期刊單篇論文式之專題研究，目前手上可查者寥寥可數，計有張明非《儒家詩教說在唐代的興衰》〔註21〕、董連祥《孔子的詩論與唐詩》〔註22〕、楊興華《孔子詩論與詩歌的衰微》〔註23〕、田剛健《詩教同情韻並重風骨與興寄並顯——淺談唐代詩論的主要特徵》〔註24〕、易小平《從風骨到政教：盛唐中唐對建安文學的接受》〔註25〕、王耘《初、盛唐儒家美學範疇之檢省》〔註26〕，以及饒毅、張紅合著《唐宋詩之爭中的「溫柔敦厚」說》〔註27〕，當中要數張明非之著最可取。作者宏觀地指出詩教於唐朝之幾回接受高潮，同時也微觀地指出唐詩人延續傳統中的幾項開拓性表現、詩教對詩風的影響，詩教說的局限，以及提倡者本身之矛盾等。作者具體地概述唐詩與詩教關係，然而縱觀全文，卻未舉例任何一首詩作來論證，讓詩歌文本自己來說話。作者彷彿只有「面」上之宏觀把握，缺乏「點」上的微觀分析。宏觀論述中缺乏微觀的滲透，猶如見林不見樹，更缺乏對樹葉與枝條之描繪。或許作爲一篇約六、七千字之小文章，無法苛求其面面俱到。

至於以某位唐詩人之詩教接受作專題考察者亦不太多。當中有康震《唐太宗政教詩的文化反省》〔註28〕、聶永華《王圭、魏徵：儒家詩教詩教觀的履踐——貞觀宮廷詩風研究之三》〔註29〕、張海蘊《論儒家思想對王維詩歌

〔註21〕 張明非：《儒家詩教說在唐代的興衰》，《求索》，1989 年 02 期。

〔註22〕 董連祥：《孔子的詩論與唐詩》，《昭烏達蒙族師專學報》（漢文哲學社會科學版），2002 年 04 期。

〔註23〕 楊興華：《孔子詩論與詩歌的衰微》，《衡陽師範學院學報》（社會科學），1999 年 05 期。

〔註24〕 田剛健：《詩教同情韻並重風骨與興寄並顯——淺談唐代詩論的主要特徵》，《湖北教育學院學報》，2007 年 07 期。

〔註25〕 易小平：《從風骨到政教：盛唐中唐對建安文學的接受》，《唐都學刊》，2004 年 05 期。

〔註26〕 王耘：《初、盛唐儒家美學範疇之檢省》，《船山學刊》，2003 年 04 期。

〔註27〕 饒毅、張紅：《唐宋詩之爭中的「溫柔敦厚」說》，《文學評論》，2006 年 04 期。

〔註28〕 康震：《唐太宗政教詩的文化反省》，《唐都學刊》，1999 年 04 期。

〔註29〕 聶永華：《王圭、魏徵：儒家詩教詩教觀的履踐——貞觀宮廷貞觀宮廷詩風研究之三》，《鄭州大學學報》（哲學社會科學版），2000 年 03 期。

創作的影響》〔註 30〕、陳世忠《元稹美刺風教文學思想淺探》〔註 31〕、李再新《論白居易的諷喻詩》〔註 32〕、陳忻《唐中葉的經世之風與元白經世之詩》〔註 33〕，以及謝建忠《試論儒家詩教影響孟郊創作的得失》〔註 34〕等。

　　縱觀之，近百年來對詩教說於唐朝之發展研究近乎空白，該領域實有待發掘。無論專題或專人研究，學者對唐美刺政教詩近乎不屑一顧。既然沒深入研究，當然就不能期待有什麼學術成果，由此它存在的研究問題非常明顯：其一缺乏對唐美刺政教詩之整體把握，或對唐詩與儒家詩教關係的全面釐清；其二則是鮮少考察個別詩人之詩教接受。此外，現有之研究，大多忽略論及唐朝詩教發展與其它共時文化層面之關係，如學者們論中唐的新樂府運動時，常常忽略了新春秋學派及古文運動對它的滲透與影響。

2. 論文成果

　　要如何以詩教爲討論軸心，並於浩瀚的唐詩中梳理出一條唐人對詩教接受之清晰完整脈絡，是一道嚴峻的學術挑戰。本書採傳統研究手法，加之新材料不多，該條件對講究開創性之學術研究來說十分不利，似乎不易產生開拓性的學術成果。

　　依照一般學術研究常理來說，往往會篩選一些可行度偏高者來確立研究對象。本書一方面未放棄一些學界公認者如元結、杜甫、元稹及白居易，另一方面卻嘗試開拓一些受忽略或已被否定者。一般學者認爲創作不受詩教影響之詩人，如王維、孟浩然、李白、顧況及韓愈，在筆者細審下，勾沉出他們詩作裏美刺政教之意蘊。雖說發掘之詩量不多，不過存有之創作或詩論，堪以論證他們一定程度接受了儒學浸熏。論文嘗試突破現有之傳統研究觀念，掀開了詩人不爲人知的一面。

　　至於論文的成果，筆者認爲可以約略地歸納爲以下幾點：

〔註30〕 張海蘊：《論儒家思想對王維詩歌創作的影響》，《重慶職業技術學院學報》，2008 年 03 期。

〔註31〕 陳世忠：《元稹美刺風教文學思想淺探》，華南師範大學碩士研究生學位論文，2004 年。

〔註32〕 李再新：《論白居易的諷喻詩》，《重慶科技學院學報》（社會科學版），2008 年 04 期。

〔註33〕 陳忻：《唐中葉的經世之風與元白經世之詩》，《西南民族大學學報人文科學版》，2004 年 07 期。

〔註34〕 謝建忠：《試論儒家詩教影響孟郊創作的得失》，《貴州文史論叢》，1988 年 04 期。

首先，論文嘗試解決長久以來孔子論詩的爭議。本書論證出儒家詩教的思想本質是「思無邪」，而「溫柔敦厚」則屬於詩教的運用原則。雖然詩教的意蘊，非本討論重點，但在爬梳此課題的同時，啓發了個人的一些想法，並載入論文之中。此大概還能算是本書研究之一點新見解。

其二，論文立足於詩教與文學發展的關係，並關合唐宋轉型過程中唐詩歌發展之特殊情況，論證了中唐的政治社會、儒學與經學等各方面，對該時期詩人的詩教接受的影響。此或也可視爲中唐詩歌研究領域中一點可取之進展。

其三，論文總結出詩教對唐詩的發展有「三得」與「三失」，而這是絕少研究者所指出的。

最後，同時也是最重要的論文研究成果，即是本書對受詩教影響下的廿八位唐詩人進行個案探討，展現了他們在詩教影響下的共同取向以及各自的特色。經由深入之發掘，論文指出他們多不爲詩教信條所囿，突破傳統詩教題材及表現手法，深具通變特色。唐詩人採「傳統」與「革新」並取共存的方式來復古詩教，復中有變，變中不忘復，因此筆者稱之爲「詩教復變」。此外，有異於陳伯海提出的「正——變——復」〔註35〕，本書將先秦、漢魏六朝至唐的詩教衍化過程，歸納爲「正——復——復變」，嘗試建構一套唐詩對詩教接受之理論系統。

唐詩人受儒家權變觀影響，審時度勢中未捨離詩教精神本質，堅守「變易」與「不變」原則。職是之故，筆者開創性指出唐人變中不失其通之「詩教復變」，與講求權衡通變的「儒家權變」，實有多處相似，並論證了兩者概念之相通處。

本書仔細地爬梳詩歌文本，抽絲剝繭，並抽引推理。該法雖緩慢笨拙，卻勝在能讓詩人的作品自己說話，一點一滴地拼湊出一幅具體的唐詩對儒家詩教之接受圖。儒家詩教於唐朝的發展深具學術研究價值，可惜歷年來對它的研究，可說相當欠缺。因此，筆者希望論文的研究成果，能夠對這個研究領域略作補充。

〔註35〕陳伯海：《中國詩學之現代觀》，下編，《釋「詩體正變」——中國詩學之詩史觀》，上海：上海古籍出版社，2006年，頁379。論文第七章第一節有詳述。

第一章　儒家詩教意蘊與唐前之詩教衍化

　　從孔子至漢儒所建構起來的「儒家詩教」，不只搭建起中國傳統文論的主要框架，亦奠定了兩千年來中國詩學之主流話語，影響巨大深遠。繼《詩》後，唐詩為最蓬勃發展者，元結（719～772）、杜甫（712～770）及白居易（772～846）等詩作蘊含美刺教化，深受傳統詩教影響，故探討傳統詩教對歷代詩歌之浸潤，以唐詩為切入點，符合學術研究條件。與此同時，有些背景之瞭解，如儒家思想與詩教的關係、詩教形成之意蘊與文化內涵，以及唐前詩教接受之嬗變等課題，都是進入探討中唐詩歌，乃至唐詩與儒家詩教之關係前不可輕易繞過者。

第一節　儒家思想與儒家詩教

　　孔子（公元前 551～公元前 479）是儒家之創始與奠基人。孔子逝世後，經門人弟子等努力，逐步地完備了一大套之儒家思想，其內容博大精深，影響後世既深且遠。無論如何，儒學豐富深奧，絕非本小節可以釐清，亦不宜於此梳理。本節前兩小節論述儒家之尚用主義，以及由此引申而來之尚用詩教觀；第三小節則爬梳一些相關概念，以為課題研究作一個合理及有說服力之鋪墊。

一、儒家之尚用主義

　　至聖先師孔子極重視教育。《論語》中有多則章句論及教育，該典籍開篇

即明言：「學而時習之，不亦說乎？」（1.1）〔註1〕孔子六十八歲時已周遊列國十四年，未獲各國諸侯重用，晚年則歸魯整理典籍，並講學授徒，爲中國古代文化與教育作出巨大貢獻。有關孔子之教育內容，可以簡括爲「文，行，忠，信。」（7.24）程子認爲該章「教人以學文修行而存忠信也」，又指出「忠信」乃「本」也。〔註2〕此外，子夏又曰：「賢賢易色，事父母能竭其力，事君能致其身，與朋友交言而有信。雖曰未學，吾必謂之學矣。」（1.7）盡「忠」可以「事父母」及「事君」，而「信」則讓人便於人際交往。要之，「忠信」乃是在家、出外及仕宦等致用之學的本始。

子曰：「君子謀道不謀食。耕也，餒在其中矣；學也，祿在其中矣。君子憂道不憂貧。」（15.31）該章主言修身，非強調學習之實用性，可是「祿在其中」句，卻顯示了孔子所倡之學，不排除可換來利祿等物質待遇之實效。子夏曰：「仕而優則學，學而優則仕」（19.13），更直接抱持學以致用態度。其實自先秦以來，士人寒窗苦讀，主要目標在於謀得一官半職，乃是不爭之事實。孔子老早即批評該現象爲「古之學者爲己，今之學者爲人」（14.25），並發出一位教育家之喟歎：「三年學，不至於穀，不易得也。」（8.12）

雖說歷來多集矢，不過較多主流學者公推「仁」爲孔子之核心思想。「人而不仁，如禮何？人而不仁，如樂何？」（8.3）孔子主張如忠、孝、信、義等德目，均以「仁」爲中心，故仁有「全德」之稱。「仁」乃孔子論人最高標準，亦是儒家追求完善人格的理想境地。《論語》裏孔子論「仁」多達一百零九處，大體不離其致用哲學。

子張（公元前 503～？）問仁於孔子，孔子曰：「能行五者於天下，爲仁矣。」請問之。曰：「恭、寬、信、敏、惠。恭則不侮，寬則得眾，信則人任焉，敏則有功，惠則足以使人。」（17.6）梁人皇侃（公元前 602～公元前 545）從人君角度來解讀該五項行仁之義。從較消極面來說，「人君行己能恭，則人以敬己」，而積極些則是「人君所行寬弘，則眾附歸之」、「人君立言必信，則爲人物所委任也」，以及「人君行事不懈而能進疾，則事以成而多功也」，最

〔註1〕凡本書引《論語》及《孟子》處，小數點前爲其篇數，點後爲章數，而《孟子》篇數之 a 及 b，則分別指其上與下篇。之後若無殊例，相關之章句出處則不另注明。本書採用之《論語》與《孟子》皆參考自〔宋〕朱熹：《四書章句集注》，北京：中華書局，2005 年。

〔註2〕7.24 章句下之程子注釋，頁 99。

後則「人君有恩惠加民，民則以不憚勞役也」。〔註3〕姑且擱置其內涵，僅視其成效，論者主張行此五者即可達儒家理想人君之道，明示孔子是從務實之現實政治角度來思考問題。

季康子（？～公元前468）問：「使民敬、忠以勸，如之何？」子曰：「臨之以莊則敬，孝慈則忠，舉善而教不能，則勸。」（2.20）同時，孔子弟子有子曰：「其為人也孝悌，而好犯上者，鮮矣；不好犯上，而好作亂者，未之有也。……」（1.2）一位在家奉行孝悌者，先儒認定當他仕宦時會對君盡忠，不會犯上作亂，正如程子指出「孝悌，順德也，故不好犯上，豈復有逆理亂常之事。」〔註4〕「忠」與「孝」乃儒家強調的道德修養之一，「忠」之簡單定義為「盡己之謂忠」〔註5〕，而「孝」則被認為天地間至為重大之善行。「孝悌也者，其為仁之本歟！」（1.2）孔子重「孝」道，視之為仁之根本。儒家提倡孝道，獲得歷朝統治者支持，主要在於「移孝作忠」，對鞏固政權具務實作用之觀念。

司馬遷（公元前145／135～公元前87？）於《史記‧孔子世家》認為「孔子以《詩》、《書》、禮、樂教，弟子蓋三千焉，身通六藝者七十有二人。」〔註6〕誦詩習禮乃孔門教育重點，《詩》為孔子的教學藍本，而「禮」為「仁」外在之表現，正如錢穆指出「仁存於心，禮見之行，必內外心行合一始成道。」〔註7〕春秋戰國時禮崩樂壞，孔子及荀子（公元前325？～公元前238），疾呼要恢復傳統禮制。顏淵（公元前521～公元前490）問「仁」，孔子即指要「克己復禮」（12.1），而《荀子》一書更具體與多角度論述「禮」及其功效。

孔子隆「詩教」與「禮教」，背後同樣基於現實目的。孔子庭訓孔鯉誦詩習禮，避免陷於「不學詩，無以言」或「不學禮，無以立」（16.13）之窘境，動機在於能在朝會聘宴或軍事外交等現實政治環境中，引詩言志，充分顯示孔子學以致用之主張也。

〔註3〕〔梁〕皇侃疏：《論語集解義疏》，卷九，臺北：廣文書局，1990年，頁608～609。

〔註4〕1.2章句下之程子注釋，頁48。

〔註5〕4.15章句下之朱熹注釋，頁72。

〔註6〕〔漢〕司馬遷著，〔日〕瀧川龜太郎會注考證：《史記會注考證》，卷四十七，《孔子世家第十七》，臺北：萬卷樓圖書有限公司，1993年，頁760。

〔註7〕《論語‧顏淵篇第十二》：「顏淵問仁」章句下解釋。參見錢穆：《論語新解》，北京：三聯書店，2003年，頁303。

「子不語怪、力、亂、神。」（7.20）此外，子貢又曰：「夫子之文章，可得聞也。夫子之言性與天道不可得而聞也。」（5.12）該章側面說明孔子之學說經世致用，實實在在地可施於現實社會。歸納上述論證，孔子崇尚致用主義。學以致用，反映了孔子濟世情懷及用世之心。

必須說明孔子之致用，表面與南宋葉適（1150〜1223）等永嘉學派的「功利之學」一樣，均主張學當注重實效。可孔子是「重倫理道德」之功利主義者，非僅貪圖眼前短利，更非爲利而不擇手段。此等功利主義應界定如《荀子・議兵》裏所謂「故招近募選，隆勢詐，尚功利，是漸之也」〔註8〕之義，唐人楊倞（生卒年不詳）解釋「尚功利」爲「有功則利其田宅，論魏也。」〔註9〕該「功利」爲中性詞，意指功業給人民帶來了實際利益也。

儒學非純然重功利，當中帶有理想主義色彩。試參照以下兩則章句：

> 子適衛，冉有僕。子曰：「庶矣哉！」冉有曰：「既庶矣，又何加焉？」曰：「富之。」曰：「既富之，又何加焉？」曰：「教之」。（13.9）

> 子貢問政。子曰：「足食。足兵。民信之矣。」子貢曰：「必不得已而去，於斯三者何先？」曰：「去兵。」子貢曰：「必不得已而去，於斯二者何先？」曰：「去食。自古皆有死，民無信不立。」（12.7）

前則章句之「富之」，滿足了百姓基本物質要求，體現儒學重實際之一面，而施以仁義道德的「教之」，是孔子塑造理想人性之追求。尋繹之，「富之」目的是爲了「教之」，而「教化」乃儒家對王道的理想期許之一。換言之，聖王行教化之理想基礎，建於人民務實之民生。後則章句可作兩項解讀：其一是孔子面臨無法兩全下，權衡變通，堅持了「無信不立」之道德理想；其二則是孔子論政之三道條件中，儒家爲了落實追求「信」，從實際層面之「足食」與「足兵」開始進行。

孔子對曾皙「莫春者，春服既成。冠者五六人，童子六七人，浴乎沂，風乎舞雩，詠而歸」（11.25）表示認同，深切地道出孔子對理想世界之憧憬。然而要達到該境界，卻必須先實踐孔子主張之倫理道德，即以儒家尚用主義爲基礎。

〔註8〕〔清〕王先謙：《荀子集解》，卷十，《議兵篇第十五》，北京：中華書局，1997年，頁275。

〔註9〕《荀子・議兵篇第十五》「故招近募選，隆執詐，尚功利，……」句下〔唐〕楊倞注釋。參見〔清〕王先謙：《荀子集解》，卷十，《議兵篇第十五》，頁275。

二、儒家之尚用文觀

「文」乃孔門四教之一，〔註10〕同時孔子又指出「君子博學於文，約之以禮，亦可以弗畔矣夫！」（6.25）先秦人所稱之「文」，指向「典籍辭義」〔註11〕或「先王之遺文」〔註12〕，非如今「文學」之義，然而不排除該「文」亦包含文學創作，尤其是《詩》。〔註13〕再說，孔子頗重視文學教育，《論語》多章論及《詩》，更可以論證孔子沒忽略文藝。

儒家的尚用思想，深切體現於其文學觀念。「詩教」乃儒家文學的核心，要窺探儒家對文學之態度，自然不可捨離其詩教主張。關於詩教之內涵意蘊，將會於第二節探究。本小節主要指出詩教表現出來的務實觀點，與儒家強調經世致用之思想本體，彼此密合不離。

《論語》四百餘章中記載了二十餘章有關賦「詩」或評論「詩」的言論，它們幾乎均可一筆規劃為致用之層面，以下摘取具代表性的幾則章句來論述。

子曰：「詩三百，一言以蔽之，曰『思無邪』。」（2.2）自南宋朱熹（1130～1200）後，多數學者推舉此章為孔子論《詩》之思想本質。朱熹指出「凡《詩》之言，善者可以感發人之善心，惡者可以懲創人之逸志，其用歸於使人得其性情之正而已。」〔註14〕論者的詮釋，充分說明該章著重《詩》之用。〔註15〕

此外，透過孔子對詩樂之評論，亦可以瞭解他的致用文學觀。子謂《韶》，「盡美矣，又盡善也。」謂《武》，「盡美矣，未盡善也。」（3.25）孔子認為詩歌，或文學創作，光憑藝術形式美，尚未達文學最高標準，而必須要合乎道德之善，才是審美意義之極致。孔子將「善」的道德範疇，強納入文學標準，清楚體現非單純之文觀。孔子主張文學必須能矯正人心，引領善道，扮演干預社會風氣要角，可見孔子之文論與思想接軌，講求致用性。

〔註10〕7.24：「子以四教：文，行，忠，信。」，頁99。

〔註11〕《論語・述而第七》：「子以四教：文，行，忠，信。」句下注疏。參見〔梁〕皇侃：《論語集解義疏》，卷四，頁243。

〔註12〕《論語・雍也第六》：子曰：「君子博學於文」句下正義。參見〔魏〕何晏注，〔宋〕邢昺疏：《論語注疏》，卷七，北京：北京大學出版社，1999年，頁81。

〔註13〕《論語・先進第十一》：子曰：「……文學：子游，子夏。」句下邢昺疏：「若文章博學，則有子游，子夏二人也」。參見〔魏〕何晏注，〔宋〕邢昺疏：《論語注疏》，卷十一，頁143。

〔註14〕2.2章句下朱熹之注釋，頁53。

〔註15〕第二節將有討論此點，姑且擱論。

《論語》中不乏直接論及《詩》之效用者。子曰:「小子!何莫學夫詩?詩,可以興,可以觀,可以群,可以怨。邇之事父,遠之事君。多識於鳥獸草木之名。」(17.9) 此外,子謂伯魚曰:「女爲周南召南矣乎?人而不爲周南召南,其猶正牆面而立也與?」(17.10) 兩則章句相當清楚地告訴世人,孔子心目中的《詩》,乃是可資以經世致用之「工具」,非純粹書本裏供人欣賞的文學作品而已。〔註16〕

子曰:「誦詩三百,授之以政,不達;使於四方,不能專對;雖多,亦奚以爲?」(13.5) 此外還有上小節提及之「孔子庭訓」等章句,在在顯示孔子是從事功角度來審視「詩」這文體。其實先秦時,熟讀《詩》,爲在政壇活動或準備晉升之士人不得不武備者。賦詩言志已成時尚,按朱自清(1898~1948)參考勞孝輿(約 1736 前後在世)《春秋詩話》得來之統計,《左傳》記載春秋時人「賦詩」,見於今本《詩經》者有五十三篇,以及「引詩」八十四篇,〔註17〕可知《詩》之實用性自不待言。

孔子本身賦詩,亦逕自抒發己志,無視詩之本義。例如孔子曾與子夏討論逸詩之內容,子夏問曰:「『巧笑倩兮,美目盼兮,素以爲絢兮。』何謂也?」子曰:「繪事後素。」曰:「禮後乎?」子曰:「起予者商也!始可與言《詩》已矣。」(3.8) 原詩已佚失,無法窺其本義,唯詩之前兩句與《衛風‧碩人》第二章雷同。該詩旨爲讚美衛莊公妻莊姜之容貌,並藉以「憫莊姜也」〔註18〕。可是孔子卻賦予「先仁後禮」之義,與詩之本義相距頗遠。按此,孔子賦詩亦契合春秋士人「賦詩斷章,余取所求」〔註19〕的習氣,抱持「詩爲己用」之務實原則。

《論語》裏只記載孔子教人用詩以及評論詩,卻沒教人該如何作詩。孔子論詩,指出運詩之道,動機在於教化人民,進行詩歌教育活動。從另一面來說,孔子不講詩歌審美藝術,強調讀詩效益。然而孔子重詩之運用及論詩時立下之標準,卻無意地間接指導了詩歌創作,對後世繼承傳統詩教精神者,如元結、杜甫及白居易等,具啓迪與引導的作用。

〔註16〕 本書不排除孔子亦有注意詩歌之抒情本質,將於第二節再加以論述。
〔註17〕 朱自清:《朱自清說詩‧詩言志辨》,上海:上海古籍出版社,1999 年,頁 64。
〔註18〕 〔唐〕孔穎達:《毛詩正義》,卷三(三之二),《衛風‧碩人‧序》,頁 221。
〔註19〕 〔日〕竹添光鴻:《左傳會箋》,《襄公五第十八‧二十八年》,臺北:天工書局,1988 年,頁 1259。

三、儒家詩教與其他

1. 儒家詩教與孔子詩教

　　早在孔子前，「儒」即已存在。《周禮・天官》載：「儒……以道得民」〔註20〕，東漢之鄭玄（127～200）注曰：「儒，諸侯保氏，有六藝以教民者。」〔註21〕可知西周時即有被稱為「儒」之保氏官，以禮、樂、射、御、書、數等六藝來教授子民，意即「儒」是特定職業，非專指任何學派。西周時禮樂開始崩壞，「天子失官，學在四夷」〔註22〕，孔子以他的思想學說來授徒，漸形成一門學派。由於孔子之教育內涵與西周有相似性與繼承性，〔註23〕所以後人即稱該學派為「儒家」，而作為創始人之孔子思想，即被籠統地視同於「儒家思想」，此理與稱老、莊為「道家思想」等同。

　　「儒家思想」非停滯不動，而是不斷髮展之思想學派。雖說歷代儒學基本延續孔子，可其實際內涵還是有些許差別，如漢武帝時期獨尊之儒學，即屢雜了陰陽五行等思想，以及魏晉南北朝儒學之玄學化、佛學化以及道教化，他們與孔子有非本質性之差異。

　　孟子（公元前372～公元前289）與荀子均為先秦時期繼孔子後之大儒，其詩教思想雖有發展，然而他們的基本觀點還是紹承孔子。《孟子》一書提及「詩」者三十餘筆，多為賦詩言志，真正有意義內涵者僅一章。孟子曰：「以友天下之善士為未足，又尚論古之人。頌其詩，讀其書，不知其人可乎？是以論其世也，是尚友也。」（5b.8）孟子主張以作者生平及所處之時代背景來探索創作，此或許有助於解讀文本，可其攸關文學理論，本書不介入討論。此僅藉以說明孟子提出「知人論世」之目的竟然在於「尚友」，卻非文學鑒賞或批評本身，論證孟子論詩是以事功角度為出發點。

　　孟子「知人論世」與「以意逆志」，是衝著時人斷章取義式之賦詩言志風

〔註20〕〔漢〕鄭玄注，〔唐〕賈公彥疏：《周禮注疏》，卷二，《天官・大宰》，北京：北京大學出版社，1999年，頁40。
〔註21〕《周禮・天官》：「儒……以道得民」句下〔漢〕鄭玄注解。參見〔漢〕鄭玄注，〔唐〕賈公彥疏：《周禮注疏》，卷二，《天官・大宰》，頁40。
〔註22〕《左傳・昭公十七年》：仲尼聞之，見於郯子而學之。既而告人曰：「吾聞之，天子失官，學在四夷，猶信。」參見〔日〕竹添光鴻：《左傳會箋》，《昭公十七年》，頁1587。
〔註23〕〔漢〕司馬遷：《史記・孔子世家第十七》：「孔子以《詩》、《書》、禮、樂教，弟子蓋三千焉，身通六藝者七十有二人。」參見〔日〕瀧川龜太郎：《史記會注考證》，卷四十七，頁760。

尙而來。可是與此同時，孟子本身的實踐，卻難免於沾染時代習氣。《孟子·梁惠王上》裏孟子引《大雅·靈臺》來闡發其「與民偕樂」（1a.2）之主張，然而該詩序指原詩旨趣爲「民始附也。文王受命，而民樂其有靈德，以及鳥獸昆蟲焉。」〔註 24〕孟子有意曲解詩之本意，論證他貫徹了孔子尙用文學主義。

比起孟子，荀子對《詩經》較有研究，據說毛詩是荀子及其弟子流傳下來。〔註 25〕《荀子·儒效》指出「《詩》言是，其志也。」〔註 26〕春秋戰國士人，多以詩來作爲社會應對或外交工具，所以賦詩言志之「志」，側重表達士人的政治志向或道德思想。荀子重新祭出「詩言志」該最早對中國詩歌功傚之論述，〔註 27〕足見他強調詩歌與政治間之務實關係。

荀子比較系統地論述文學，其《樂論》闡明音樂可以感化人心，影響社會風氣，所以執政者要善於運用音樂來輔助施政。「夫聲樂之入人也深，其化人也速，故先王謹爲之文。」荀子據其人性本惡論，認爲先王謹愼使用好的音樂來感化人心，俾百姓去惡從善。由於先秦時詩樂合一，亦可視先王以詩歌來教化百姓，救時補教。「樂者，聖人之所樂也，而可以善民心，其感人深，其移風易俗」〔註 28〕，荀子該論清楚交待他視音樂或文學爲改造社會之工具，與孔子一樣抱持實用文學觀。

據此，「孔子詩教」雖並不完全等同於「儒家詩教」，倒也相當貼近的了。故學者有時亦稱「儒家詩教」爲「孔子詩教」，本書兼用兩者。然而若要眞正視之爲一體，還必須抱持一種共識：「儒家詩教」指向以孔子思想爲主之詩教主張，孔子對《詩》的教授、詮釋與應用，啓開與奠定了儒家對詩歌之詮釋傳統。之後再經由孟、荀、漢魏六朝至唐、宋等儒士之弘揚，形成了儒家詩教主要支脈，他們本質上根植於孔子詩論，並略加增刪或通變。歷代詩教支

〔註 24〕〔唐〕孔穎達：《毛詩正義》，卷十六（十六之五），《大雅·靈臺序》，頁 1038。

〔註 25〕陸璣《毛詩草木鳥獸蟲魚疏》：「孔子刪詩，授卜商。商爲之《序》，以授魯人曾申。申授魏人李克。克授魯人孟仲子。仲子授根牟子。根牟子授趙人荀卿。荀卿授魯國毛亨。毛亨作：《訓詁傳》，以授趙人毛萇。時人謂亨爲大毛公，萇爲小毛公。」

〔註 26〕〔清〕王先謙：《荀子集解》，卷四，《儒效篇第八》，頁 133。

〔註 27〕《尚書·堯典》：「帝曰：……詩言志、歌永言、聲依永、律和聲。」見〔漢〕孔安國傳，〔唐〕孔穎達疏：《尚書正義卷三》，《堯典第二》，北京：北京大學出版社，頁 79。

〔註 28〕〔清〕王先謙：《荀子集解》，卷十四，《樂論篇第二十》，頁 379～381。

持者，尤其是漢儒，彼此共同發展完備了一套所謂之「儒家詩教」。本書採取詩教之義，基本遵循孔子詩教思想，同時兼參照歷代發展之內涵。

2.《詩》教與詩教

「詩教」是中國古代詩學的一個重要概念。孔子雖有以詩歌來教育感化民眾，但先秦儒家典籍裏並未記載孔子直接將「詩」與「教」二字連用。《禮記・經解》裏載述孔子曰：「入其國，其教可知也。其爲人也，溫柔敦厚，詩教也。」〔註29〕「詩教」一詞方首見於典籍。

由於先秦尚未有個人詩集出現，〔註30〕所以該時期「詩教」之「詩」，很清楚地指向《詩》該中國最早之詩歌選集。至於先秦儒家「教」之涵義，《中庸》指出「天命之謂性，率性之謂道，修道之謂教」，朱熹詮釋「教」爲「聖人因人物之所當行者而品節之，以爲法於天下。」〔註31〕該「品節」有「規範化」之意，由此我們亦可簡單理解儒家之「教」，蘊含「道德教育」，非僅停留於一般之知識傳授。

職是之故，「詩教」，意指孔子以《詩》這麼一個具體教材所蘊含之道德思想來教育規範受教人，那麼很自然地應該稱爲「孔子《詩》教」或「儒家《詩》教」，可是學界卻往往稱之爲「儒家詩教」、「傳統詩教」，甚至乾脆稱爲「詩教」。換言之，彼等之稱呼有視「詩教」爲儒家專屬之意。這一來即引發了兩層問題：《詩》教是否等同於「詩教」？「儒家詩教」或「傳統詩教」可否與「詩教」劃等號？關於後者，會在接下來的文章中探討。至於《詩》教」與「詩教」，彼此意涵有些許距離，在還未眞正進入論文討論之前，也有必要先給予辯證。

《漢語大辭典》釋「詩教」爲「本指《詩經》怨而不怒，溫柔敦厚的教育作用。……後泛指詩歌的教育宗旨和風格。採疇《謝亦囂詩集》『六朝至陳隋之間，創爲宮體，詩教爲之一變，率皆浮靡之詞，華而不實，與性情相漓』。」〔註32〕傅璇琮主編的《中國詩學大辭典》則如斯定義：「後世的封建文人，吸

〔註29〕〔唐〕孔穎達：《禮記正義》，卷五十，《經解第二十六》，北京：北京大學出版社，1999 年，頁 1368。

〔註30〕《四庫全書總目》：「集（別集）始於東漢。荀況諸集，後人追題也。自製名者，則始張融：《玉海集》。」參見〔清〕永瑢等撰：《四庫全書總目》，卷一四八，《集部・別集類一》，北京：中華書局，2003 年，頁 1271。

〔註31〕〔宋〕朱熹：《四書章句集注》，《中庸章句・第一章》，頁 17。

〔註32〕羅竹風主編：《漢語大辭典》，第 11 冊，北京：漢語大辭典出版社，1991 年，頁 148。

收了前人的理論，把漢儒特指的「《詩》教」，改爲泛指一般詩歌創作的「詩教」，於是逐漸形成了儒家傳統詩論的政教中心說，提倡詩歌創作與評論爲封建政教服務。」〔註33〕

按該兩部具權威辭典解釋，「《詩》教」本特指發源自周代，後由漢儒發展完成一套較完整有序，並以《詩》爲教本之古代教育，而此傳統教育大體集中於先秦時期及西漢。東漢及往後列朝，由於詩歌創作蓬勃，詩人別集開始湧現，教育藍本不再囿於《詩》三百五篇，遂有所謂泛義之「詩教」出現。陳桐生將兩者之別分辨得很清楚，「《禮記・經解》所說的《詩》教僅限於《詩三百》，由於《毛詩序》完成了由美育向創作論的轉化，這個詩教就不僅是指《詩經》，而是包括所有詩歌創作了。」〔註34〕

在「詩教」前冠以「儒家」之名，自然指向以孔子爲主之論詩主旨、思想精神與文化意涵。由於本書討論範圍集中於唐代，所採取的自然指向泛義之「詩教」，即唐詩裏蘊含之詩教精神。

3. 儒家詩教與詩教

上揭「詩教」一詞首現於《禮記・經解》，該「詩教」之「詩」乃特指《詩》，即以《詩》爲藍本的教育活動，此爲一般學者之見。然而仔細體會其意涵，未嘗不可視之爲孔子或儒家之詩歌教育理論，故該「詩教」一詞，亦可被解讀爲「儒家詩教」之簡稱。同樣是上述《謝亦囂詩集》：「六朝至陳隋之間，創爲宮體，詩教爲之一變……」，南朝儒學式微，彌漫浮靡豔華之詩風，故審此「詩教」之義，該指向「儒家詩教」。章學誠《文史通義・詩教》闡述了論文宜「貴求作者之意指」，不可以外在形貌來斷論，主張後世文體備於戰國，而戰國之文均源於「詩教」。該通篇文章討論的《詩》教活動，或詩教理論，均在儒學範疇底下論述，可是論者僅以「詩教」一詞來代稱。〔註35〕朱自清於《詩言志辨》中，討論孔子或儒家的詩歌教育理論，即乾脆以「詩教」替代「儒家詩教」。〔註36〕其實歷來頗多學者不加辨別地直接視「儒家詩教」等同於「詩教」，「詩教」似乎專屬儒家，與其他學派無關，事實卻非如此。

〔註33〕傅璇琮主編：《中國詩學大辭典》，浙江教育出版社，1999年，頁4。
〔註34〕陳桐生：《論〈毛詩序〉對詩教理論的貢獻》，中國詩經學會編：《詩經研究叢刊》第三輯，北京：學苑出版社，2002年，頁123。
〔註35〕〔清〕章學誠著，葉瑛校注：《文史通義校注》，卷一，《內篇一・詩教（上）（下）》，北京：中華書局，2004年，頁60～92。
〔註36〕朱自清：《朱自清說詩・詩言志辨》，1999年，頁1～172。

　　先秦諸子中，道、墨、法諸家均有提及「詩」，可是真正有討論「詩」之意蘊者，幾乎絕無僅有。老子（生卒年不詳）《道德經》裡根本沒任何「詩」的蹤跡，《莊子》一書提及「詩」者倒有多筆，僅有一處具意義內涵。《莊子・天下》曰：「詩以道志」〔註37〕，莊子（公元前369？～公元前286）似乎對詩之功用提出了些看法，然而以詩來表達志向早於《尚書・堯典》中已提出，同時它亦爲先秦士人的一種共同傾向，〔註38〕所以此話沒什麼發明，只是客觀描述，我們無法據之窺探出道家特別之詩論。況且《莊子・天下》有成篇之爭議，〔註39〕故更有理由可以擱置不論。

　　《墨子》與《韓非子》兩書各有多處提及「詩」，皆是「賦詩斷章」式地引詩來表達己志。《墨子・尚同中第十二》中引用《小雅・皇皇者華》「我馬維駱，六轡沃若，載馳載驅，周爰諮度。我馬維騏，六轡若絲，載馳載驅，周爰諮謀。」〔註40〕指出此爲「古者國君諸侯之聞見善與不善也，皆馳驅以告天子」〔註41〕，鄭玄箋注該詩爲「大夫出使，馳驅而行，見忠信之賢人，則於之訪問，求善道也」〔註42〕，故可知墨子（公元前476？～公元前390？）之義大致與詩旨契合，可是墨子接著又說「是以賞當賢，罰當暴，不殺不辜，不失有罪，則此尚同之功也。」查原詩本身沒該層意思，原來墨子只不過是引詩來闡述己意而已。

　　韓非子（公元前280～公元前233）亦採「彼爲己用」之引詩法。《詩經・

〔註37〕　〔清〕郭慶藩編：《莊子集釋》，卷十下，《天下第三十三》，臺北：萬卷樓圖書有限公司，1993年，頁1267。

〔註38〕　1.朱自清統計：《左傳》所載春秋時人「賦詩」，見於今本《詩經》者有五十三篇，「引詩」八十四篇，重複出現者不計。見《朱自清說詩・詩言志辨》，頁64；2.俞志慧統計：《左傳》記載「賦詩」（含歌詩、誦詩、奏詩）共五十八首六十九次之多。見俞志慧《君子儒與詩教——先秦儒家文學思想考論》，北京：三聯書局，2005年，頁139～142。

〔註39〕　《莊子・天下》之真偽，素來多有爭論，有認爲乃莊子的後序，有主張非莊著，疑爲郭象或莊子後學的作品，反對者有張成秋、嚴靈峰、胡適、錢玄同、顧頡剛及戴君仁等。

〔註40〕　〔唐〕孔穎達：《毛詩正義》，卷九（九之二），《小雅・皇皇者華》，頁566～567。

〔註41〕　〔清〕孫詒讓：《墨子閒詁》，卷三，《尚同中第十二》，北京：中華書局，2001年，頁89。

〔註42〕　鄭玄箋注之乃第二章，墨子引之乃第三與四章，唯詩之二至五章形式複疊，內容相近，可視爲一。鄭玄箋注見〔唐〕孔穎達：《毛詩正義》，卷九（九之二），《小雅・皇皇者華》，頁566。

小雅・北山》是一首怨刺詩，《詩序》曰：「大夫刺幽王也。役使不均，己勞於從事，而不得養其父母焉。」〔註43〕韓非子卻於《忠孝》中引該詩之第二章：「普天之下，莫非王土。率土之濱，莫非王臣」〔註44〕來非議堯、舜、湯、武之不忠不孝。韓非子沒歪曲詩句的字面義，內容亦大體契合原詩怨刺主旨，然而韓非子譏刺之目的，主要卻是闡發其「尚法不尚賢」之主張。

正巧《孟子》一書裏，孟子弟子咸丘蒙（生卒年不詳）亦引同詩句來抨擊舜，而孟子認爲「是詩也，非是之謂也，勞於王事而不得養父母也。曰『此莫非王事，我獨賢勞也』。」（5a.4）咸丘蒙捨詩之本意，任摘詩中某一無關主旨之詩句來闡發己意，孟子認爲該舉「以文害辭，以辭害志」，有違「以意逆志」之掌握原詩法。

羅根澤謂墨子「對詩的態度亦只是一種利用而已」〔註45〕，墨子與韓非子賦詩皆存實用目的，自然無法構成什麼詩學理論，只是加強論證儒家主張詩之現實功用而已。

至於《管子》、《晏子春秋》、《列子》、《商君書》、《尹文子》及《呂氏春秋》等書雖稍有觸及「詩」，不過由於彼等成書多疑雲，〔註46〕故不宜列入討論。

仔細審視先秦諸子論詩，多賦詩言志，未對詩之本質多置一詞，更甭論施之於教。孔子或儒家學派對「詩教」最爲注重，《論語》中廿餘章論及「詩」者，足爲先秦諸子中最將詩學理論化者。「詩教」非僅停留於儒家之教學活動，它已形成儒家文學思想核心。儒家詩教對後世詩文的影響，與儒教思想一樣，既深且遠。清人沈德潛（1673～1769）於《唐詩別裁集》原序裏指出「人之作詩將求詩教之本原。……夫編詩者之責，能去鄭存雅，而誤用之者，轉使

〔註43〕〔唐〕孔穎達：《毛詩正義》，卷十三（十三之一），《小雅・北山》，頁796。
〔註44〕〔清〕王先愼：《韓非子集解》，卷二十，《忠孝第五十一》，北京：中華書局，2006年，頁467。
〔註45〕羅根澤：《中國文學批評史》，上海：上海書店出版社，2003年，頁41。
〔註46〕自宋以來，即開始懷疑《管子》非一人之著，甚至非管仲所撰，疑者有宋・葉適、朱熹，明・宋濂，清・蔣伯潛及章學誠等學者；唐代柳宗元最早提出《晏子春秋》乃僞書者，章學誠及梁啓超皆附和其說；主張《列子》爲僞書者有宋・高似孫、黃震，明・宋濂，現代之陳三立、梁啓超及呂思勉等；對《商君書》提出質疑者有宋黃震，支持其說者有顧實、劉汝霖及郭沫若等眾現代學者；眾多學者亦認爲《尹文子》及《呂氏春秋》非尹文或呂不韋親著，乃羼雜諸多後人手筆，前者爲明代宋濂以及現代之梁啓超、錢基博、羅根澤與張心澂等，後者計有宋晁公武、《四庫全書總目》作者以及張心澂等。

人去雅而群趨乎鄭，則分別去取之間，顧不重乎！」〔註47〕沈德潛復於該書重訂版指出「至於詩教之尊，可以和性情，厚人倫，匡政治，感神明，……」〔註48〕論者所稱之「詩教」，很清楚地指向「儒家詩教」外，別無他家。由此，無怪乎眾多學者將「儒家詩教」、「傳統詩教」及「詩教」，視爲一體，所以本書兼用三者，其義則一也。

第二節　儒家詩教形成之意蘊及其文化內涵

　　子曰：「興於詩，立於禮，成於樂」（8.8），揭示孔子誨人教育之三道必經要階。「禮」是孔子教導學生依特定節日慶典來實踐的禮節儀式，非眞正教本。〔註49〕「樂」則爲孔子教育弟子六藝之一，〔註50〕古代詩、舞、樂合一，墨子指出「誦詩三百，弦詩三百，歌詩三百，舞詩三百。」〔註51〕漢毛亨則認爲「古者教以詩樂，誦之歌之，弦之舞之。」〔註52〕彼此皆主張《詩》三百篇，於先秦時均可入樂，〔註53〕故此可將「樂」合併入「詩」。至於「詩」，雖不明言，但先秦時別無他指，乃是相傳〔註54〕曾爲孔子刪定之中國第一部詩歌選集——《詩》。

　　迄今爲此，《論語》爲學界公認記載孔子言行最可靠之典籍，而該部儒家要籍裏沒任何記載孔子以《易》或《春秋》來教授學生。反觀《論語》四百

〔註47〕〔清〕沈德潛編：《唐詩別裁集·原序》，長沙：嶽麓書社，1998 年，頁 1。

〔註48〕〔清〕沈德潛編：《唐詩別裁集·重訂唐詩別裁集序》，頁 2。

〔註49〕《周禮》、《儀禮》及《禮記》等先秦三《禮》，學者對其內容雖無多大爭議，但多疑其成書爲漢儒所綴輯。

〔註50〕〔漢〕司馬遷：《史記·孔子世家》：「孔子以《詩》、《書》、禮、樂教，弟子蓋三千焉，身通六藝者七十有二人。」參見〔日〕瀧川龜太郎：《史記會注考證》，臺北：萬卷樓圖書有限公司，1993 年，頁 760。

〔註51〕〔清〕孫詒讓：《墨子閒詁》，卷十二，《公孟第四十八》，北京：中華書局，2001 年，頁 456。

〔註52〕《鄭風·子衿》：「縱我不往，子寧不嗣音？」句下毛傳。參見〔唐〕孔穎達：《毛詩正義》，卷四（四之四），《鄭風·子衿》，北京：北京大學出版社，1999 年，頁 314。

〔註53〕宋朝及之後有部分學者如程大昌、朱熹及顧炎武認爲《詩》有可入樂及不入樂之分，然而大多支持《詩》均可入樂，如鄭樵、馬端臨、吳澂、陳啓源、顧鎮、馬端辰、俞正燮、魏源、皮錫瑞及康有爲等。

〔註54〕孔子是否刪詩爲《詩》學的一大學術課題，歷代學者呈兩對立見解，可無論如何均不影響《詩》之眞僞。

餘章中，卻有二十餘章有關賦《詩》或評論《詩》之言論，其中有十九章出自孔子親口。公元二零零一年公佈之《上海博物館藏戰國楚竹書》，當中二十九支竹簡爲《孔子詩論》，共討論了《詩》六十餘篇。種種論據充分顯示，《詩》是孔門六藝當中最主要之教授科目。可是若審察《論語》，包括《左傳》及《禮記》等有記載孔子引詩或論詩之儒家典籍，孔子並未給其詩歌教育理論下一個確切的界說。孔子之詩教如何形成？其意蘊爲何？什麼是孔子論詩之文化內涵？孔學崇實尚用，詩教對社會政治或道德倫理有何具體功效？該類問題教人費思索，猶如孔子主張之其他思想哲理，總是謎團處處。我們唯一能處理者，似乎只是摘章雕句地依據孔子之微言來探尋其大義。

一、孔子詩教形成之意蘊

首先有必要先將孔子之詩教理論擺置於歷史淵源中來探討，瞭解孔子前的詩歌教育狀態，俾掌握其形成意蘊，進而瞭解詩教之文化內涵。

詩教淵源流長，非肇始於孔子。春秋楚國大夫申叔時（生卒年不詳）與楚莊王（？～公元前 591）討論教導太子之道時即提出「教之《詩》，而爲之導廣顯德，以耀明其志。」〔註 55〕申叔時是莊王時之賢大夫，而莊王乃春秋五霸之一，病逝於楚莊王二十三年（公元前 591），比孔子誕生於襄公廿二年（公元前 551）〔註 56〕，還要早了近四十年。再說，春秋時楚國尚屬南蠻之地，莊王時《詩》既已傳入，那麼中原之《詩》教理當更早。此外，先秦典籍如《左傳》或《國語》亦記載不少有關孔子前士人賦詩引詩之實例，《左傳》載述最早賦詩者爲晉公子重耳（公元前 697～公元前 628）於秦穆公（？～公元前 621）設宴上賦《河水》，穆公回之以《六月》。〔註 57〕此事發生於魯僖公廿三年（公元前 637），距孔子誕生足足早了八十六年。兩項史實充分顯示孔子之前就存有「《詩》教」該回事。

周朝人文素養普遍提升，人民思維已由夏商崇拜鬼神，開始轉至人文詩歌。從士人盛行之賦詩言志習尚，可知上層社會已普遍認同與崇尚詩歌。該

〔註 55〕上海師範大學古籍整理組校點：《國語》，卷第十七，《楚語上》，臺北：里仁書局，1981 年，頁 528。

〔註 56〕錢穆：《先秦諸子繫年》，卷一，《孔子生年考》，北京：商務印書館，2005 年，頁 1～2。

〔註 57〕〔日〕竹添光鴻：《左傳會箋》，《僖公中第六廿三年》，臺北：天工書局，1988 年，頁 452。

大量援《詩》入教之結果，「周之德，其可謂至德也已矣。」（8.20）周邦禮樂大盛，「郁郁乎文哉」（3.14），已儼然爲德禮兼備之古文明大國也。

　　無論如何，如今存世之孔子前的詩作不多，大體以《詩》三百五篇爲其代表。雖至今學者尚無法全面考據出《詩》之作者，但依其內容思想，可約略劃分爲兩大類的創作者背景，一爲宮中卿大夫等貴族，另一爲民間老百姓。前者爲「宮廷詩」，其題材又可分諷諫王政、歌功頌德及祭祀宴飲儀式等三類，其中第三類別應與所論課題無多大相關，故本書僅集中討論前兩類。

　　「宮廷詩」之部分詩作於詩末「卒章顯其志」，直接表達旨趣。《大雅·板》：「上帝板板，下民卒癉。……猶之未遠，是用大諫！」〔註58〕；《小雅·節南山》：「家父作誦，以究王凶」〔註59〕，表明創作動機在於諷諫執政者。兩周雖不似後世列諫官爲專職，其時亦有明令王官百工各別肩負上諫之責：「……故天子聽政，使公卿至於列士獻詩，瞽獻曲，史獻書，師箴。瞍賦，矇誦，百工諫，庶人傳語，近臣盡規，親戚補察，瞽、史教誨，耆、艾修之，而後王斟酌焉。是以事行而不悖」〔註60〕。如斯專門與細緻之分工，除了向人們宣告上古君王重納諫外，同時也證明早於孔子前，以詩歌來進行規諷勸諭已廣泛盛行。孔子「詩可以怨」（17.9），即簡單地概括了該詩歌功效。

　　賦詩來頌美亦爲「宮廷詩」之主要題材。接受頌揚的對象有君主或其氏族祖先，如《大雅·生民》八章〔註61〕即歌頌了周始祖后稷，而《大雅·大明》〔註62〕讚揚了武王伐紂之功。當中也有歌頌一些功臣，如《小雅·六月》〔註63〕裏的尹吉甫（生卒年不詳）及《小雅·蒸民》〔註64〕之仲山甫（生卒年不詳）等。該勸諫與頌贊詩，皆不離政教關係，它亦開啓了後世詩以「美、刺」之濫觴。

　　至於來自老百姓手筆之「民間詩」，其內容多集中描寫勞動與愛情，或抒發個人生活之不平與哀怨，抑或借詩來嘲諷弊政。統治者認爲該類詩歌情感眞摯，率眞樸素，可以借鑒來眞實地瞭解民俗風情，「故古有采詩之官，王者

〔註58〕〔唐〕孔穎達：《毛詩正義》，卷十七，《大雅·板》，頁1144～1149。

〔註59〕〔唐〕孔穎達：《毛詩正義》，卷十七，《小雅·節南山》，頁696～706。

〔註60〕上海師範大學古籍整理組校點：《國語》，卷一，《周語上》，頁9～10。

〔註61〕〔唐〕孔穎達：《毛詩正義》，卷十七，《大雅·生民》，頁1055～1078。

〔註62〕〔唐〕孔穎達：《毛詩正義》，卷十六，《大雅·大明》，頁966～978。

〔註63〕〔唐〕孔穎達：《毛詩正義》，卷第十，《小雅·六月》，頁631～641。

〔註64〕〔唐〕孔穎達：《毛詩正義》，卷第十八，《大雅·蒸民》，頁1218～1225。

所以觀風俗、知得失、自考正也。」〔註65〕原本與政治沒多大關聯之民歌，經「釆詩」制〔註66〕之施後，轉實用化與政治化，可見孔子稱「詩可以觀」（17.9），具一定程度的根據。

　　孔子前，詩歌已被視爲傳授道德之教材。《周禮》載述：「大司樂掌成均之法，以治建國之學政，而合國之子弟焉。凡有道者有德者使教焉，死者以爲樂祖，祭於瞽宗。……以樂語教國子：興、道、諷、喻、言、語；……」〔註67〕大司樂職掌周大學的教法，治理國家之學政，以及集合了公卿大夫子弟來施教。何謂「樂語」？鄭玄與孔穎達（574～648）於《周禮注疏》裏均沒多做解釋，朱自清認爲它「似乎都以歌辭爲主」，且「都用歌辭來表示情意」〔註68〕，該說明含糊。現代學者張利玲倒做了一個很清楚的解說，「樂語，既是『樂』，也是『語』，是一種特殊的『樂』，特殊的『語』。作爲『樂』，它是用來語言交際的；作爲『語』，它是入樂可誦可歌的」〔註69〕。按此，「樂語」乃音樂與詩歌結合之特殊體，它既可以配樂歌頌，又可以表意達志，由此體現了周朝「樂以言志，歌以言志，詩以言志是傳統的一貫」〔註70〕。

　　「樂語」的內涵中心是「興、道、諷、喻、言、語」。唐人賈公彥疏解之爲「此亦使有道有德教之」，其釋「興」爲「以善物喻善事」，而讀「道」爲「導」，取「導引」之義，即是「言古以剴今」也。其餘四道內涵，「諷」與「喻」則分別指直接記背，或以抑揚頓挫之聲調來吟詠詩文。至於「言」與「語」，或謂直言己事，或指他人說話等。〔註71〕該後四者較偏向詩歌語言的表達形式，故不再深究。由於「樂語」之教授內容關於道德，故必須恭請多才藝及具德行者來施教，待該老師去世後，便尊之爲「樂祖」，於瞽宗中接受

〔註65〕〔漢〕班固：《漢書》，卷三十，《藝文志第十》，北京：中華書局，2002 年，頁 1708。

〔註66〕有學者如夏承燾否認上古有「釆詩官」之設，可是更多學者如馬銀琴等支持西周時即有釆詩制之存在。

〔註67〕〔漢〕鄭玄注，〔唐〕賈公彥疏：《周禮注疏》，卷二十二，《春官・宗伯下・大司樂》，北京：北京大學出版社，1999 年，頁 573～575。

〔註68〕朱自清：《朱自清說詩・詩言志辨》，上海：上海古籍出版社，1999 年，頁 11。

〔註69〕張利玲：《孔子詩學觀新探》，《吉首大學學報》（社會科學版），2000 年第 2 期。

〔註70〕朱自清：《朱自清說詩・詩言志辨》，頁 12。

〔註71〕《周禮注疏》：「大司樂掌成均之法，……以樂語教國子：興、道、諷、喻、言、語；……」句下疏解。參見〔漢〕鄭玄注，〔唐〕賈公彥疏：《周禮注疏》，卷二十二，《春官・宗伯下・大司樂》，頁 575。

供奉。馬銀琴則根據該六項內涵，判定「樂語」爲一重視「立足於歌辭的『詩言』與『詩義』之教」。〔註72〕筆者認爲該注重詩歌語言與意義之教，與孔子詩教理論主旨近乎接軌。

　　從西周政治上士人專對、祭祀宴飲禮儀、諷諫君主、觀察民俗，再至誨人教育等「政教」角度來審察，詩歌占盡要角。春秋時王室衰微，諸侯並起，禮崩樂壞之際，孔子爲史載諸子中最早有自覺提倡恢復「詩教」者。孔子爲西周詩教承傳者，可是要瞭解孔子並非簡單地紹承，而是在承傳中另有因革，這點會在接下來的章節中另有論述。孔子對《詩》之詮釋，開啓與奠定了儒家對詩歌詮釋之傳統，而往後諸儒再據之進行改造，形成了詩教的主要支脈，其中漢儒基本完備了詩教之大內涵，而唐人再繼承之並加以通變。

　　孔子豐富與相對有系統之詩教內涵，讓受教者吸收學習，對後世尤其是對傳統文學觀的影響，更是既深且遠。後代學者多直接視「孔子詩教」爲「傳統詩教」或「詩教」，做等同概念使用，肇因於此，這些都在前文闡述過了，故不重贅。

二、詩教之思想本質與運用哲學

　　孔子詩教既是複雜，但又似乎可以簡略概括，首先要確定的是孔子主張詩教之思想本質或其根本屬性。孔子論詩兩千餘年來，尚存爭議，學界未達一致共識，此中主要有兩大比較具影響力之說法。

1. 詩教之思想本質：思無邪

　　相信南宋朱熹是首位大力主張孔子詩論主旨爲「思無邪」者。〔註73〕《論語》裏載孔子曾親謂「《詩》三百，一言以蔽之，曰『思無邪』。」（2.2）朱熹注解時指出「故夫子言詩三百篇，而唯此一言足以盡蓋其義，其示人之意亦深切矣。」〔註74〕而朱熹於《詩集傳序》裏更進一步地深入闡發其蘊義。自朱熹之主張提出後，獲得相當數量學者的支持。

〔註72〕馬銀琴：《論孔子的詩教主張及其思想淵源》，《文學評論》，2004 年第 5 期。

〔註73〕朱自清：《朱自清說詩‧詩言志辨》，頁 130。其實第一位提出者乃〔梁〕劉勰：《文心雕龍‧明詩》：「詩者，持也，持人情性；三百之蔽，義歸『無邪』，持之爲訓，有符焉爾。」然而該言僅引自孔子原章句，未深入發揮，故本書不計之。

〔註74〕2.2 章句下注釋，頁 54。

對「思無邪」之訓詁，最早且影響頗深遠者當推收錄在何晏（193？～249）《論語集解》裏漢儒包咸（生卒年不詳）之解釋：「歸於正」〔註75〕，不過該詮釋卻過於含糊，到底是指《詩》之內容思想皆「劃歸於正」，抑或讀詩受教後思想意識「返歸於正」？該闡釋空間過大，引發支持者對「思無邪」的多重解讀。要之，可分二說。

其一強調《詩經》作者皆以純眞無邪之心來賦詩，所以詩作意蘊高尚正直，不涉及任何淫邪意識。宋人邢昺（932～1010）疏解該章句「《詩》之爲體，論功頌德，止僻防邪，大抵皆歸於正。」〔註76〕清人劉寶楠（1791～1855）《論語正義》注釋該章句時引顧鎮（生卒年不詳）之《虞東學詩》曰：「詩者，思也。發慮在心，而形之於言，以攄其懷抱。繫於作詩之人，不繫於讀詩之人。」此外，劉寶楠又援引《論語》之習慣用語來論證，「《論語》之言，《詩》獨詳。曰誦，曰學，曰爲，皆主於誦詩者也。今直曰：『《詩》三百』，是論詩，非論讀詩也。」〔註77〕

第二說則以朱熹爲首，主張透過誦讀《詩》，可教育感化讀者之思慮，轉爲純正美好，「唯《周南》、《召南》親被文王之化以成德，而人皆有以得其性情之正。」〔註78〕朱子又指出「凡《詩》之言，善者可以感發人之善心，惡者可以懲創人之逸志，其用歸於使人得其性情之正而已。」〔註79〕

體會之，前者是從詩作內容或作者視角來論述，而後者卻從詩的功能或讀詩接受者之意義來解讀，爭論點在於彼此之詮釋角度。兩造似乎各有理據，孰是孰非？實不易釐清。

若從語法角度來分析，當以第一說爲妥。然而一本《論語》近五百章句中，不在語法規範，或說明對象不清，或可作多面詮釋者不在少數。〔註80〕追本溯源，欲掌握眞義，筆者認爲回歸原詩探義爲妥。查「思無邪」句出自

〔註75〕《論語‧爲政第二》：「詩三百，……」章句下集解。參見〔魏〕何晏注，〔宋〕邢昺疏：《論語注疏》，卷二，北京：北京大學出版社，1999年，頁14。

〔註76〕《論語‧爲政第二》：「詩三百，……」章句下正義。參見〔魏〕何晏注，〔宋〕邢昺疏：《論語注疏》，卷二，頁15。

〔註77〕《論語‧爲政第二》：「詩三百，……」章句下正義。〔清〕劉寶楠：《論語正義》，北京：中華書局，2007年，頁40。

〔註78〕〔宋〕朱熹注：《詩集傳‧序》，南京：鳳凰出版社，2007年，頁2。

〔註79〕2.2章句下注釋，頁54。

〔註80〕例句：孟武伯問孝。子曰：「父母唯其疾之憂。」（2.6）此章謂父母擔憂子之疾或人子以父母之疾爲憂，兩解似乎亦通。

《詩經・魯頌・駉》：

> 　　駉駉牡馬，在坰之野。薄言駉者，有驈有皇，有驪有黃，以車
> 彭彭。思無疆，思馬斯臧。駉駉牡馬，在坰之野。薄言駉者，有騅
> 有駓，有騂有騏，以車伾伾。思無期，思馬斯才。駉駉牡馬，在坰
> 之野。薄言駉者，有驒有駱，有騮有雒，以車繹繹。思無斁，思馬
> 斯作。駉駉牡馬，在坰之野。薄言駉者，有駰有騢，有驔有魚，以
> 車祛祛。思無邪，思馬斯徂。〔註81〕

《駉》有四章，每章八句，形式複疊。每章首兩句皆指出馬之肥壯與養馬的
處所，其次四句則指馬的種類繁多，適合於御車，而最末兩句，則顯示馬之
能力。按《詩序》言，原詩本義爲讚美魯僖公「儉以足用，寬以愛民，務農
重穀，牧於坰野」〔註82〕。朱熹《詩集傳》則指出「此詩言僖公牧馬之盛，
由其立心之遠，故美之曰「思無疆，思馬斯臧」矣。」〔註83〕該解釋與《詩
序》大致相同。由此比照，孔子明顯地捨棄詩本義，截句來評價《詩》，但由
於表達得過於簡省，如今卻連其真義也含糊了。

　　上揭朱熹「凡《詩》之言，善者可以感發人之善心，惡者可以懲創人之
逸志」，其言論中其實已間接透露《詩》三百五篇，非通篇均思想純正，當中
亦不乏邪淫意識者。孔子「放淫聲」、「鄭聲淫」（15.11）及對「惡鄭聲之亂雅
樂也」（17.18）之鞭撻，即爲此論之鐵證。〔註84〕朱熹亦探悉《詩》該古老教
本之欠妥，可是他卻換個角度爲之辯護，認爲《詩》之內容思想無論「善」
與「惡」，彼此均具有讓人「返歸於正」功效。該正面強調《詩》之效，與《論
語》裏只載述孔子引詩賦詩，卻不談作詩法之尚用主張，其理相通。

　　有研究者認爲「思」是「發聲詞」，〔註85〕亦有別解「邪」爲「徐」者，
〔註86〕該類於字面上作訓詁之功夫，筆者認爲不具多大意義。站在孔子一貫

〔註81〕〔唐〕孔穎達：《毛詩正義》，卷第二十，《魯頌・駉》，頁1379～1392。

〔註82〕〔唐〕孔穎達：《毛詩正義》，卷第二十，《魯頌・駉・序》，頁1384。

〔註83〕〔宋〕朱熹注：《詩集傳・序》，頁277～278。

〔註84〕《召南・野有死麕》及《鄭風・褰裳》裏有不少大膽描寫男女偷情之內容。
　　　　該有違上古「非媒不得」之嫁娶規範，以儒家之道德標準來說，毫無質疑地
　　　　劃歸爲「思有邪」之屬。

〔註85〕〔宋〕項安世：「思，語辭也。」參見〔宋〕項安世：《項氏家說》，卷四，《說
　　　　經篇四》，《文淵閣四庫全書》第706冊，上海：上海古籍出版社，2003年，
　　　　頁503。

〔註86〕鄭浩：《論語集注述要》：「古義『邪』即『徐』也。」轉引自程樹德：《論語

講究實用的哲學思維，以及詩教強調政教功用的角度來說，可以合理推測孔子眼中之《詩》，乃是一部可讓接受者道德感化歸善的教本，非純文學作品而已。

2. 詩教的運用哲學：溫柔敦厚

在朱熹之前，學者如唐人孔穎達等多主張孔子《詩》教主旨乃「溫柔敦厚」。「溫柔敦厚」之說，最早見於《禮記·經解篇》：「孔子曰：『入其國，其教可知也。其爲人也溫柔敦厚，《詩》教也。……故《詩》之失愚，……其爲人也溫柔敦厚而不愚，則深於《詩》者也。』」〔註87〕清楚指出「溫柔敦厚」是《詩》教成效，而「溫柔敦厚而不愚」者，乃深諳《詩》教之道也。然而仔細體會其意，該論斷似乎始終未曾強調讀詩之所有效能是讓人變爲「溫柔敦厚」。換言之，「溫柔敦厚」也許爲「詩教」之「最大」功效，然而它卻未必是「詩教」「唯一」或「最終」目的，該層差別，值得讓人再三思辨。

「溫柔敦厚」之內涵指何？原典沒多作發揮。學者對此多集矢，其中推孔穎達解釋得最明確，「溫，謂顏色溫潤；柔，謂性情和柔。詩依違諷諫，不指切事情，故曰溫柔敦厚也。」〔註88〕「溫柔」是指透過詩教後，受教者從外在表現至內在性情，皆變易爲溫和柔順，歷來學者對該解釋幾乎沒重大分歧。至於何謂「敦厚」呢？孔穎達則沒正面釋疑。

「故《詩》之失愚」，顯示《禮記》作者體察出儒家推崇之六經非全面或萬能，各具缺陷。〔註89〕要如何彌補該「愚」之失呢？原作者沒說，孔穎達倒做了個很好的回答：「《詩》主敦厚，若不節之，則失之在愚」。論者緊接提出：「此一經以《詩》化民，雖用敦厚，能以義節之。欲使民敦厚，不至於愚，則是在上深達於《詩》之義理，能以《詩》教民也，故云『深於《詩》也』。」〔註90〕論者認爲執政者需溫柔敦厚地行教化，並以「義」節之。該論強調上對下，視其內涵，筆者認爲若從受教者角度來解讀亦無妨。

集釋》，卷三，頁 66。

〔註87〕〔唐〕孔穎達：《禮記正義》，卷五十，《經解第二十六》，北京：北京大學出版社，1999 年，頁 1368。

〔註88〕〔唐〕孔穎達：《禮記正義》，卷五十，《經解第二十六》，頁 1368。

〔註89〕《禮記·經解第二十六》：「……《書》之失誣，《樂》之失奢，《易》之失賊，《禮》之失煩，《春秋》之失亂。」參見〔唐〕孔穎達：《禮記正義》，卷五十，《經解第二十六》，頁 1368。

〔註90〕〔唐〕孔穎達：《禮記正義》，卷五十，《經解第二十六》，頁 1369。

首先宜釐清何謂「義節」。孟子曰：「仁，人心也；義，人路也。」（6A.11）「仁」，是人內心本體及生命中最內在之本源，若將「仁」推廣出來，就成一種價值判斷，人人應遵行的行為法則，也就稱為「義」。據此站在儒家的意義來說，「義」就是去行使合乎儒家規範的經道，正如孔子所謂「義者宜也」〔註91〕之義。

至於「節」義，筆者認為朱熹在《論語‧季氏》裏的解釋比較合理。子曰：「益者三樂，……樂節禮樂，……。」（16.5）朱熹指出該「節」乃「辨其制度聲容之節」〔註92〕。其言下之意，帶有教人凡事不可盲目依隨，要具自主性地去分辨黑白。據此論證得來的「義節」之義，挪之來解釋要如何不讓「故《詩》之失愚」產生，答案即是要求能靈活明辨詩教內涵，而辨別之際則要秉持一個「義」字為標準。此外，孔穎達也有類似之解釋，「不能可否相濟、節制合宜，所以致失也」〔註93〕，這是從反面來論證執政者不能適度地運用教化之後果。該話的正面意思則是《詩》教必須要以「義」來配合調濟節制，方稱得上「深於《詩》也」。

據此結論，參照孔穎達「詩依違諷諫，不指切事情」之說，即可尋繹出「溫柔敦厚」之真正涵義。擺在君臣之道來說，為臣者若過於「溫柔」，逢事不辨是非，不敢違旨勸諫，一切以君意是瞻，則往往落得盲目順從之下場。「詩之失愚」，即指向這些。不過若過度「指切事情」，就可能會激怒君主，小者貶黜，大者殺生，歷史上諸多諫臣之悲慘下場可為借鑒。那麼要如何做到既不完全順奉上意，又不惹怒受諫者，保持「適度」進諫呢？先儒給予之答案即是以婉辭來諷喻勸諫。

換言之，經「義」調節後之《詩》教，方稱上「溫柔敦厚」。此理與《論語》中有子曰：「有所不行，知和而和，不以禮節之，亦不可行也」（1.12）相契合。徒為求和而和，不辨是非，是孔子向來最厭惡之「鄉原」〔註94〕也。

求索此個中原理，深契先秦儒家主張經道不施時，人類可因勢制宜，採「權衡」之道〔註95〕。儒家之「經」，是相對性之守則，非絕對權威教條。先

〔註91〕〔宋〕朱熹：《四書章句集注》，《中庸‧第二十章》，北京：中華書局，2005年，頁28。

〔註92〕16.5章句下注釋，頁172。

〔註93〕〔唐〕孔穎達：《禮記正義》，卷五十，《經解第二十六》，頁1369。

〔註94〕17.13：子曰：「鄉原，德之賊也。」

〔註95〕《孟子‧離婁上》：「……嫂溺援之以手者，權也。」（4a.17）乃是儒家主張權

秦儒家認爲人類在面臨現實處境下，因不同對象如人、物、事或時空條件之變動，會主動地適度調整原先抱持之觀念，具主觀能動性，選擇一個切合時宜之權衡變通法來應付。可儒家之經道非可隨易變革，行權時必須要有個堅守不變之中心，「義」即是其中心原則之一。〔註96〕故孟子有云：「大人者，言不必信；行不必果，惟義所在」（4b.11），或「故士窮不失義，達不離道」。（7a.9）「義」的堅持一方面讓人在變幻莫測中有個能夠把持之中心及依循標準，不致於肆意妄爲。同時「義」也可做爲修身處事的最高準則，讓個體生命時刻都存念行善，事事合乎道義。上述經「義節」之《詩》教，實與儒家權變之理相通互融。〔註97〕

經權衡後之「溫柔敦厚」，正處於「不過」，也沒「不及」的「中和」精神狀態。該表現是從孔子主張「不偏之謂中，不易之謂庸」〔註98〕之「中庸」哲學基礎出發。子曰：「《關雎》，樂而不淫，哀而不傷」（3.20），「樂」與「哀」爲人類基本情感。孔子認爲該情感抒發，必須具一定之規範。「不淫」及「不傷」，乃是保持適中的情感狀態。換言之，該評論詩歌之道，體現了孔子「中庸」哲理。《中庸》首章，「喜怒哀樂之未發，謂之中，發而皆中節，謂之和」〔註99〕，即闡發了相似的概念，儒家詩教之一切哲思，即是由此「中庸」之道出發。有些學者據該章句來論證孔子論詩肯定其抒情本質，或視之爲孔子「中和之美」的文學審美觀念，然而站在詩教講致用，求務實之內涵角度來說，筆者歸之爲儒家政教倫理觀之延伸。

論證至此，可以作一個小結：「溫柔敦厚」非詩教的思想本質，而是詩教之運用原則，或爲孔子詩論的哲學基礎。孔子強調習詩可以育導處於政治或倫理情境者，維持性情溫良平和，以及思想中庸允當。魯僖公二十七年（公

道之經典實例。

〔註96〕朱熹爲該行權之範疇解釋得更明確：「『義』字大，自包得經與權，自在經與權處。如事合當如此區處，是常法如此，固是經；若合當如此，亦是義當守其常。事合當如此區處，卻變了常法，憑地區處，固是權；若合當憑地，亦是義當其變。」又曰：「經是萬世常行之道，權是不得已而用之，須是合義也。」參見〔宋〕朱熹著，朱傑人等主編：《朱子全書》，卷三十七，《朱子語類》，上海：上海古籍，2002年，頁1384、頁1378。

〔註97〕主要參考與摘錄自拙著：《先秦儒家思想中「權」的概念》，新加坡國立大學中文系碩士論文，2000年。

〔註98〕6.27章句下程子之注釋，頁91。

〔註99〕〔宋〕朱熹：《四書章句集注》，《中庸·第一章》，頁18。

元前 633），晉大夫趙衰（？～公元前 622）指出「《詩》、《書》，義之府也；『禮』、『樂』，德之則也。德義，利之本也。」〔註100〕可見孔子前之社會，已普遍共識《詩》之內容思想純正，乃「道義」之府庫〔註101〕，士人唯有努力學習《詩》、《書》、禮、樂，方能獲取利益之根本。

要特別說明孔穎達詮釋「溫柔敦厚」之基本觀點，乃隔代延續《詩大序》「發乎情，止乎禮義」及「主文而譎諫」的主張，而《詩大序》與《禮記》作者皆爲漢人，此論證唐、漢儒之間的詩教觀，具其相似性與承接性。

總之，「思無邪」與「溫柔敦厚」說非本質上沒多大差異。朱自清認爲「其實這兩句話一正一負，足以相成，所謂『合之則兩美』。」〔註102〕若要指出何者比較可以概括與體現「詩教」之所有意涵，即「一言可以盡蓋其義」者，筆者傾向支持前者，主因有三：

首先是據本之可靠性問題。「溫柔敦厚」說雖託名孔子，可是卻典自《禮記》。學界多認爲《禮記》爲漢儒戴德（生卒年不詳）與戴聖（生卒年不詳）之假託，東漢鄭玄《六義論》中曾指出「今禮行於世者，戴德、戴聖之學也。戴德傳記八十五篇，則《大戴禮》是也。戴聖傳禮四十九篇，則此《禮記》是也。」〔註103〕相對於「思無邪」出自《論語》裏孔子之親口，後者顯得更可靠足信。清人袁枚（1716～1797）即以此來辯駁大力提倡「溫柔敦厚」說之沈德潛，「僕口不敢非先生，而心不敢是先生。何也？孔子之言，戴經不足據也，唯《論語》爲足據。」〔註104〕而朱自清也指出「我們覺得『思無邪』論《詩》，眞出於孔子之口，自然比『溫柔敦厚』一語更有份量」〔註105〕。

其次是漢儒始終未強調「詩教」之全部效能爲「溫柔敦厚」。「溫柔敦厚」也許爲「詩教」之「最大」內涵，然而它非「詩教」「唯一」或「全部」之意涵。據研究者統計，《詩》三百五篇裏高達百分之五十四的作品，不同程度地

〔註100〕〔日〕竹添光鴻：《左傳會箋》，《僖公下第七・二十七年》，臺北：天工書局，1988 年，頁 490。

〔註101〕《左傳・僖公二十七年》：「《詩》《書》，義之府也。」句下箋曰：「百義所藏也。」參見〔日〕竹添光鴻：《左傳會箋》，《僖公下第七・二十七年》，頁 490。

〔註102〕朱自清：《朱自清說詩・詩言志辨》，上海：上海古籍出版社，1999 年，頁 131。

〔註103〕〔漢〕鄭玄：《六義論》，〔唐〕孔穎達：《禮記正義・序》，頁 9。

〔註104〕〔清〕袁枚：《答沈大宗伯論詩書》，郭紹虞主編：《中國歷代文論選》第 3 冊，上海：上海古籍出版社，2005 年，頁 468。

〔註105〕朱自清：《朱自清說詩・詩言志辨》，頁 131。

蘊含怨怒之情，〔註106〕故「詩教」絕非「溫柔敦厚」一句可以包攬的了。「部分不能取代全體」，是學術研究之基本原則。「溫柔敦厚」代表漢儒對詩教的看法，帶出孔子詩論之運用原則，而「思無邪」是孔子論詩的思想本質，它的含蓋面廣，足以體現詩之爲教之大精神。再說，「溫柔敦厚」意思較隱晦，要透過《詩大序》再詮釋，甚至《禮記正義》之發揮，其義才較彰顯，而經隔代輾轉詮釋，難免失之主觀。

最後一點則是學者論孔子思想，往往僅捕捉其一、兩則章句來發揮，忽略了思想的內在統一性。該孤立切割式之演繹歸納，常無法與孔子核心思想聯繫起來。他們曲解原意，論斷似是而非，未觸探儒學深層意涵。「思無邪」深契儒學「大學之道在明明德，在新民，在止於至善」〔註107〕的培養人格向善道，發展人性本善之主張。劉勰（466？～539？）謂：「詩者，持也，持人情性；三百之蔽，義歸『無邪』，持之爲訓，有符焉爾」〔註108〕，所據者正是該意。簡言之，詩教既爲儒家思想於文學方面之體現，「思無邪」比「溫柔敦厚」更可以聯繫孔子「仁」之核心主張。

以下則再進一步分析詩教其餘實用功能，基本從「思無邪」之意蘊演繹而來。

三、詩教的實用功能

儒家強調「詩教」之重要，主因在於它具有多項功能。要之，可由修身與從政兩大方向來論述。

子曰：「小子何莫學夫詩？詩可以興，可以觀，可以群，可以怨。邇之事父，遠之事君。多認識於鳥獸草木之名。」（17.9）該章是孔子論詩最具體者，蘊含涵養性情與通達世務兩大旨要，朱熹稱「學詩之法，此章盡之」〔註109〕，其對詩教功效作出相當豐富之意蘊論述。

1. 涵養性情之用

歷來詮釋「詩可以興」義者眾，漢人孔安國（生卒年不詳）釋「興」爲

〔註106〕陸曉光：《中國政教文學之起源——先秦詩說論考》，上海：華東師範大學出版社，1994 年，頁 47。

〔註107〕〔宋〕朱熹：《四書章句集注》，《大學·第一章》，頁 3。

〔註108〕〔梁〕劉勰著，范文瀾注：《文心雕龍注》，卷二，《明詩第六》，北京：人民文學出版社，2006 年，頁 65。

〔註109〕17.9 章句下注釋，頁 178。

「引譬連類」〔註110〕，意思是讀詩者可以從詩歌之個別具體形象中，聯想至與它相類似的事物。該說似乎較傾向寫詩的修辭技巧，未觸探儒家道德內涵。

朱熹的注釋較詳盡，可以借來解釋，「興，起也。詩本性情，有邪有正，其為言既易知，而吟詠之間，抑揚反復，其感人又易入。故學者之初，所以興起其好善惡惡之心，而不能自己者，必於此而得之」〔註111〕。「興」原本作用為撩起讀者沉潛之情感，可是朱熹卻認為其作用並不停留於此，他主張讀詩者可以在吟詠詩歌之際，感染其意蘊之善道，進而培育及陶冶道德情操，樹立好善厭惡之仁心。

綜合兩者，孔安國指出「興」之前半功效，朱熹則進一步發揮，引領讀者從文藝往哲思方面作領悟，並以涵養道德性情為最終目的。兩者之詮釋透露了儒家雖不乏支持美感教育，然而終歸於道德教化，實與儒家重德教觀一致。另外，朱熹肯定了詩歌的德育功效，認為「興」之大旨乃繫於讀詩之用，該觀點與上揭朱熹從接受者角度來解讀「思無邪」之主張一貫。孔子之「詩可以興」說，雖終歸至道德修養層面，可其對美感教育之肯定，乃前所未有。

至於「詩可以群」的概念，則相對較好掌握。孔安國釋之為「群居相切磋」〔註112〕，言下之意「詩教」可以提供人與人於社會裏相互交往的實用功能，協助達至儒家和諧人倫之理想。可要如何來進行「切磋」？「切磋」至何等境地？論者皆未明說。朱熹則提出群居要堅持「和而不流」〔註113〕之原則。環境複雜，置身者若無原則，人云亦云，易喪主見，最終迷失自己。朱熹認為既以詩涵養性情，必須培養能與人和諧相處，卻不失堅持自我原則之高尚情操，該論正契合孔子「君子和而不同，小人同而不和」（13.23）之為人處事主張。

詩教作為儒家思想在文學藝術上之具體表現，自然要與儒學重倫理，注重品德人心塑造之主張互相配合。子曰：「興於詩，立於禮，成於樂」（8.8），意思希望透過詩教「其為言既易知」，而又「其感人又易入」〔註114〕的特質，

〔註110〕《論語·陽貨第十七》：子曰：「小子何莫學夫詩？」章句下注釋。〔梁〕皇侃：《論語集解義疏》，卷九，頁614。

〔註111〕8.8章句下注釋，頁104～105。

〔註112〕《論語·陽貨第十七》：子曰：「小子何莫學夫詩？」章句下注釋。〔梁〕皇侃：《論語集解義疏》，卷九，頁615。

〔註113〕《中庸·第十章》：「子路問強。子曰：……『故君子和而不流，強哉矯！』」參見〔宋〕朱熹：《四書章句集注》，《中庸·第十章》，頁21。

〔註114〕8.8章句下朱熹之注釋。

培養出知禮又好樂之仁人君子。儒家借詩歌來涵養性情，修身養德，唐代詩人如杜甫、元結、柳宗元、劉禹錫及白居易等往往會於詩歌中體現儒家理想之人格追求，如傲岸不屈的浩然氣節、仁民愛物之人文主義精神，以及對國家前途的反省與憂患意識等，主因在於詩人接受詩教熏陶之故。

2. 通達世務之用

子曰：「誦詩三百，授之以政，不達；使於四方，不能專對；雖多，亦奚以爲」（13.5）、「不學詩，無以言」（16.13）及「人而不爲周南、召南，其猶正牆面而立也矣」（17.10）等章句，均從正反兩面來論述「詩」具有讓士人於社會進行政治活動之功用。先秦時，「詩」是普遍之社交語言，在特定的禮儀或政治場合中，上至天子諸侯，下至卿大夫及士人等往往會隨口賦詩或引詩來表意。據學者統計，《左傳》共載先秦人賦詩共 58 首 69 次之多。〔註 115〕可見學詩已非爲文學，而在於通達世務，是一項必要之政教實用技能。

至於「詩可以觀」義，鄭玄與朱熹分別解釋爲「觀風俗之盛衰」〔註 116〕與「考見得失」〔註 117〕，兩者之詮釋表面互異，實可以互補。綜合兩義，可以這麼來理解：詩歌可以說明讀者，包括君主采詩來認識與瞭解社會風俗盛衰，俾衡量施政利弊得失。儒學尚用，而清楚體認自身處境，是致用之先決與必要條件之一。仁道王治的貫徹，由瞭解社會，關心民瘼開始。

此說若成立，就牽涉到一個必要條件的問題：詩歌文本必須是寫實，否則一切將無從論起。若此爲必要前提的話，必須質疑《詩》三百五篇裏，究竟有多少篇眞正地寫實先秦社會？同時也由此繼續追問，文學是否應該肩負反映社會重任？或回歸一個根本性問題：文學能否反映社會？無論如何，此爲無止盡之學術爭議，與本書之論證無多大關係，恕不岔開處理。

「詩可以怨」句，表面說明孔子支持詩歌具宣洩內心不滿之功效，可是所謂「怨」的實際內涵爲何？歷來卻莫衷一是。既是「怨」，必有特定之對象。孔安國指出「怨刺上政也」，邢昺則疏解「有君政不善則風刺之」〔註 118〕。明、

〔註 115〕俞志慧：《君子儒與詩教──先秦儒家文學思想考論》，北京：三聯書店，頁 142。

〔註 116〕《論語‧陽貨第十七》：子曰：「小子何莫學夫詩？」章句下注釋。〔梁〕皇侃：《論語集解義疏》，卷九，頁 615。

〔註 117〕17.9 章句下注釋，頁 178。

〔註 118〕《論語‧陽貨第十七》：子曰：「小子何莫學夫詩？」章句下注疏。參見〔魏〕何晏注，〔宋〕邢昺疏：《論語注疏》，卷十七，頁 237。

清兩朝學者卻另有說法，清初黃宗羲（1610～1695）強調「怨亦不必專指上政。後世哀傷、輓歌、遣謫、諷喻皆是也。」〔註119〕這一來，就存有兩大怨刺對象，其一是借詩來控訴執政者敗德失政；其二則為詩人自憐一己不平之情，以詩抒發內心憤怨，具抒情意味。

前者流行於整個上古時期。《詩大序》「上以風化下，下以風刺上」，強調以詩來譏刺諷喻之「美刺」說，鄭玄就深切指出詩止於二道：「論功頌德所以將順其美，刺過譏失所以匡救其惡」〔註120〕。「美刺政教」儼然成為詩教支持者的創作主要題材，尤其對執政者的嘲諷譏刺，幾乎成為詩歌最主要的內涵。本書評述之廿餘位唐詩人，詩中多規諷嘲刺執政者，如中唐白居易《新樂府》五十首，首首均有所美刺，是唐諷喻詩之經典代表。

至於後者，則擴大了怨刺範圍。詩可以怨刺君王，遭貶謫後亦可以抒憤，抒發生活哀痛，盡羅所有不平情感之抒發。那麼何者方為孔子「詩可以怨」之真義？

孔子理想之君子崇高人格是不該心存「怨」者，如「不怨天，不尤人」（14.37），又「（仁者）在邦無怨，在家無怨。」（12.2）《論語》裏孔子論「怨」多達廿餘章，除「詩可以怨」外，其餘章句均無例外地對「怨」持否定或貶斥態度，看來兩者觀點似乎有些許矛盾。筆者認為孔子「詩可以怨」實乃反映客觀事實，蓋《詩》三百五篇中，蘊含怨怒之情者竟高達百分之五十四〔註121〕，所以其論一點也不相悖。

「怨詩」中除怨刺上位者外，不排除亦含蓋個人之怨懟。筆者比較支持前說，詩以怨刺執政者，更能體現孔子一貫崇實尚用思想，以及詩教著重用世之政教目的。

至於「怨」是怎樣的一種情感狀態，可否任由該情感無節制地宣洩？且讓我們先看看《詩大序》的一段相關說法：

> 主文而譎諫，言之者無罪，聞之者足以戒，故曰風。至於王道衰，禮儀廢，政教失，國異政，家殊俗，而「變風」、「變雅」作矣。……故變風發乎情，止乎禮義。發乎情，民之性也；止乎禮儀，先王之

〔註119〕〔清〕黃宗羲著，沈善洪主編：《黃宗羲全集》第一冊，《南雷詩文集（上）·汪扶晨詩·序》，杭州：浙江古籍出版社，2005年，頁87。

〔註120〕〔漢〕鄭玄：《詩譜序》，〔唐〕孔穎達：《禮記正義》，頁6。

〔註121〕陸曉光：《中國政教文學之起源——先秦詩說論考》，上海：華東師範大學出版社，1994年，頁47。陸曉光之大著對孔子「詩可以怨」頗有發揮，可詳參。

澤也。〔註122〕

「變風」指王道不施，政教廢弛時期的怨歌。序言認爲該怨歌出自人類自然之情感表現，可是爲什麼會「止乎禮義」呢？《詩大序》作者將之歸爲居上位者教化後之成效，即「先王之澤也」。「止乎禮儀」是儒家中庸哲學之彰顯，其表現於詩歌上即是「主文而譎諫」，「溫柔敦厚」之委婉迂迴表達。究其促因，則要歸功於「思無邪」之效。如此一歸納，又回到孔子詩教的思想本質去了。職是之故，朱熹乾脆明確地爲該情感宣洩劃下一道界限，即要保持「怨而不怒」〔註123〕之情感狀態。

要特別提出「興、觀、群」偏向上對下的教化，而「怨」則是下對上之譏刺。綜合兩者，可見詩教途徑是一道雙向回饋過程，《詩大序》揭示之「上以風化下，下以風刺上」，正契合該意也。

承接「興、觀、群、怨」後，孔子提出「邇之事父，遠之事君」，明確指出詩歌具培養倫理道德與維繫政治綱常功效。上揭《詩》是孔子教育的藍本，學子透過《詩》來學習儒家道德，尤其是儒學強調之行孝盡忠。換言之，先學好詩是欲行好該兩道儒家重要德目之必要條件。孔子的教育實踐是在貫徹其思想主張，彼此一脈相通且相輔相成，「詩」與孔子的主要學說有極密切不可割切之關係。

孔子最後才說「多識於鳥獸草木之名」。《詩》裏頗多涉及大自然事物之描繪，當中描摹的花草禽獸，更是豐富及細緻得足以讓動植物學家認識上古之動植物。可此非其最終目標，而是假借《詩》以多認識鳥獸草木之自然屬性與具體形象後，讓讀者產生熟悉與親近之情，俾作出更佳聯想與哲理性之領悟。換言之，它的更高目的，是爲「興、觀、群、怨」做好鋪墊功夫。

要瞭解孔子論詩雖偏於用世，亦不忽略《詩》之文學藝術特性。子謂《韶》，「盡美矣，又盡善也。」謂《武》，「盡美矣，未盡善也。」（3.25）朱熹注釋：「美者，聲容之盛。善者，美之實也」〔註124〕，「美」爲評價《韶》與《武》之外在審美形式，而「善」則指其內在思想道德。相較孔子前對文藝之美善不分，孔子已意識文學之審美價值，以及道德的「善」與藝術之「美」分屬兩個範疇。話雖如此，孔子仍認爲「美」非文藝最高標準，要達至「盡善盡

〔註122〕〔唐〕孔穎達：《毛詩正義》，卷一（一之一），《詩大序》，頁15。
〔註123〕17.9 章句下注釋，頁178。
〔註124〕3.25 章句下注釋，頁68。

美」，才是審美意義之極致。換言之，唯有先立於「善」的先決條件基礎上，才能對文藝審美之追求。視其所以，此又與孔子講人倫，重德行之主張一致。孔子其實依然保持原衷，只是換個角度來強調詩教主旨——倫理道德教化也。

四、孔子詩論「主情」說

《漢書》曰：「哀樂之心感，而歌詠之聲發，誦其言謂之詩，詠其聲謂之歌」〔註125〕，而《文心雕龍》則指出「人稟七情，應物斯感，感物吟志，莫非自然」〔註126〕，歷來諸如此類謂「詩」源於人類自然情感之言論絡繹不絕。雖詩之形成，非僅情感一必要條件〔註127〕。無論如何，若視「抒發情性」為詩歌本質之一，是大致可以成立的。

本章第一節論證了孔子論詩崇尚實用，講究詩對現實社會政教之效益，可要瞭解此為孔子之偏重，並不代表孔子完全忽略詩歌之抒發情性功能。上述有部分學者依據「《關雎》，樂而不淫，哀而不傷」（3.20）句，論證孔子同時也肯定詩歌具抒發情性本質。同時，筆者於上文雖支持「詩可以怨」指政治之怨刺，也不完全排斥孔子有借詩來宣洩內心不滿之意。否定孔子論詩有「主情」說者，主因在於孔子該意思過於隱諱不顯，未明確表達而已。

公元二零零一年十一月，《上海博物館藏戰國楚竹書》公佈了從香港文物市場上購回來之部分戰國楚竹書內容，其中包括二十九支完殘竹簡的《孔子詩論》，共約一千字，討論了六十多篇詩，充分體現孔子論詩具有強調情性之一面。

《孔子詩論》第一簡〔註128〕曰：「孔子曰：『詩亡隱志，樂亡隱情，文亡隱意』」，「隱」字原簡作「𨼤」，學者對其真義見解參差〔註129〕。本書不擬岔開分辨，僅依李學勤與裘錫圭之說，釋之為「隱」〔註130〕。按中國古代「詩樂合一」之理，該簡之義指無論詩樂與文章，均不要或沒有隱藏志意與情性。

〔註125〕〔漢〕班固：《漢書》，卷三十，《藝文志第十》，頁1708。
〔註126〕〔梁〕劉勰著，范文瀾注：《文心雕龍注》，卷二，《明詩第六》，頁64。
〔註127〕〔梁〕劉勰：《文心雕龍‧明詩》提出者尚有「物」與「志」兩要素。
〔註128〕本書引用之竹簡文字依陳桐生主據馬承源：《釋文考釋》，以及兼采他家而來。參見陳桐生：《孔子詩論研究》，北京：中華書局，2004年，頁257～272。
〔註129〕饒宗頤釋之為「吝」，而廖名春則認為應該是「泯」字等。
〔註130〕李學勤：《談〈詩論〉「詩亡隱志」章》，《清華簡帛研究》第2輯，2002年3月；裘錫圭：《關於上博簡的一些問題‧關於〈孔子詩論〉》，《中國出土古文獻十講》，上海：復旦大學出版社，2004年，頁304～307。

詩樂表達志意說，乃中國先秦即有之傳統老文論，而詩樂抒發情感之說，正式訴諸文字則要待西晉陸機（261～303）之《文賦》，此簡則將該說推前八百多年至孔子身上。由此來說，《孔子詩論》之「詩緣情」，似乎與傳統「詩言志」有很大出入的了。

《孔子詩論》中曾爲「詩」作了一個妙喻，其第四簡指出「……曰：詩，其猶平門，與賤民而逸之，其用心也將何如？曰：《邦風》是也。民之有罷惓也，上下之不和者，其用心也將何如？」〔註131〕孔子比喻《班風》（國風）如同城門，即使是賤民也可以自由出入，意思是人們可以不受限地借詩來泄導情感。這也意味著孔子肯定了詩歌的抒情功能。

有異於《論語》，《孔子詩論》裏的孔子對《詩》裏的多篇作品進行個別評價，其中可窺探孔子對詩歌抒情本質之肯定，如第二十六簡：「……忠。《邶‧柏舟》，悶。……」據陳桐生注解「悶」是指作品所表現的鬱悶情緒〔註132〕，也即是表達了詩人情感。可見孔子論詩，絕非將「言志」與「抒情」對立辯證。不過若據此論證《孔子詩論》完全主情，其實又不盡然。第三簡：「……也，多言難，而怕懟者也，衰矣，少矣。《邦風》，其納物也，溥觀人俗焉，大斂材焉，其言文，其聲善。孔子曰：『唯能夫……』」〔註133〕，竹簡之第一句缺主語，陳桐生據上海博物館藏備用殘簡推測其指《小雅》，故竹簡內涵爲《小雅》多抒寫國家災難與個人怨懟，可以反映政治之衰敗，亦可以從《國風》中普觀民情風俗。該簡全意，似乎是孔子「詩可以觀」與「詩可以怨」說之延伸，深契孔子於《論語》中體現之詩觀。

《孔子詩論》是珍貴之「國之瑰寶」，學者估計其研究不僅牽涉固有之《詩經》學，中國經學史、學術史，甚至大至對整個中國傳統文化之再定位。可《孔子詩論》尚存太多待解決之學術問題，如基本的字讀與字義未有定論；作者及成書年代成疑；竹簡之次序排列；甚至連竹簡中發言者的身份還有待認定。《孔子詩論》中六度提及孔子，然而其「孔」字因原簡字作「𡥀」，有學者據此認爲是「卜子」，也有主張「子上」，而若此說可信，竹簡內容則與孔子沒關係，就不該稱《孔子詩論》了。

無論如何，《上海博物館藏戰國楚竹書》猶如十九世紀末發現的敦煌學，

〔註131〕陳桐生：《孔子詩論研究》，頁259。
〔註132〕陳桐生：《孔子詩論研究》，頁270。
〔註133〕陳桐生：《孔子詩論研究》，頁258。

是一門內涵極其豐富之新學問，它絕非眾有志者經歷幾年或完成幾十部專著就可以解決的了。學者黃懷信指出「《詩論》研究也不會是一兩代人所能完成的」〔註134〕，所以此時若採用一、兩位學者對《孔子詩論》之詮釋，誠屬未經深思的冒然之舉。

《論語》章句裏若同具兩道內涵時，常會呈並列或對比式〔註135〕，而三道或以上之內涵時，則往往以遞進式來表達〔註136〕，或依內涵之重輕順序來排列〔註137〕。按此語言習慣來審視被學者譽為足以「總括全文」〔註138〕的《孔子詩論》第一簡：「孔子曰：『詩亡隱志，樂亡隱情，文亡隱意』」。竹簡先言志，後言情，似乎在說明孔子論詩重志輕情。若此說成立，反而加強論證孔子詩教重實用，強調詩言志過於緣情。

漢儒論詩雖最主政教，重志輕情，但也不敢完全抹煞詩歌抒情本質。論者最愛舉之典型例子為《詩大序》：「詩者，志之所之也，在心為志，發言為詩。情動於中而形於言，言之不足故嗟歎之，嗟歎之不足故詠歌之，詠歌之不足，不知手之舞之足之蹈之也。」該話雖大體為「詩言志」內涵之延伸，卻已開始肯定內心情感被觸動，進而表達為語言、嗟歎、詠歌及手舞足蹈等。《詩大序》中又指「是以一國之事，繫一人之本，謂之《風》」，意思是如果詩是吟詠一個邦國政治之善惡，表現詩人自我的內心情感，就叫做《風》。至於王道衰微，禮義政教廢弛喪失，國史就「吟詠情性，以風其上」，大作其「變風」或「變雅」。緊接著《詩大序》就提出著名之「止乎禮義」說：「故變風發乎情，止乎禮義。發乎情，民之性也；止乎禮義，先王之澤也。」漢儒肯定發於內心的情感是人之情性，不過他們要求該情性之發洩不可超越禮義。這就很清楚地揭櫫世人，漢儒眼中之詩教，雖然「重志過於情」，卻非完

〔註134〕黃懷信：《上海博物館藏戰國楚竹書《詩論》解義》，北京：社會科學文獻出版社，2004年，頁4。

〔註135〕如子曰：「邦有道，危言危行；邦無道，危行言孫。」（14.4）

〔註136〕如子曰：「可與共學，未可與適道；可與適道，未可以立；可與立，未可與權。」（9.29）

〔註137〕子曰：「學而時習，之不亦說乎？有朋自遠方來，不亦樂乎？人不知而不慍，不亦君子乎？」（1.1）首置「學」，即可窺「學」在儒學之重位；子曰：「知者不惑，仁者不憂，勇者不懼」（9.28），朱熹注：「明足以燭理，故不惑；理足以勝私，故不憂；氣足以配道義，故不懼。此學之序也。」

〔註138〕李學勤：《談〈詩論〉「詩亡隱志」章》，《清華簡帛研究》第2輯，2002年3月。

完全全地「取志捨情」。

本節一開始即指出《漢書》認爲詩源自情感，可是該文中卻接續「故古有采詩之官，王者所以觀風俗知得失，自考正也。」〔註 139〕作者不依文學表達常理書寫如何觀詩歌內心情感，反言觀詩可知政施利弊，可知漢儒論詩主政教，延續孔子論詩重志輕情說。後學論漢儒，往往認爲他們「以理限情」，非如部分極端宋儒之「以理滅情」。相對比下，唐人詩歌往往「理中蘊情」，詠懷抒情中，不乏蘊含詩教主旨，如李白之抒情式美刺政教詩即爲實例。

歷來學者對孔子詩教之闡述各有發揮，但大體上彼此對其基本概念之詮釋落差並不大。孔子論詩以「思無邪」爲思想本質，重視美刺功能，強調詩歌對政教之功用，根植於一種強調倫理教化作用之社會功利主義詩學上。該政教功用論影響了漢代的政教合一觀，就這樣從孔子至漢儒建構之「儒家詩教」，搭建起中國傳統文論的首要框架，也奠定了中國詩學之主流話語。

第三節　漢魏六朝詩教之發展變化

自孔子奠定詩教的基本思想本質後，傳統詩教在歷史上歷經嬗變。兩漢論詩重美刺；魏晉獨取頌美；南朝論詩雖稍涉教化，詩作卻趨綺靡浮豔；北朝雖大力提倡詩教，卻缺乏藝術形式支持，作品徒具說教；隋則只有微薄的詩教理論宣導。儒家詩教於漢魏六朝八百餘年的時代洪流中，大體經歷了由濃厚逐轉淡薄之衍化。

一、兩漢：美刺政教

兩漢詩教的理論核心乃強調詩歌於政教之功能，這幾乎是學界的共識，沒多大爭議性。從孔子詩教至漢儒詩教，主要變化有兩大點：首先是先秦士人多傾向任摘詩篇裏的若干詩句來引申借喻，發揮己意，而漢儒則刻意地曲解通篇詩作，將之與政教掛鉤；其次則是漢儒漠視詩的其他功效，反而高度發揮美刺政教功能，也就是說漢儒對孔子詩論有意作「窄化」及「強化」之詮釋。〔註 140〕前者攸關《詩》之運用，與詩教的內涵變化沒多大關係，故主

〔註 139〕〔漢〕班固：《漢書》，卷三十，《藝文志第十》，頁 1708。
〔註 140〕論點參考屈萬里：《先秦說詩的風尚和漢儒以詩教說詩的迂曲》的觀點，並略有刪補，不敢掠美，特注明。參見羅聯添編：《中國文學史論文選集》（一），

要闡述爲後者。本書主要依據《禮記》之《經解》與《樂記》篇，以及《毛詩序》與《詩譜序》來論證，諸篇章主要觀點一脈相承，互相闡發，若貫通之，則足以窺探兩漢詩論。

1. 經師、史家及文學家之美刺政教

《禮記・經解》：「孔子曰：『入其國，其教可知也。其爲人也溫柔敦厚，《詩》教也。……故《詩》之失愚，……其爲人也溫柔敦厚而不愚，則深於《詩》者也。』」〔註141〕按《禮記》著成年代〔註142〕，其爲可考之最早漢儒詩教觀。「溫柔敦厚」之眞義，非在於一味保持「顏色溫潤」與「性情和柔」，而是行使儒家中庸哲學來進行譏刺政教，該論早已於本章第二節中辯證過了，此不贅述。

《毛詩序》將詩教主美刺諷喻說表達得更具體，「上以風化下，下以風刺上。主文而譎諫，言之者無罪，聞之者足以戒，故曰風。」〔註143〕《毛詩序》成於何人，歷來眾說紛紜，或謂子夏（公元前507～？），或曰西漢人衛宏（生卒年不詳）。無論如何，《毛詩序》與《禮記》大致可以代表西漢人之看法。該詩序不只主張下可以諷刺上，更進一步提出「主文而譎諫」的諷喻方式，而唐人孔穎達釋「溫柔敦厚」爲「依違諷諫」，即是漢儒該觀點之隔代相承。

然《毛詩序》不僅停留於此，它還指出「至於王道衰，禮儀廢，政教失，國異政，家殊俗，而『變風』、『變雅』作矣。」緊接著又謂「國史明乎得失之跡，傷人倫之廢，哀刑政之苛，吟詠情性，以風其上，達乎事變而懷其舊俗者也」。詩有「變風」與「變雅」之說，肇始於此。歷來所謂之「變」，存有多種說法〔註144〕，不過學者大體認爲它起初的定義指向明達於事情之變

臺灣學生書局，1986年，頁75～98。

〔註141〕〔唐〕孔穎達：《禮記正義》，卷五十，《經解第二十六》，北京：北京大學出版社，1999年，頁1368。

〔註142〕鄭玄：《六義論》云：「今禮行於世者，戴德戴聖之學也。」又云：「戴德傳記八十五篇，則《大戴禮》是也。戴聖傳禮四十九篇，則此《禮記》是也。」參見《禮記正義序》，頁9。查戴聖乃武帝及宣帝時之學者，又朱自清據《禮記・經解》議論六藝要比《淮南子・泰族》確切些，認爲《經解》似乎完成於《淮南子》之後。參見《朱自清說詩・詩言志辨》，頁100。此說尚待進一步考證，但無論如何，《禮記》之完成最遲不超西漢中期乃大致可信。

〔註143〕〔唐〕孔穎達：《毛詩正義》，卷一（一之一），《詩大序》，北京：中華書局，1999年，頁13。

〔註144〕主要分有無正變說。支持有正變者包括《詩大序》、漢・鄭玄：《詩譜序》、唐・

化，「只是常識的看法，並無微言大義在內。」〔註145〕嗣後東漢鄭玄《詩譜序》則站在該基礎上作進一步發揮，將詩分「正經」、「變風」及「變雅」〔註146〕，已儼然有將它們相互對舉之義。來到唐人孔穎達疏解《毛詩序》時，則更踏前指出「變」之義爲「以其變改正法，故謂之變焉」〔註147〕，似乎有肩負「匡而革之」之意，可見「變」的意蘊隨時代起了本質變化。無論如何，它還是與現實政治脫離不了關係。關於詩之《風》、《雅》之「正變」，朱自清早於其《詩言志辨》裏發揮得多，本書僅重複其意，沒多大發明。

　　東漢大儒鄭玄亦持續發揮該業已「偏窄」及「強化」了的詩教觀。《毛詩序》裏提出「詩之六義」，並精要地闡釋「風」、「雅」及「頌」，卻漏了「賦」、「比」及「興」之內涵。按鄭玄在《周禮‧春官》裏對「大師……教六詩：曰風、曰賦、曰比、曰興、曰雅、曰頌……」之箋注，可借挪來理解漢儒對「六義」之看待。鄭玄箋注：「賦之言鋪，直鋪陳今之政教善惡；比，見今之失，不敢斥言，取比類以言之；興，見今之美，嫌於媚諛，取善事以喻勸之。」〔註148〕鄭玄將「賦、比、興」三義，一律直接劃歸爲詩歌表現美刺政教之修辭手法。要留意《周禮》提出者是「六詩」，而非《詩大序》指稱之「六義」，兩者有些區別，非如孔穎達「各自爲文，其實一也」〔註149〕之謂，不過筆者不擬於此細辨。試將之比較於《毛詩正義》，後者指出「然則風、雅、頌，詩篇之異體；賦、比、興者，詩文之異辭耳，大小不同，而得並爲六義者，賦、比、興是詩之所用，風、雅、頌是詩之成形。用彼三事成此三事，是故同稱爲義，非別有篇卷也。」〔註150〕雖然作者孔穎達強調「注不破經，疏不破注」，然而他也僅視「賦」、「比」、「興」爲詩的三種普遍表現手法而已，由此更能

　　孔穎達：《毛詩正義》、清‧惠周惕：《詩說》，而反對此說者有宋‧鄭樵：《六經奧論》及清‧毛奇齡：《詩劄》等。

〔註145〕朱自清：《朱自清說詩‧詩言志辨》，上海：上海古籍出版社，1999年，頁136。

〔註146〕〔漢〕鄭玄：《詩譜序》，〔唐〕孔穎達：《毛詩正義》，頁7～8。

〔註147〕《詩大序》：「至於王道衰，……而變風、變雅作矣。」句下正義。參見〔唐〕孔穎達：《毛詩正義》，卷一（一之一），《詩大序》，頁15。

〔註148〕〔漢〕鄭玄注，〔唐〕賈公彥疏：《周禮注疏》，卷二十三，《春官‧宗伯下》，北京：北京大學出版社，1999年，頁610。

〔註149〕《詩大序》「故詩有六義焉：一曰……」句下正義。參見〔唐〕孔穎達：《毛詩正義》，卷一（一之一），《詩大序》，頁11。

〔註150〕《詩大序》「故詩有六義焉：一曰……」句下正義。參見〔唐〕孔穎達：《毛詩正義》，卷一（一之一），《詩大序》，頁12～13。

反映漢儒強烈之美刺政教主張。

　　類似之論復見於鄭玄《詩譜序》,「論功頌德,所以將順其美,刺過譏失,所以匡救其惡,各於其黨,則爲法者彰顯,爲戒者著明。」〔註151〕此論經被學者視爲詮釋「美、刺」內涵最精闢者。孔穎達疏解其意爲「此謂周室不存商之風、雅之意。風雅之詩,止有論功頌德、刺過譏失二事。」〔註152〕可見唐人探悉漢儒論詩,直指其僅止於「美、刺」兩道,別無他說。

　　該說非僅限於經師,漢朝史家與文學家論詩亦主美、刺。《史記》作者司馬遷云:「周道缺,詩人本之衽席,《關雎》作。仁義陵遲,《鹿鳴》刺焉。」〔註153〕張衡(78～139)《思玄賦》則指出「偉《關雎》之戒女也」〔註154〕,兩者表達了相似的看法,且張衡本身亦實踐了如《二京賦》與《歸田賦》等蘊含諷喻規勸之作。可以這麼歸納,兩漢四百年間的經師、史家,以及文學家,都不約而同地將詩教納入一個鑄模,主張詩以「美、刺」而已。

2. 統治者對譏刺詩歌之接納

　　由孔子「詩可以怨」演繹至漢儒「美刺諷喻」說,經歷過了一段斟酌、取捨與提煉之過程。若說「美刺論」是漢儒詩教主流,一個也許該探討的問題是何以執政者能對譏刺詩容納不忌諱,反大力提倡,並施諸於政教呢?葛曉音曾於其大著《論漢魏六朝詩教說的演變及其在詩歌發展中的作用》〔註155〕裏作出精闢分析,並歸納出三大要素。本書對此沒多大發明,僅引之來論證。

　　首先與漢統治階層之思維攸關。執政者對自己的權勢具絕對之信心,堅信不會因任何外來譏刺而動搖統治根基,所以他們放膽聽取民意,體察社會弊端,以隨時修補時政。其次爲執政者頗肯定政治與詩樂之間的關係。詩樂可以反映政治,可是大量體現民瘼的漢樂府,僅反映執政者已經注意到的貧病流離、鰥寡孤獨等社會下層問題,對中央政權的利益沒直接損害,更甭提

〔註151〕〔漢〕鄭玄:《詩譜序》,〔唐〕孔穎達:《毛詩正義》,1999年,頁6。

〔註152〕〔漢〕鄭玄:《詩譜序》:「論功頌德,……爲戒者著明。」句下正義。參見〔唐〕孔穎達:《毛詩正義》,頁6。

〔註153〕〔漢〕司馬遷:《史記·十二諸侯表》,〔日〕瀧川龜太郎:《史記會注考證》,臺北:萬卷樓圖書有限公司,1993年,頁235。

〔註154〕〔漢〕張衡:《張河間集·卷之二·思玄賦》,〔明〕張溥輯:《漢魏六朝百三名家集》,第一冊,南京:江蘇古籍出版社,2002年,頁392。

〔註155〕葛曉音:《漢唐文學的嬗變·論漢魏六朝詩教說的演變及其在詩歌發展中的作用》,北京:北京大學出版社,1990年,頁16～36。

搖動國本。

　　葛曉音提出的最後理由是漢譏刺詩之矛頭，絕少直朝統治者，對象則多指地方風俗或郡守吏治，筆者認為該點至為緊要。漢儒雖主張「下以風刺上」，然而這「上」卻僅極限於郡守等地方官，未達至最高統治者、外戚或權貴等階層，他們甚至還大可抱著「隔岸觀火」的態度來品賞詩歌。再說，漢譏刺詩又「主文而譎諫」，強調委婉譏刺，不直指其人其事，如譏刺漢初權貴灌夫的兒歌《潁川兒歌》，「潁水清，灌氏寧；潁水濁，灌氏族。」〔註156〕詩中以一個「族」字來譏刺灌夫「波池田園，宗族賓客為權利，橫潁川」〔註157〕，表達得多麼保留隱諱，婉轉迂迴，如斯底下，直接衝突之機率自然要降低許多。與此同時，容納刺詩，反而可以體現居上者之寬宏大德，又何樂而不為。比較下，唐就有好多直接譏刺執政者的譏刺詩，可見詩教之美刺諷喻內涵，自有衍化。

　　歸納上述三點要素，皆離不開現實政教。《禮記·樂記》揭示之觀點可以引來論證，「故禮以道其志，樂以和其聲，政以一其行，刑以防其奸。禮樂刑政，其極一也，所以同民心而出治道也。」又指出「治世之音安以樂，其政和。亂世之音怨以怒，其政乖。亡國之音哀以思，其民困。聲音之道，與政通矣」〔註158〕。《樂記》視「禮」、「樂」、「刑」與「政」等皆具同一個終極目的，同時又進一步地指出不同類型之音樂，可以為政治良窳提供例證。《樂記》逐步推演詩樂與政治之關係，「審聲以知音，審音以知樂，審樂以知政，而治道備矣」，最後總結出「聲音之道，與政通」〔註159〕，緊緊地將詩樂與現實政治捆綁在一起。若與上揭《毛詩大序》：「治世之音樂以樂，其政和；亂世之音怨以怒，其政乖；亡國之音哀以思，其民困」互相對照，我們發覺他們何其雷同得近乎抄襲，且不談彼此承續之先後問題，該兩段引論，足以論證漢儒集中並高度發揮儒家重實際政教功能的詩論，此正是漢儒論詩之特色也。

〔註156〕逯欽立輯校：《先秦漢魏晉南北朝詩》，漢詩卷三，《雜歌謠辭·潁川兒歌》，北京：中華書局，1998年，頁122。

〔註157〕〔漢〕班固：《漢書》，卷五十二，《竇田灌韓傳第二十三》，北京：中華書局，2002年，頁2384。

〔註158〕〔唐〕孔穎達：《禮記正義》，卷三十七，《樂記第十九》，北京：北京大學出版社，1999年，頁1077。

〔註159〕〔唐〕孔穎達：《禮記正義》，卷三十七，《樂記第十九》，頁1077。

3. 漢武帝與董仲舒的詩教觀

詩教是儒學的主要組成部分，深刻地體現儒家文學觀。獨尊儒術，標榜以儒治國的漢武帝（公元前 156～公元前 87），自然不會忽略推展儒家詩教。或說要掌握漢儒之詩教觀，漢武帝對詩教之態度不可略開不提。筆者認為漢武帝對傳統詩教的貢獻，主要在於他拉下詩教濃厚之理論色彩，貫徹實行，此最明顯體現於漢武帝設立之「樂府」。

《漢書・禮樂志》：「至武帝定郊祀之禮……乃立樂府，采詩夜誦，有趙、代、秦、楚之謳。」〔註160〕《漢書》裏記載不少武帝立樂府之事，然而近來學者傾向漢武帝非「樂府」之創始者〔註161〕，出土文物之確鑿論據亦支持該論點〔註162〕，不過這些對本書之論述都不太重要。漢武帝擴大樂府規模和加強職能，刻意大肆「制定樂譜、訓練樂工、搜集民歌及製作歌辭等〔註163〕，均為對樂府之實際貢獻。孫明君認為武帝對中國詩史的最大影響是「儒家詩教從理論形態落實到現實政治層面」。〔註164〕武帝之努力，讓記載於先秦儒家典籍裏的「采詩觀俗」〔註165〕，體現聖王仁政之美好傳說，終於落實。

漢初自高祖（公元前 256～公元前 195）、文帝（公元前 202～公元前 157）及景帝（公元前 188～公元前 144）等均崇黃、老之學，漢武帝雖喜儒術，初祚時礙於好黃老之道的竇太后（？～公元前 135／129）在上，無法施展。待太后駕崩，西漢之儒學方復蘇，「及竇太后崩，武安侯田蚡（？～公元前 131）為丞相，絀黃、老刑名百家之言，延文學儒者數百人，而公孫弘（公元前 200～公元前 121）以《春秋》白衣為天子三公，封以平津侯。天下之學士，靡然向風矣。」〔註166〕武帝諸重臣中，董仲舒（公元前 179～公元前 104）是西漢推動儒學關鍵人物之一，「及仲舒對冊，推明孔氏，抑黜百家」〔註167〕。董仲

〔註160〕〔漢〕班固：《漢書》，卷二十二，《禮樂志第二》，頁 1045。

〔註161〕宋人王應麟於《漢書藝文志考證》首啟疑竇。

〔註162〕1977 年，秦皇陵左近出土編鐘，鐘柄上刻著「樂府」二字。

〔註163〕章培恒、駱玉明主編：《中國文學史》上冊，上海：復旦大學出版社，1998年，頁 224。

〔註164〕孫明君：《漢魏文學與政治・漢武帝與儒家詩教》，北京：商務印書館，2003年，頁 64。

〔註165〕《禮記・王制第五之一》：「命大師陳詩，以觀民風。」參見〔唐〕孔穎達：《禮記正義》，卷十二，頁 363。

〔註166〕〔漢〕司馬遷著，〔日〕瀧川龜太郎會注考證：《史記會注考證》，卷一百二十一，《儒林列傳第六十一》，臺北：萬卷樓圖書有限公司，1993 年，頁 1287。

〔註167〕〔漢〕班固：《漢書》，卷五十五，《董仲舒傳第二十六》，頁 2525。

舒乃漢初難得之曠世大儒，「少治《春秋》，孝景時爲博士」〔註168〕，有「三年不窺園」〔註169〕地專注經典學習之說。漢武帝與董仲舒「天人三策」之君臣問對中，董仲舒進獻了許多理國之道，其中不厭其煩地向君主反復灌輸「教化」對治國之重要性。

「道者，所繇適於治之路也，仁義禮樂皆其具也」〔註170〕，董仲舒首先肯定治國要重禮樂教化，緊接者又特別地從中提出「樂」對移風化俗具極大功效，「樂者，所以變民風，化民俗也；其變民易，其化人也著。」而聖王欲救平亂世及長治久安，行教化是最大之根本，「聖王之繼亂世也，掃除其跡而悉去之，復修教化而崇起之。教化已明，習俗已成，子孫循之，行五六百歲尚未敗也。」

董仲舒又從反面論證，若不行教化之影響則是「凡以教化不立而萬民不正也」。同時，他又將禮樂教化與刑罰作對比，「是故教化立而姦邪皆止者，其提防完也；教化廢而姦邪並出，刑罰不能勝者，其提防壞也」。居上者欲防止姦邪，推行教化比實施刑罰更具效益，其實該觀點孔子早已提出，子曰：「道之以政，齊之以刑，民免而無恥；道之以德，齊之以禮，有恥且格」（2.3）。董仲舒據該「主教化說」，整理出個結論，「古之王者明於此，是故南面而治天下，莫不以教化爲大務」。

此外，武帝「立學校之官，州郡舉茂材孝廉」〔註171〕等措施，均來自於與董仲舒對策後之啓發。然而漢武帝雖接納其多條建議，卻沒眞正重用其人，只讓他任江都相，事易王。董仲舒廣招生徒，門下弟子多出色，史載其精通經學的弟子「以百數」〔註172〕，得意門生如褚大（生卒年不詳）、殷忠（生卒年不詳）及呂步舒（生卒年不詳）等皆位至梁相及長吏等高職。《史記》作者司馬遷曾師事董仲舒，對其「春秋公羊學」之精義頗有發揮，可見董仲舒對當時學術思潮的巨大影響。

學界多質疑董仲舒及武帝非純儒。筆者不排除該君臣對策裏羼雜不少天人陰陽之說。鑒於討論主題，本書僅集中論述其教化主張，以及對復興儒學

〔註168〕〔漢〕班固：《漢書》，卷五十五，《董仲舒傳第二十六》，頁2495。
〔註169〕〔漢〕班固：《漢書》，卷五十五，《董仲舒傳第二十六》，頁2525。
〔註170〕〔漢〕班固：《漢書》，卷五十五，《董仲舒傳第二十六》，頁2499。
〔註171〕〔漢〕班固：《漢書》，卷五十五，《董仲舒傳第二十六》，頁2525。
〔註172〕〔漢〕司馬遷著，〔日〕瀧川龜太郎會注考證：《史記會注考證》，卷一百二十一，《儒林列傳第六十一》，頁1292。

之貢獻。外儒內陰陽的董仲舒，與表面崇儒，內裏更敬法家之武帝，從某個角度來說其實是合拍的。

孫明君認爲武帝的詩歌實踐不合詩教強調之「言志說」，並舉武帝的幾首詩作如《天馬歌》、《秋風辭》及《悼李夫人賦》等來論證它有「緣情」之嫌。〔註173〕本章第二節論證孔子論詩不講抒情，爲傳統之誤解。筆者認爲武帝，包括眾漢儒，將詩教內涵縮小之餘，突出強調詩以美刺政教，似乎「改造」傳統。可是從另一個角度來說，他們卻是高度發揮了詩教之「美、刺」內涵，將其隱晦之意闡發出來。關於漢武帝與漢儒對傳統詩教之改造，本書不做價值評論，只客觀地描述現象。

漢詩作非全然譏刺，亦重頌美。西漢時盛行以文學作品專事頌美，漢之代表文體散體大賦，即在體制宏偉、筆調誇張、文句鋪陳艱澀及大肆用典中，處處洋溢著對山川宮殿，或統治者之功業，著意奉諛頌揚。司馬相如（公元前179～公元前118）的《子虛賦》與《上林賦》；班固（32～92）《兩都賦》；揚雄（公元前53～公元前18）《甘泉賦》與《羽毛獵賦》，以及張衡《二京賦》等著名之賦作，即在頌美文辭裏大作功夫。班固在爲司馬相如辯解時指出「相如雖多虛辭濫說，然要其歸引之於節儉，此亦《詩》之諷諫何異？」〔註174〕意指在賦的大肆頌美底下，其實蘊含著詩教的諷喻精神。有關賦之頌美爲純粹的讚揚或另有規諷勸喻，歷來頗有集矢，乃見仁見智之問題，本文無意深論，這裏提出來主要論證漢儒發揮了《詩》之頌美傳統。此外，要特別說明今人雖不同意「賦」歸屬於「詩」，但將「賦」與「詩」同性質看待乃漢人之共識，「賦者，古詩之流也」〔註175〕，故舉賦作來證論具其合理性。

漢儒將孔子「詩可以怨」，轉爲「刺」，復發揮《頌》之頌美精神。儒家詩教由「興、觀、群、怨」等多職能之詩歌教育內涵，來到了兩漢，則轉化爲委婉美刺。學者稱孔子詩論，歷經演變。至漢，尤其是漢武帝之後，「儒家詩教終於定型」〔註176〕。孔子與漢儒合力建構的「儒家詩教」，搭架起中國傳統文學理論之主要框架，其政教文學論奠定了傳統中國詩學之主流思想，影響後世深遠。

〔註173〕孫明君：《漢魏文學與政治・漢武帝與儒家詩教》，頁64～85。

〔註174〕〔漢〕班固：《漢書》，卷五十七上，《司馬相如傳第二十七下》，頁2609。

〔註175〕〔漢〕班固：《兩都賦序》，〔明〕張溥輯《漢魏六朝百三名家集・班蘭臺集》，第一冊，頁308。

〔註176〕孫明君：《漢魏文學與政治・漢武帝與儒家詩教》，頁65。

二、魏晉：抒情式寫實與偏取頌美

　　魏晉時期之詩教觀，實與其政治環境及文學思潮有極密切聯繫。文學反映現實政治，政治倒回來影響文學思想，而文藝觀又與文學思潮脫離不了關係。

　　東漢末黃巾起義，天下紛擾。隨後各路豪傑四起，大漢四百年基業崩毀，以綱常來維繫國政之儒學，漸趨無力與失效。曹操（155〜220）挾天子以令諸侯，後復由曹丕篡漢，實施重才智，輕德行之策，致使原本已式微之儒學更受打擊。

　　上揭漢儒論詩充滿政教服務的味道，自魏後，文論之探討開始轉向觸及文學的多面向，諸如文體分類、文學批評應具有之態度、強調作家之氣質才性與文章風格等。若與前朝相比，建安與正始文學開始體現所謂的「文學性」。漢魏文論中當以曹丕（187〜226）《典論・論文》爲濫觴，「蓋文章經國之大業，不朽之盛事。」該「才高八斗」之大文學家，高抬文學地位與價值，然究其論調，仍不離文學與政治之老調。

　　建安作家如三曹與七子等作品實踐，具三項特色。首先是在作品裏常憂時傷亂，反映紛擾之現實環境。據此作家進一步聯想至自身處境，而悲歎人生短促。最後爲了尋找解決之道，他們轉往渴望建立不朽功業，企圖借立一番功業來無形地延長在世之壽命。該時期的創作深受政治環境影響，內容多批判現實社會，眞實地描繪百姓的貧饑哀痛，發揮「感於哀樂，緣事而發」〔註177〕之漢樂府精神。

　　曹操爲典型代表，其作如《薤露行》、《短歌行》及《步出東門行》等皆體現以上所述之特色。學者有指出建安文人作品中，幾乎不見漢儒強調的美刺諷喻的詩教內涵，〔註178〕可我們不可據此而論斷建安文學脫離詩教精神。本章第一與第二節均有論及孔子詩論強調詩與政教之關係，同時上文亦揭示漢儒關心政教，所以建安文人是以對社會環境的關懷來承傳與發揚詩教。

　　論及建安文學與詩教之關係，有一點必須要加以注意的是漢末、建安至正始間，詩壇盛行著一股不滿與批評現實之詩作，嵇康（223〜263）及阮籍（210〜263）的作品尤其集中反映該點。葛曉音認爲此與「『刺世譏俗』這一

〔註177〕〔漢〕班固：《漢書》，卷三十，《藝文志第十》，頁1756。
〔註178〕葛曉音：《漢唐文學的嬗變・論漢魏六朝詩教説的演變及其在詩歌發展中的作用》，頁21。

觀念內涵的轉化有關」。論者指出先秦至漢儒主張的美刺諷喻，有助倫理教化者，都屬外在目的，而如今作者乃「內心有所鬱積而發的怨刺之文。」他們的創作發自內心情感之流露，主要「在探索人生意義的言情述懷之作中透射出對現實的強烈不滿和否定」〔註179〕，葛曉音認為他們抒情地寫實，與傳統詩教有距離。該論其實是忽視或誤解了孔子論詩亦具「主情」之一面，文人以抒情式的筆調來美刺政教，其實亦受詩教精神影響，唐李白及顧況等即存有不少該類作品〔註180〕。

公元 265 年，西晉司馬氏立國，國家得以暫時統一，可是司馬家族的高壓政治下，文人卻常朝不保夕。相比前朝，西晉文人如三張、二陸及兩潘等創作，語言華麗，精雕細琢，筆調鬆弛平緩，少激動人心。時代吹玄風，詩教說卻忽興盛起來，甚至還佔據主導地位。〔註181〕可是西晉文人非承襲漢儒美刺並舉之諷喻詩，而是偏取詩之「美頌」來刻意地阿諛讚揚執政者。

葛曉音列出幾項時人「棄刺取美」之因素，其中與西晉政治有頗密切關係。司馬炎（236～290）篡位得權，不受天命，所以特別需要群臣之頌美，以取得另一種形式上的正當性，此與爾後有唐武后（624～705）奪權後之心理雷同，「言聖皇受禪，德合神明也」〔註182〕，正是執政者之心理需要。加之西晉宮廷重臣如王肅（195～256）、傅玄（217～278）與張華（232～300）等皆富經學背景，所以司馬氏立國初即大興儒學，頌美之作即源源而來。〔註183〕

東晉雖為玄言詩天下，但詩以頌美之歪風依然延續。一些詩人以四言詩體來傳達歌功頌美之義，「每逢王公上壽舉食、慶祝大小節令、進獻祥瑞之物，四言頌詩更是不可或缺。」〔註184〕誠如所指，東晉頌詩可謂遍地開花矣。

其實頌美文學濫觴於西漢。漢大賦，即盡情地在鋪陳誇飾的字裏行間，

〔註179〕葛曉音：《漢唐文學的嬗變‧論漢魏六朝詩教說的演變及其在詩歌發展中的作用》，頁 22。

〔註180〕筆者將於論文第二與第四章，論述該兩位詩人的抒情式教化詩。

〔註181〕葛曉音：《漢唐文學的嬗變‧論漢魏六朝詩教說的演變及其在詩歌發展中的作用》，頁 23。

〔註182〕〔唐〕房玄齡：《晉書》，卷二十三，《志第十三‧樂下》，北京：中華書局，2002 年，頁 703。

〔註183〕摘要自葛曉音：《漢唐文學的嬗變‧論漢魏六朝詩教說的演變及其在詩歌發展中的作用》，頁 24～26。

〔註184〕葛曉音：《漢唐文學的嬗變‧論漢魏六朝詩教說的演變及其在詩歌發展中的作用》，頁 24。

著意頌美統治者之豐功偉業。雖儒者認爲賦具「抒下情而通諷喻，宣上德而盡忠孝」〔註185〕之功效，契合詩教內涵，但統治者卻往往注目於後者，陶醉沉溺於一片讚頌之中。漢武帝好大喜功，尤好此道，所以漢賦大家揚雄晚年後悔，感歎賦爲「童子雕蟲篆刻，壯夫不爲」〔註186〕。

頌美之詩作，除虛假，無補於政教之外，長久之下，更有損倫理，是詩教精神的極端不良發展。無論如何，該發展維持不久，因政局的變化又有了另一番面貌。

三、南北朝：理論過於實踐的詩教主張

隨著南北朝分治，政權更易頻乃，整片大中國時陷混亂，想要有效說明該時期之詩教特色非易事，本小節僅能以南北朝兩大面塊來簡述。

公元420年，劉裕（363～422）篡晉立宋，至公元589隋朝建立，南朝一百七十年間，歷經宋、齊、梁、陳四個享祚不長之皇朝。許多學者想當然混亂的政局，加之盛行黃老玄學，儒學肯定不行。相比於漢儒學之興旺，南朝儒學無可否認地顯得衰微，可是儒家思想並非完全泯滅，依然有所延續。

宋文帝（407～453）即曾設立了儒、玄、文與史等四館；齊武帝（440～493）時立國學，並讓王儉（452～489）引領國子祭酒，講述儒學精義；梁武（464～549）、簡文（503～551）兩帝雖爲史上著名之佛教大護法，但也有些推動儒學的活動，如分遣博士祭酒至各地設學館等。話雖如此，居上者單方的宣導，影響力畢竟有限。一場成功的文學運動，或說欲卷起比較全面之文學思潮，必須是君臣上下，文論家與創作者互相配合才行。

如果說魏晉前的文士常混淆「文學」與「學術」，或將「文學」置於「經學」底下來討論，對「文學」的定義含糊不清，六朝時「文學」與「經學」則開始分家，文學觀念逐步明晰。學者指出南朝詩歌自漫長的兩漢魏晉後，開始走出《詩》言志的古老傳統，接受《騷》啓發，詩主吟情詠性。本書重點不在於討論南朝詩歌之如何「綺縠紛披，宮徵靡曼」〔註187〕，或「緣情」

〔註185〕〔漢〕班固：《兩都賦序》，〔明〕張溥輯：《漢魏六朝百三名家集‧班蘭臺集》，第一冊，頁308。

〔註186〕〔漢〕揚雄：《法言‧吾子》，郭紹虞主編：《中國歷代文論選》第一冊，上海：上海古籍出版社，2005年，頁91。

〔註187〕〔梁〕蕭繹：《金樓子‧立言》，郭紹虞主編：《中國歷代文論選》第一冊，頁340。

詩與《騷》之關係，而是從南朝儒者堅持詩教說的角度來論述，嘗試梳理傳統詩教於南朝之衍化。

《文心雕龍》裏的《明詩》、《樂府》及《詮賦》等篇集中討論文學之政教功能。《明詩》開篇不久即指「詩者，持也，持人情性；三百之蔽，義歸『無邪』」〔註188〕，清楚揭示詩歌可以扶正人們的情性。《樂府》則闡述了上古音樂曲調之來源及發展演變，並指出它具有「化動八風」〔註189〕之能，肯定了音樂對政教的作用。同時在論及賦體時，劉勰認爲賦雖從《詩》出，卻分流自成一體。〔註190〕然而賦過於「鋪采擒文」，應該去其有害之言辭，「風歸麗則，辭剪荑稗」，不然就會「繁華損枝，膏腴害骨」。劉勰認爲該賦「無貴風軌，莫益勸誡」，〔註191〕可見作者論詩、樂府或賦，均從美刺教化角度來審視〔註192〕。此與上揭班固爲司馬相如之辯解，幾乎同一聲口。

劉勰非獨立鶴行，當代與之相呼應之論不匱乏，其中有裴子野（469～530）的《雕蟲論》：「古者四始六藝，總而爲詩，既形四方之風，且彰君子之志，勸美懲惡，王化本焉。」〔註193〕裴子野首先從詩可以反映現實社會，表達個人志意，對政教有助益談起。作者緊接著抨擊時風不合儒學，專以辭藻華豔綺麗爲能事，甚至以「淫文破典」的重話來譴責排斥。「自是閭閻年少，貴遊總角，罔不擯落六藝，吟詠情性。學者以博依爲急務，謂章句爲專魯。淫文破典，斐爾爲功，無被於管絃，非止乎禮儀。」〔註194〕文末並引用荀子「亂代之征，文章匿而採」爲結語，強調文學反映現實，富社會政治意義，全文充滿支持詩教之論調。

劉勰與裴子野均沒留下任何文學創作，可見南朝人論詩雖主張詩化，更多停留於理論而缺乏實踐。後代學者論南朝詩風，多集中於其「緣情綺靡」

〔註188〕〔梁〕劉勰著，范文瀾注：《文心雕龍注》，卷二，《明詩第六》，北京：人民文學出版社，2006年，頁65。

〔註189〕〔梁〕劉勰著，范文瀾注：《文心雕龍注》，卷二，《樂府第七》，北京：人民文學出版社，2006年，頁101。

〔註190〕對照班固：「賦者，古詩之流也」，可見「賦」之觀念因時代而異。

〔註191〕〔梁〕劉勰著，范文瀾注：《文心雕龍注》，卷二，《詮賦第八》，北京：人民文學出版社，2006年，頁136。

〔註192〕劉勰非完全主張教化者，他亦推崇文學之審美藝術，主張應該酌量學習當代藝術特色，俾文學達至質文並美之境。

〔註193〕〔梁〕裴子野：《雕蟲論》，郭紹虞主編：《中國歷代文論選》第一冊，頁324。

〔註194〕〔梁〕裴子野：《雕蟲論》，郭紹虞主編：《中國歷代文論選》第一冊，頁324。

〔註 195〕之特色，筆者考察整個南朝百餘年，具藝術審美水準的詩歌中，沒有多少首兼蘊含詩教精神。

在此同時，詩教在北朝仍然保有正統地位，主因在於北魏拓跋氏取得政權後，基本紹承漢晉之文化傳統。北魏延續儒家推崇之采詩制度，重臣張彝（生卒年不詳）曾勸諫孝文帝（467～499）：「皇王統天，必以窮幽爲美，盡理作聖，亦假廣採成明。……不然則美刺無以得彰，善惡有時不達。……猶且慮獨見之不明，欲廣訪於得失，乃命四使，觀察風謠。……周歷於齊、魯之間，遍馳於梁、宋之域，詢采詩頌，研擬獄情，實庶片言之不遺，美刺之具顯」〔註 196〕。

魏分東西兩魏後，西魏及北周賡續北魏，宣導詩教。魏文帝宇文泰（507～551）敕令西魏一代大政治改革家蘇綽（498～546）仿擬《尚書》撰《大誥》一文，提倡商、周之質樸古文。〔註 197〕蘇綽更於其上奏文帝之「六條詔書」其二中主張務必「敦教化」，認爲「性無常守，隨化而遷」，並「治亂興亡，無不皆由所化也。」〔註 198〕該則史實論證執政者嘗試經由行政命令來提倡教化，改革浮華文風。無論如何，由於文化水平關係，北方人本身沒留下多少佳作，所以北朝之推展詩教，其命運與南朝一樣，皆流爲理論提倡過於行動貫徹。

四、隋朝：微薄之詩教理論提倡

公元 581 年，隋王楊堅（541～604）逼迫北周靜帝（573～581）下詔遜位，隋朝建立。爾後於公元 589 年，楊堅度江打敗陳朝，結束了中國南北長達三百餘年之分治。隋文帝一生心悅佛法，與隋煬帝（569～618）同爲中國佛教史上著名之大護法。可是立國初始，文帝卻多次手詔提倡儒學，可以合理推測的是對一個剛從兵燹中好不容易建立起來之皇朝，最佳策施莫過於推行強調三綱五常的儒學，以捍衛皇權，並維繫社會綱紀。

隋文帝時之治書侍御史李諤（生卒年不詳），上書倡議改革前朝文風，並

〔註 195〕〔晉〕陸機著，張少康集釋：《文賦集釋》，北京：人民文學出版社，頁 99。

〔註 196〕〔北齊〕魏收：《魏書》，卷六十四，《張彝列傳第五十二》，北京：中華書局，2002 年，頁 1430～1431。

〔註 197〕〔唐〕令狐德棻：《周書》，卷二十三，《蘇綽列傳十五》，北京：中華書局，頁 391。

〔註 198〕〔唐〕令狐德棻：《周書》，卷二十三，《蘇綽列傳十五》，頁 383。

認爲六朝靡風肇源於曹氏三父子，「降及後代，風教漸落。魏之三祖，更尚文詞，忽君人之大道，好雕蟲之小藝。……江左齊、梁，其弊彌甚，貴賤賢愚，唯務吟詠。遂復遺理存異，尋虛逐微，競一韻之奇，爭一字之巧」〔註199〕。李諤抨擊時風追求雕飾繁縟，直指它是導致國家政勢紊亂主因。李諤嚴正申斥：「以傲誕爲清虛，以緣情爲勳績，……故文筆日繁，其政日亂。良由棄大聖之軌模，構無用之以爲用也。」那麼該如何重拾「大聖之軌模」？文中即舉一實例，「其年九月，泗州刺史司馬幼之文表華豔」，作者即建議「付所司治罪」來懲戒。由此可窺之，李諤與蘇綽看法一致，試圖透過政治來強迫扭轉文學風氣。該違背文學內在發展規律之舉，極不合理，且不可施。事實上，中國文學史裏也證明了終隋朝一代，徒有理論上之倡議詩教，而創作上依然延續六朝靡風。

　　論及隋朝儒學，不可不提及隋之大儒文中子王通（？～617）。王通的主要思想可從其《中說》一書中窺探。王通曾向弟子薛收（生卒年不詳）指出：「其（昔聖）述詩也，興衰之由顯，故究焉而皆得。」〔註200〕言下之意是透過研讀詩歌可以明瞭政治之良窳，揭示文學與現實政治之間具共通性。王通認爲詩「上明三綱，下達五常」，所以「小人歌之以貢其俗，君子賦之以見其志，聖人採之以觀其變。」〔註201〕據此，王通主張文學務必以教化爲本，提出詩歌功效「可以諷，可以達，可以蕩，可以獨處，出則悌，入則孝，多見治亂之情」〔註202〕，其理深契儒家的道德主張。

　　同時，王通又在《事君篇》裏補充說詩歌蘊涵「四名」，即化、政、頌、歎等多種政教效能。此外，他也認爲詩歌具有美、勉、傷、惡與戒等「五志」〔註203〕。總之，王通主張政教文學，不過他的理論並沒有多少新發明。與上文論及的漢儒如《詩大序》作者及鄭玄等，其實同聲同氣，找不出兩樣之處。

〔註199〕〔隋〕李諤：《上隋高祖革文華書》，郭紹虞主編：《中國歷代文論選》第二冊，頁5。

〔註200〕〔隋〕王通：《中說》，卷一，《王道篇》，《文淵閣四庫全書》第696冊，上海：上海古籍出版社，2003年，頁526。

〔註201〕〔隋〕王通：《中說》，卷二，《天地篇》，《文淵閣四庫全書》第696冊，頁531。

〔註202〕〔隋〕王通：《中說》，卷二，《天地篇》，《文淵閣四庫全書》第696冊，頁535。

〔註203〕〔隋〕王通：《中說》，卷三，《事君篇》，《文淵閣四庫全書》第696冊，頁538。

我們甚至可視王通為簡單的復古主義者。與此同時，必須特別說明歷來學者多質疑《中說》非王通所著，甚至爭議文中子是否有其人。〔註204〕若據此將王通從隋儒學發展中抽出，隋朝之教化主張更呈微薄的了。

　　隋朝祚短，在還未及矯正六朝靡風或形成自己之文風前，就於公元 618 年被李淵（566～635）毀滅了。話雖如此，經過隋近三十餘年的努力，畢竟多少也醞釀了初唐蓬勃發展儒學的有利環境。其中一個讓初唐推展儒學成功的因素，為前朝培植了不少崇信儒學之遺士，而他們之後成為了初唐影響施政的重臣，如房玄齡（579～648）與魏徵（580～643）等。簡言之，隋朝為初唐儒學統一或「再度官學化」〔註205〕，提供了一個營養的良床，以及堅實的鋪墊。

〔註204〕晁公武、洪邁、朱熹、譚獻與章炳麟等學者對其著或其人均存疑。
〔註205〕馬勇：《儒學興衰史》，肇慶：廣東人民出版社，2001 年，頁63。

第二章　初、盛唐：從寓變於復至質文半取

　　在未真正進入論文討論中心，即探索中唐詩風與儒家詩教的關係前，有必要先分析初唐與盛唐，共約一百五十年間的詩風。本章分三節來評述，第一與第二節集中於初唐，討論對象包括貞觀君臣與孔穎達編著之《五經正義》。第三節則分別以盛唐著名詩人如李白、王維、孟浩然、高適及岑參為研究對象，在可能的範圍底下探討彼等詩歌受詩教精神之影響。

第一節　初唐貞觀君臣與孔穎達對詩教之論述

　　高祖建國伊始，即在經濟、政治、教育及文化等方面採取許多良策佳措，如經濟方面實施均田制與租庸調法，改善了人民的生活條件，間接為唐的文學繁榮奠下了良好的基礎。又如唐初延續隋的科舉考試，動機本在於排抑舊士族勢力，可其以詩賦取士制，反而造成唐人喜愛詩歌，促進詩歌的蓬勃發展。該舉措均在一定的程度上影響了初唐人的文學觀，當中最直接地主導文學思潮者，莫過於居上位者對文學之立場。唐初，太宗（599〜649）與朝廷重臣，討論了文學特質、審美標準與歷代文學發展等。他們評價了前朝文學，抨擊齊、梁浮靡文風，指出文學未來該發展的路向。貞觀君臣的評論聚焦於文學功效，尤其是文學與政教之關係，本節亦主要集中論述該點。

一、貞觀君臣的儒家詩教觀

　　所謂「貞觀君臣」，指向唐貞觀二十三年間（627〜649），唐太宗與魏徵、

令狐德棻、姚思廉，以及房玄齡等大多數兼具史學家及政治家身份之左右重臣。他們常於宮中討論政事或文學，討論中洋溢著濃厚的儒家詩教觀念。

1. 唐太宗偏重儒家政教中心論

唐太宗是十分崇儒之君主，其文學觀主張基本上屬於儒家強調倫理教化作用的社會功利主義詩學，特別著重詩歌蘊含之道德意識。貞觀初，太宗即批評漢大賦，如揚雄的《甘泉》與《羽獵》，司馬相如的《子虛》與《上林》，還有班固的《兩都賦》等，「文體浮華，無益勸誡，何假書之史策」〔註1〕，認爲唯有益助於告誡君主的文章，方可載錄於史冊，此論體現了該位初唐明君如何從政教實用功能角度來要求文學。

太宗「觀列代之皇王，考當時之行事」，指出歷代皇帝之所以敗亡，皆因「峻宇雕牆，窮侈極麗」，所以他要「以堯舜之風，蕩秦漢之弊；用咸英之曲，變爛漫之音。」據此，太宗認爲忽略內容，光追求藝術形式之創作是「釋實求華，以人從欲，亂於大道，君子恥之」，而主張文學應該「皆節之於中和，不繫之於淫放。」〔註2〕這以儒家之中和思想來干預文風的觀念，已成貞觀君臣之共識。太宗由政權之得失，聯繫至文學，已深察文學補察時政之功能。貞觀四年（630），太宗敕令房玄齡監修國史「詞直理切，可裨於政理者，朕從與不從皆須備載」〔註3〕，該令一方面顯示一代明君的寬宏度量，另一方面則體現他有將文學與現實政治緊密捆綁的觀念。

然太宗並非純粹政教實用主義者，他曾親自爲西晉大文豪陸機撰寫傳記，讚揚陸機「文藻宏麗，獨步當時」，同時也稱許其詩歌「言論慷慨，冠乎終古」，最後總結陸機的創作「詞深而雅，義博而顯」，並推譽爲「百代文宗，一人而已」。〔註4〕陸機是著名詩論「詩緣情而綺靡」之提倡者，且實際上詩人爲文有繁縟瑣碎之病。清人沈德潛曾指出陸機「通贍自足，而絢采無力」，又譏刺他是齊、梁以來，「專工對仗，邊幅復狹，令閱者白日欲臥」之濫觴。〔註5〕太宗卻全然

〔註1〕 〔唐〕吳兢撰，謝保成集校：《貞觀政要集校》，卷二十七，《論文史第二十八》，北京：中華書局，2003年，頁387。

〔註2〕 〔唐〕唐太宗：《帝京篇十首並序》，〔清〕彭定求：《全唐詩》，卷一，北京：中華書局，1999年，頁1。

〔註3〕 〔唐〕吳兢撰，謝保成集校：《貞觀政要集校》，卷二十七，《論文史第二十八》，頁387。

〔註4〕 〔唐〕房玄齡等：《晉書》，卷五十四，《陸機列傳第二十四》，頁1487。

〔註5〕 〔清〕沈德潛：《說詩晬語》，王夫之等撰：《清詩話》，上海：上海古籍出版社，1999年，頁532。

未提陸機該缺失，體現國君亦有著重文學審美藝術面，非純粹講求內容之實用性。與此同時，太宗創作《帝京篇十首》，猶帶六朝氣習，看來似乎有質文並重之意。不過無論如何，太宗重視者還是文學之內容實質。

太宗之審美主張，奠定了初唐文論主調。上有所好，下必效焉，居上者重儒家政教中心說，必然導致底下大臣以儒學功利角度來檢視文學。綜觀貞觀君臣言論，似乎均毫無例外地強調文學之政教價值。

2. 初唐重臣質文並舉中重質輕文

魏徵素以犯顏直諫著稱，是初唐政治家與史家群中最具聲望者。貞觀初，魏徵主持與參與了修訂梁、陳、齊及隋史的工作。魏徵於《隋書‧經籍志》及《隋書‧文學列傳序》裏的審美主張，對初唐文學思潮起了巨大的影響。魏徵《文學列傳序》中指出文學的作用是「然則文之爲用，其大矣哉。上所以敷德教於下，下所以達情志於上，大則經緯天地，作訓垂範；次則風謠歌頌，匡主和民。」〔註6〕這類上以文化下，下以文表情於上的論調，表面看來似乎局限於傳統詩教之美刺教化而已。

然而在此同時，魏徵卻指出「梁簡文之在東宮，亦好篇什。清辭巧製，止乎衽席之間；雕琢蔓藻，思極閨闥之內。」言下之意，他似乎還頗贊同簡文帝的文學藝術。或有指簡文帝爲六朝宮體詩之濫觴，魏徵爲之辯護「後生好事，遞相放習，朝野紛紛」〔註7〕。此外，魏徵又讚美了齊、梁不少作家，如謝靈運（385～433）有「高致之奇」；顏延之（384～456）具「錯綜之美」；謝朓（464～499）的辭藻華麗；而沈約（441～513）之文章富溢，等等，並總結他們之作「輝煥斌蔚，辭義可觀」〔註8〕。以上諸種跡象均體現魏徵持質文並重之審美價值。

魏徵已留意到文學之抒情作用，並給予高度的肯定。他於《文學列傳序》中指那些不得志的士人，「憤激委約之中，飛文魏闕之下」，並進一步認爲「是以凡百君子，莫不用心焉。」君子用心於賦詩之道，一方面是爲了勸諫諷喻，另一方面則是爲了抒發自我的不平遭遇。上文揭露太宗認同詩人的文學藝術，魏徵似乎比太宗更踏前一步，直接肯定詩以吟詠情性之功能。易言之，

〔註6〕 〔唐〕魏徵等：《隋書》，卷七十六，《文學列傳第四十一》，北京：中華書局，2002 年，頁 1729。
〔註7〕 〔唐〕魏徵等：《隋書》，卷三五，《經籍四‧集部總論‧志第三十》，頁 1090。
〔註8〕 〔唐〕魏徵等：《隋書》，卷三五，《經籍四‧集部總論‧志第三十》，頁 1090。

傳統之「詩言志」與六朝盛行的「詩緣情」說，在初唐君臣心目中，竟是可以並行不悖者。

　　魏徵《文學列傳序》裏批判了梁、陳浮豔文風，「梁自大同之後，雅道淪缺，漸乖典則，爭馳新巧」，斷定它們「蓋亦亡國之音乎！」〔註9〕作者將文學與政治結合議論，強調文學的社會教育功能，爲現實功利主義者之論調。《詩大序》曰：「治世之音安以樂，其政和；亂世之音怨以怒，其政乖；亡國之音哀以思，其民困。」〔註10〕又《禮記‧樂記》曰：「聲音之道與政通」〔註11〕，魏徵肯定體會這兩部經典著作，彼此的語調近乎一致。

　　魏徵指出「江左宮商發越，貴於清綺」，而「河朔詞義貞剛，重乎氣質」，南北文風各俱優劣，所以理想的文風該融合兩者，「氣質」與「清綺」並備，「各去所短，合其兩長」，臻「文質彬彬」以及「盡善盡美」至境。〔註12〕初唐時頗盛行該種融合南北，折衷調和式之文論。魏徵不似北朝李諤及蘇綽，完全否定文學表現文人的心靈情感，徹底排斥文學吟詠情性之功能。梁人劉勰《文心雕龍》裏主張質文調和，〔註13〕所以從另一個意義來說，貞觀君臣的主張乃該論之隔代延續。

　　初唐君臣論政，時時借鑒前朝失敗之經驗，〔註14〕北朝強硬推行教化的挫折經歷，就是一個很好的歷史警誡，故強調質文並舉。與此同時，也不排除魏徵鑒於本身的創作經驗，〔註15〕在文論裏主張還原詩歌的抒情本質。然而審察魏徵的論調中心，其實還是延續傳統儒家的政教論，如上揭魏徵雖肯定簡文帝之審美形式，可是另一廂卻抨擊「簡文、湘東，啓其淫放」〔註16〕，可見他雖重抒情，不過卻將它置於次要的地位。

〔註9〕〔唐〕魏徵等：《隋書》，卷七十六，《文學列傳第四十一》，頁1730。
〔註10〕〔唐〕孔穎達：《毛詩正義》，卷一（一之一），《詩大序》，北京：北京大學出版社，1999年，頁15。
〔註11〕〔唐〕孔穎達：《禮記正義》，卷三十七，《樂記第十九》，北京：北京大學出版社，1999年，頁1077。
〔註12〕〔唐〕魏徵等：《隋書》，卷七十六，《文學列傳第四十一》，頁1730。
〔註13〕關於劉勰折衷調和論，本書第七章第一節將有詳細探討。
〔註14〕《貞觀政要‧君臣鑒戒第六》：太宗謂侍臣曰「前事不遠，朕與卿等可得不愼」。參見〔唐〕吳兢撰，謝保成集校：《貞觀政要集校》，卷三，《君臣鑒戒第六》，頁147。
〔註15〕《全唐詩》存錄了魏徵一卷三十六首之詩作，《全唐詩補編》輯補三首。
〔註16〕〔唐〕魏徵：《隋書》，卷七十六，《文學列傳第四十一》，頁1730。

　　另一位初唐重要的政治與歷史學家令狐德棻（583～666），幾乎與魏徵持同一審美價值。令狐德棻於《周書‧王褒庾信傳論》中一開始，即指出不論經歷多少時間，文學的主要功用仍在於「綱紀人倫」與「經邦緯俗」。〔註17〕然而他也沒忽略文學的抒情效果，「原夫文章之作，本乎情性，覃思則變化無方，形言則條流遂廣」〔註18〕。令狐德棻也列舉前朝文士如屈原（公元前339～公元前278）、宋玉（公元前299／298？～公元前222？）及賈誼（公元前200～公元前168）等的創作除了蘊含「組織風雅」之外，未遺忘「陶鑄性靈」。此外，令狐德棻也對重「鋪采摘文」之漢賦大家如司馬相如、王褒（？～572／577）以及魏晉文士若曹植與王粲（177～217）等，給予高度評價。「斯並高視當世，連衡孔門」〔註19〕，令狐德棻認爲這些文人皆爲當代高士，具資格列於孔夫子門下，不因其作品未契合詩教而遭斥於外。

　　與此同時，令狐德棻反過來抨擊北朝以蘇綽《大誥》改革浮華文風之論，「雖屬詞有師古之美，矯枉非適時之用，故莫能長行焉」〔註20〕，推行改革失敗之因，乃不合時宜也。令狐德棻改讚美由南入北的王褒與庾信，「奇才秀出，牢籠於一代」。然而令狐德棻也認爲庾信病於「淫放輕險」，成詞賦之罪人。由此可知，其未直接表明之意是理想的文學，應適度地結合北方的質樸特色，以及南方之秀麗本質。該論與上揭魏徵融合南北之折衷論，似乎完全合拍。

　　唐初一方面推行儒家政教政策，要求文學爲政教服務，而另一方面肯定前朝注重文學之抒情本質。「詩言志」與「緣情」並舉，南北文學調和論，似乎已成初唐之普遍共識，且觀念非局限於詩歌，而是擴展至所有的文學作品。貞觀權臣李百藥（565～648），肯定文學是作者內心眞情之流露，「達幽顯之情，明天人之際，其在文乎！」，又指出「然文之所起，情發於中」〔註21〕。此外，另一位重要史家姚思廉（557～637）也主張文章可以抒發性靈，「夫文者妙發性靈，獨拔懷抱」〔註22〕。開國功臣兼著名史家房玄齡則更進一步主張「夫賞好生於情，剛柔本於性，情之所適，發乎詠歌」，故此「鄒湛之持論，棗據之緣情，實

〔註17〕〔唐〕令狐德棻等：《周書》，卷四十一，《王褒庾信列傳第三十三》，頁742。
〔註18〕〔唐〕令狐德棻等：《周書》，卷四十一，《王褒庾信列傳第三十三》，頁744。
〔註19〕〔唐〕令狐德棻等：《周書》，卷四十一，《王褒庾信列傳第三十三》，頁743。
〔註20〕〔唐〕令狐德棻等：《周書》，卷四十一，《王褒庾信列傳第三十三》，頁744。
〔註21〕〔唐〕李百藥：《北齊》，卷四十五，《文苑列傳第三十七》，頁601～602。
〔註22〕〔唐〕姚思廉：《梁書》，卷五十，《文學列傳第四十四》，頁727。

南陽之人傑，蓋穎川之時秀」〔註23〕，正面肯定文學之緣情作用。

其實追溯起來，首倡詩歌政治教化論者之孔子，也並非全然以功用角度來論詩。如孔子論詩可以「興、觀、群、怨」（17.9）之說，「興」與「怨」本身已經觸及詩歌之吟詠性情本質特徵，是有「抒寫性情的傾向了」〔註 24〕。再如子曰：「《關雎》，樂而不淫，哀而不傷。」（3.20）喜樂與哀傷是人類本性感於物而生，〔註 25〕爲人類基本情感之一。孔子默認詩歌具抒情之本質，可是爲了配合匡時濟世之理想，孔子不選擇從文學審美觀點來審視，轉向重視詩歌之現實功能，其動機可以理解。

此外，即使在儒家政教觀最鼎盛時期，其典型代表《詩大序》：「詩者，志之所之也。在心爲志，發言爲詩，情動於中而形於言」，又「吟詠情性，以風其上」〔註26〕，亦闡明詩歌具抒情特點，不敢斷然否決掉該詩歌的本質。〔註27〕話雖如此，若再論回「詩緣情」之濫觴者陸機，卻於《文賦》末段指出「伊茲文之爲用，固眾理之所因。……濟文武於將墜，宣風聲於不泯」〔註28〕，作者不排除文學可以闡揚政教，挽起即將墜沒的文武之道。陸機雖稍有論及文章的社會功用，然而我們卻不可據之判斷作者主張教化。由此來說，論文學重政教或重抒情，端視個人偏重或抱持不同之出發動機而已。

綜觀上述諸家，肯定文章表達情志職能之餘，其實更在意於文學的政教作用。姚思廉在《梁書・文學列傳序》中堅持文學之效在於「經禮樂而緯國家，通古今而述美惡，非文莫可也，是以君臨天下者，莫不敦悅其義；縉紳之學，咸貴尚其道，古往今來，未之能易」〔註 29〕。同時又於《陳書・文學列傳》之序言與後論中重複看法，「經禮樂，綜人倫，通古今，述美惡」〔註

〔註23〕 〔唐〕房玄齡：《晉書》，卷九十二，《文苑列傳第六十二》，頁 2406。

〔註24〕 羅根澤：《中國文學批評史》，上海：上海書店出版社，2003 年，頁 36。

〔註25〕 《荀子・正名篇第二十二》：「性之好、惡、喜、怒、哀、樂謂之情。」，見〔清〕王先謙：《荀子集解》，卷十六，《正名篇第二十二》，北京：中華書局，1997 年，頁 412。

〔註26〕 〔唐〕孔穎達：《毛詩正義》，卷一（一之一），《詩大序》，北京：北京大學出版社，1999 年，頁 15。

〔註27〕 關於儒家詩教亦觸及詩歌之抒情本質，已於第一章第二節有詳細之評述。

〔註28〕 〔晉〕陸機著，張少康集釋：《文賦集釋》，北京：人民文學出版社，頁 261。

〔註29〕 〔唐〕姚思廉：《梁書》，卷五十，《文學列傳第四十四》，頁 727。

〔註30〕 〔唐〕姚思廉：《陳書》，卷三十四，《文學列傳第二十八》，頁 453。

30〕，又曰：「夫文學者，蓋人倫之所基歟？」〔註 31〕一再強調文學有益於政教人倫之論。房玄齡及另一大政治家與史家高士廉（576？～647），也抱持類似之論調。「移風俗於王化，崇孝敬於人倫，經緯乾坤，彌綸中外，故知文之時義大哉遠矣」〔註 32〕，以及「大矣哉，文籍之盛也。範圍天地，幽贊神明，用之邦國，則百官以乂；用之鄉人，則萬性以察」〔註 33〕。諸種言論在在地體現了初唐貞觀君臣心目中，始終強調文學的政教功能。

3. 折衷南北與文質並取之理論提倡

　　初唐能在繼承儒家政教中心說之餘，肯定文學之緣情功效，不似北朝般全盤否定文學抒寫情性的審美特徵，一個可以探討之因是彼等的觀念能依時調適，具彈性，當中可以令狐德棻於《王褒庾信列傳》後論為代表觀點。「文質因其宜，繁約適其變。權衡輕重，斟酌古今」〔註 34〕，時代在變，社會不斷地發展，傳統文學主「言志」或「緣情」，亦要因時因地而制宜。唐是一個南北統一之大國，初唐為南北文化初融期，折衷南朝宮廷詩傳統與北朝儒家教化觀，「各去所短，合其兩長」〔註 35〕，一方面可以促進文學健康發展，另外也能避免因偏厚不公而造成政治失衡，這對一個新興國家來說，具穩定局勢的政治作用。職是之故，唯有文質並取，才能「和而能壯，麗而能典」〔註 36〕。

　　然而文學史上告訴我們文質並取論，於初唐間無法獲得全面推展，主因在於深受六朝浮靡詩風習染。太宗於《帝京篇十首》序中強調詩歌創作要「不繫之於淫放」，可其詩作實踐卻大違此說。據此明人胡應麟（1551～1602）曾批評：「唐初唯文皇《帝京篇》，藻贍精華，最為傑作。視梁、陳神韻少減，而富麗過之」〔註 37〕。一代明君之作尚且無法完全扯脫浮詞麗藻之氣息，其餘則可想而知也。實際上，初唐大體上還是由南朝詩風主導，正如學者之謂：「貞觀之詩，未脫齊梁」〔註 38〕也。

〔註 31〕〔唐〕姚思廉：《陳書》，卷三十四，《文學列傳第二十八》，頁 473。
〔註 32〕〔唐〕房玄齡等：《晉書》，卷九十二，《文苑列傳第六十二》，頁 2369。
〔註 33〕〔唐〕高士廉：《文思博要序》，蕭占鵬主編：《隋唐五代文藝理論彙編評注》上冊，天津：南開大學出版社，2002 年，頁 53。
〔註 34〕〔唐〕令狐德棻等：《周書》，卷四十一，《王褒庾信列傳第三十三》，頁 745。
〔註 35〕〔唐〕魏徵等：《隋書》，卷七十六，《文學列傳第四十一》，頁 1730。
〔註 36〕〔唐〕令狐德棻等：《周書》，卷四十一，《王褒庾信列傳第三十三》，頁 745。
〔註 37〕〔明〕胡應麟：《詩藪》，內編卷二，《古體中》，北京：中華書局，頁 35。
〔註 38〕〔清〕吳喬：《圍爐詩話》，卷三，郭紹虞編選：《清詩話續編》上冊，上海：上海古籍出版社，1999 年，頁 558。

　　上揭太宗文學觀基本延續儒家之尚用主義，強調文學觀乎政治或反之，可太宗並非完全膺服該思想。貞觀二年（628），御史大夫杜淹（？～809）指出「齊之將亡，作《伴侶曲》；陳之將亡，作《玉樹後庭花》」，因此主張「治之隆替在於樂」。太宗不同意該觀點，反認為「夫樂能感人，故樂者聞之則喜，憂者聞之則悲。悲喜在人心，非由樂也。將亡之政，民必愁苦，故聞樂則悲耳。」〔註39〕該話間接地解釋了太宗為何有六朝綺靡餘風之作，同時也由於太宗該相對寬容之思想，致使一些富審美特徵，而政教作用貧乏之詩作可以彌漫唐初詩壇。

　　此外，必須指出尚有種種客觀因素阻擾著所謂南北文風之融合。首先從歷史淵源來說，南北分隔非但自東晉至隋統一分裂近三百年，更應遠溯自先秦之悠久歷史。政治長久隔離，形成文化差異，無法因唐之統一而同步並進。其次則是貞觀君臣雖強調要融合南北文風，卻無法進一步具體引導詩歌之未來走向，正如學者指出大家努力地整合兩種不同文化因素成一個「統一的有機體」時，缺乏「總攝一切因素的核心」〔註40〕。此外，君臣折衷文風中又將「質」高置於「文」，故初唐的文風改革彷彿尚在醞釀，有待初唐四傑與陳子昂提倡之「風骨」與「興寄」之出現才改觀。

　　初唐時期更多呈現各自單線發展的詩風。王珪（571～639）與魏徵，寫詩充滿道德教化，是貞觀年間美刺政教之代表詩人。許敬宗（592～672）與上官儀（607？～664）等，則延續南朝宮廷豔靡詩風。簡言之，初唐南北文風融合之論，似乎僅停留於理論提倡，其實沒多大實踐。

　　然而朝廷如此大力推崇儒家政教觀，畢竟還是會產生一些正面效果。齊、梁宮體詩香豔的內容已不復睹，初唐詩題材擴大，且一些詩作風格開始轉變，如魏徵《詠懷詩》，被美譽為「氣骨高古，變從前纖靡之習，唐詩風格，發源於此」〔註41〕。另外詩人本身也開始產生自覺，如早期在隋宮裏作了不少頹靡宮體豔情詩之虞世南，入唐之後有意抵制豔麗詩風。太宗曾令虞世南（558～638）奉和其宮體詩作，虞世南竟違命指出：「聖作誠工，然體非雅正，上有所好，下必有甚焉。臣恐此詩一傳，天下風靡，不敢奉詔」〔註42〕。文學

〔註39〕〔宋〕司馬光：《資治通鑑》，卷一百九十二，《唐紀八》，北京：中華書局，2005年，頁6051。

〔註40〕喬惟德、尚永亮：《唐代詩學》，長沙：湖南人民出版社，2000年，頁30。

〔註41〕〔清〕沈德潛：《唐詩別裁集》，卷一，長沙：嶽麓書社，1998年，頁1。

〔註42〕〔宋〕計有功：《唐詩紀事》卷一，王雲五主編：《萬有文庫》，第二集七百種，

非政治，可以隨著朝代更替而一夕之間徹底改頭換面，文學有其本身內在發展規律，任何試圖以人為方式強硬干預改變文風，往往是枉然的。

二、孔穎達與《五經正義》

貞觀四年（630），太宗因為「經籍去聖久遠，文字訛謬」，於是就詔前中書侍郎顏師古（581～645）「考訂五經，頒佈天下，命學者習焉」。與此同時，太宗又鑒於儒學多門，章句又繁多複雜，就詔延顏師古與國子祭酒孔穎達等大儒，撰定一百八十卷的五經義疏，取名《五經正義》，並付諸國學來施行。〔註43〕首先由顏師古編撰好《五經定本》，之後再由國子祭酒孔穎達（574～648）在該基礎上修撰成《五經正義》，而太宗則欽定該典籍為中央國子學與州郡間學的教本。永徽四年（653），高宗（628～683）進一步諭令該典籍為明經科考試的唯一據本，所有應試士子務必誦習遵從。《經學歷史》作者清人皮錫瑞（1850～1908）指出「自正義、定本頒之國胄，用以取士，天下奉為圭臬。唐至宋初數百年，士子皆謹守官書，莫敢異議矣。故論經學，為統一最久時代。」〔註44〕

《五經正義》之修訂，對自漢發展的傳統經學產生了幾項巨大影響。首先它有效解決了長久典籍版本及文字之爭議。其次，它連經文注釋都給予統一標準化，士子誦習方便有依據，不再無所適從。它統一了儒學各家宗派師說，調停漢魏以來之經學爭論。然而該「定於一尊」之經義，其負面影響則顯而易見。唐人普遍上欠缺對儒學內涵義理之探索，造成了儒家思想停滯發展，此早為大多學者所詬病。〔註45〕無論如何，站在執政者的角度來說，鉗制思想乃是穩定政治之必要條件，思想統治為政治管制最原始，同時也是最基礎者，「學術一統是政治一統的必然產物」〔註46〕。故從這意義層面來說，《五經正義》之編撰，可被視為漢武帝「獨尊儒術」之精神延續。

《唐詩紀事》，上海：商務印書館，1937 年，頁 9。

〔註43〕 參考〔唐〕吳兢撰，謝保成集校：《貞觀政要集校》，卷七，《崇儒學第二十七》，頁 384。

〔註44〕 〔清〕皮錫瑞著，周予同注釋：《經學歷史》，北京：中華書局，2004 年，頁 146。

〔註45〕 〔清〕皮錫瑞著，周予同注釋：《經學歷史》：「官修之書不滿人意，以其雜出眾手，未能自成一家。……《正義》奉敕監修，正中此弊。」，北京：中華書局，2004 年，頁 141～142。

〔註46〕 馬勇：《儒學興衰史》，肇慶：廣東人民出版社，2001 年，頁 66。

1.《毛詩正義》與孔穎達的「情志合一」觀

《毛詩正義》爲《五經正義》之一，它是依據漢朝兩位大儒毛亨（生卒年不詳）爲《詩》作的「傳」與鄭玄之「箋注」，以及孔穎達的「義疏」，於貞觀十二至十四年間初次修撰，並於兩年後再度修訂。太學博士馬嘉運（？～642？）曾指出其缺失，高宗詔令刊正，後再經長孫無忌等增損，《五經正義》，包括《毛詩正義》共四十卷方眞正告成，並頒行天下。《四庫全書總目提要》譽之「能融貫群言，包羅古義，終唐之世，人無異詞」〔註47〕，然而該部曠世巨著亦招致不少異議，皮錫瑞指出孔穎達之義疏，具彼此互異、曲徇注文與雜引讖緯等三大缺失。〔註48〕但無論如何，無庸質疑，《毛詩正義》總結了漢魏六朝《詩》學，並體現了唐朝詩經學之最高研究成果。

孔穎達曾爲《毛詩正義》寫了一篇長序，闡述義疏緣起，以及自漢朝至魏晉六朝，長達五、六百年詩經學之衍化。作者於《毛詩正義・序》開篇即表達了他的文學主張，其中有繼承詩教傳統，主張詩歌之政教功能，同時也承認詩歌具吟詠性情本質，其云：

> 夫詩者論功頌德之歌，止僻防邪之訓，雖無爲而自發，乃有益於生靈。六情靜於中，百物盪於外，情緣物動，物感情遷。若政遇醇和，則歡娛被於朝野；時當慘黷，亦怨刺形於詠歌。作之者所以暢懷舒憤，聞之者足以塞違從正。發諸情性，諧於律呂。故曰「感天地，動鬼神，莫近於詩」，此乃詩之爲用，其利大矣。〔註49〕

「論功頌德」句，指出詩歌具頌美功能。「時當慘黷，亦怨刺形於詠歌」，臣子或人民可以用詩歌來陳述政教善惡，揭露民生疾苦，以及譏刺執政者。該論點與《詩大序》：「亂世之音怨以怒，其政乖」與「至於王道衰，禮義廢，政教失，國異政，家殊俗，而變風變雅作矣」之「變風」、「變雅」說相仿。〔註50〕此外，「聞之者足以塞違從正」，則爲《詩大序》：「言之者無罪，聞之者足以戒」之再版。至於漢儒強調詩歌可以達「上以風化下」之教化職能，《毛詩正義・序》雖未說明，《毛詩正義・關雎序》裏卻論及「臣下作詩，

〔註47〕〔清〕永瑢等撰：《四庫全書總目》，卷一五，《經部・詩類一・毛詩正義》，北京：中華書局，2003年，頁720。

〔註48〕〔清〕皮錫瑞著，周予同注釋：《經學歷史》，北京：中華書局，2004年，頁141。

〔註49〕〔唐〕孔穎達：《毛詩正義・序》，北京：北京大學出版社，1999年，頁3。

〔註50〕參見〔唐〕孔穎達：《毛詩正義》，卷一（一之一），《詩大序》，頁15。

所以諫君，君又用之教化，故又言上下皆用此六義之意。在上，人君用此六義風動教化；……」。此外，「依違譎諫，不直言君之過失」〔註51〕句，又頗契合《詩大序》：「主文而譎諫，言之者無罪，聞之者足以戒」之詩教要以婉詞寓託的原則。據此，孔穎達似乎沒什麼新見，只是延續漢儒思想，老實地守護著傳統詩教美刺政教之精神內涵而已。然而誠如上揭初唐重臣論文，孔穎達非僅停留於文學功用論，尚留意文學之藝術特色與抒情本質。

「時當慘黷，亦怨刺形於詠歌。作之者所以暢懷舒憤，聞之者足以塞違從正。」前兩句話，很容易讓人聯想起孔子「詩可以怨」論，指向以怨刺宣洩對社會政治的不滿，而後兩句則有隱約抒發一時情感之意，似乎體現孔穎達主張詩可以體物緣情之義。可是無論如何，該論據尚不太確鑿，我們無法據之來論斷。

孔穎達亦於《春秋左傳正義》中提及文學與情感之關係，他將「情」與「志」結合來論述。「民有六志，其志無限。……此六志，《禮記》謂之六情。在己為情，情動為志，情志一也，所從言之異耳」〔註52〕，《尚書・堯典》說「詩言志」，自先秦以來，很少學者明確指出該「志」是指向詩人之思想、志向或抱負等與國家政治相關之「社會情志」，或僅為個人喜、怒、哀、樂情感的「個體情志」。孔穎達為首位具體提出「情志一也」論者，〔註53〕他認為「情」與「志」都屬於詩人之內心活動，情感有了波動後就化為「志」。將「情」與「志」相較，「情」更為基本，所以「詩言志」與「詩緣情」應為一體，不可分開論述。朱自清評孔穎達「情志一也」為「都是『言志』與『緣情』兩可含混的話」。〔註54〕又有學者指出孔穎達試圖要把「詩言志」改造為「詩緣情」，目的在於肯定情感抒發於文學中的地位。〔註55〕筆者認為孔穎達非對「情」與「志」的概念混淆不分，而是瞭解「情」「志」之別後，再強調它們彼此不

〔註51〕《詩大序》：「上以風化下，……故曰風」句下之正義。參見〔唐〕孔穎達：《毛詩正義》，卷一（一之一），《詩大序》，頁15。

〔註52〕《左傳・昭公二十五年》「是故審則宜類，以制六志」句下之正義。參見〔周〕左丘明傳，〔晉〕杜預注，〔唐〕孔穎達正義：《春秋左傳正義》，卷第五十一，《昭公二十五年》，北京：北京大學出版社，1999年，頁1455。

〔註53〕《詩大序》：「吟詠情性，以風其上」；《文心雕龍・情采》：「風雅之興，志思蓄憤，而吟詠情性，以諷其上。」似乎比之更早論及，唯闡述不明確，本書不考慮列之。

〔註54〕朱自清：《朱自清說詩・詩言志辨》，上海：上海古籍出版社，1999年，頁38。

〔註55〕王海英：《孔穎達〈五經正義〉與唐代文論》，《中國文學研究》，2001年第2期，總第61期。

分，實乃合一，而其意旨亦非僅停留於肯定文學之緣情功效，其實背後具有更大的政治議程。

2. 推崇儒學之政治議程

我們可以從幾方面來論證孔穎達「情志一也」論具政治動機，首先則從初唐政治集團爲何要如此推崇儒家思想來論述。初唐執政者崇儒實懷抱極大政治目的，上節已稍微論及此課題。李氏帝國在兵燹中崛起，李淵李世民父子奪天下後，一切的政治、經濟與教育等舉措，皆圍繞著一個中心在作思考：如何鞏固政權，長治久安之道何在。凡諳於政道者，必曉得以史爲鑒，「以古爲鏡，可以知興替」〔註56〕，前朝政施之得失，是一面光亮可鑒之鏡子。漢帝國前後能維繫四百年，尤其漢武帝時期國勢之鼎盛，前所未有。武帝以儒學作爲治國工具，「罷黜百家，獨尊儒術」似乎是治國無可質疑之良方，而漢最終走至滅亡，儒道沒落，亦爲一大因素。南朝政權之更迭，隋朝之短祚，或多或少皆與儒道式微脫離不了關係。相比釋、道兩家，儒家更具維繫國綱，讓政權不墜之功能。明瞭儒道對一國政權維繫之重要性，即可以瞭解爲何太宗如斯形容其崇儒之程度：「朕今所好者，唯在堯、舜之道，周、孔之教，以爲如鳥有翼，如魚依水，失之必死，不可暫無。」〔註57〕太宗崇儒，是否誇言或出自肺腑，已無從考究，也沒必要深探。史載太宗爲十足崇儒之君主，《貞觀政要》裏載述了他不少推動儒學的舉措，如初踐阼時設置之弘文館，〔註58〕以及將左丘明（生卒年不詳）等儒士配享孔子廟堂等措舉〔註59〕。與此同時，太宗亦強烈地批評當時風尚之釋、道兩教，〔註60〕然而該明君之舉，非僅停留於「說禮樂而敦詩書」〔註61〕，拳拳服膺儒學，主要還是著眼於儒學的現實社會功用。或謂武德八年（625），高祖曾頒佈《先老後

〔註56〕 〔唐〕吳兢撰，謝保成集校：《貞觀政要集校》，卷二，《任賢第三》，頁63。

〔註57〕 〔唐〕吳兢撰，謝保成集校：《貞觀政要集校》，卷六，《慎所好第二十一》，頁331。

〔註58〕 〔唐〕吳兢撰，謝保成集校：《貞觀政要集校》，卷七，《崇儒第二十七》，頁331。

〔註59〕 〔唐〕吳兢撰，謝保成集校：《貞觀政要集校》，卷七，《崇儒第二十七》，頁379。

〔註60〕 〔唐〕吳兢撰，謝保成集校：《貞觀政要集校》，卷六，《慎所好第二十一》，頁330～331。

〔註61〕 〔日〕竹添光鴻：《左傳會箋・僖公二十七年》上冊，臺北：天工書局，1988年，頁490。

釋詔》：「令先老，孔次，末後釋宗」，〔註 62〕該詔令似乎可以否決初唐執政者崇儒之論，可大家皆曉得李氏掌權者爲了高抬其社會地位，方自認道家始祖李耳乃其先祖，並非眞正之崇道。職是之故，所謂崇儒之舉，亦難免有政治目的之嫌。

推行儒家政教觀，透過文學改造社會，理論上似乎可行。可是與此同時，北周企圖以行政命令強硬改革詩風之失敗經驗，爲可鑒之前車。加之西晉陸機「詩緣情」說提出後，應聲附和者著實不少，相關之文論與作品實踐的品質亦頗可觀。齊、梁浮華詩風綿延，至初唐間尙風行不歇。當時宮廷中大量創作講求華詞麗句之應制或奉和詩作，浮靡豔麗詩風四處彌漫，所以若單方面強調文學的政教功能，在實施上，有一定的困難度。

隋朝後南北融合，胡漢交會，初唐彌漫一股文化相容並納風氣。政治上山東及關隴士族，南朝舊族或北朝胡姓大族等齊肩並立朝廷；思想信仰上君臣崇儒，不拒釋、道，同時亦不排斥外來宗教如伊斯蘭教、摩尼教、景教、及祆教等；唐朝娛樂活動多，音樂方面有延續中原原有之清商與燕樂，也有由域外傳入的西涼樂、高麗樂、天竺樂等胡夷之樂，彼此徹響宮廷教坊與民間，胡樂與胡舞隨處可以見聞。唐爲綜合多層面，前所未有之新興社會。初唐有識者主張文學要有裨補時政之效，同時不排斥詩以緣情，甚至進一步認爲「情志合一」，即於如斯大環境底下孕育出來。

初唐之政治家或史家，多具文學修養，對文學藝術有一定程度之認識，有些重臣如魏徵，更具詩歌實踐經驗。貞觀重臣之論，雖說大部分代表朝廷之話語，但在相對寬鬆之政網底下，他們還是有發表個人意見的空間。上文論及初唐人觀念彈性，文學思想自然而然趨於客觀與健康之發展。無論如何，將文學政教中心說置首位，不排除吟詠情性之功能的文學觀，最根本目的在於讓該新興皇朝之政權長治久安，此與上一節論及貞觀君臣之審美價值的背後動機是一致的。

孔穎達對《詩譜序》「然則詩之道放於此乎」句之解釋，更進一步體現其「情志合一」觀。「然則詩有三訓，承也、志也、持也。作者承君政之善惡，述己志而作詩，爲詩所以持人之行，使不失隊，故一名而三訓也。」〔註 63〕

〔註 62〕〔唐〕高祖：《先老後釋詔》，〔清〕陸心源編：《唐文拾遺》，卷一，頁 10373。
〔註 63〕〔漢〕鄭玄：《詩譜序》「然則詩之道放於此乎」句下正義。參見〔唐〕孔穎達：《毛詩正義》，頁 5。

孔穎達之「三訓」說，指出了詩歌之來源、內容與功效，以及彼此間的密切
關係。首先，孔穎達認爲詩歌源於「君政之善惡」，而敏銳的詩人捕捉了國家
政施之得失，深切感受後，轉入內心，化爲情志之體悟，然後再外訴爲詩。
孔穎達於解釋《詩大序》：「詩者，志之所之也。在心爲志，發言爲詩。……」
句時指出「詩者，人志意之所之適也。雖有所適，猶未發口，蘊藏在心，謂
之爲志。發見於言，乃名爲詩」〔註64〕，即表達了相類似之想法。

　　詩歌創作完成後，期盼的是讀者感悟其所述之政治美醜善惡內容，俾「自
悔其心，更遵正道」〔註65〕，行詩歌「思無邪」的功能。依次序來說，唯有先經
過詩人內心之一番醞釀後，詩以美刺比興方能付諸實現。如此說來，人類的自然
情感才是詩以教化之基礎，重視詩歌的政教職能者，跑不了要留意該層關係。

　　由於《五經正義》爲執政者下詔編纂，並諭令天下學子奉爲圭臬，深具
無比權威之特殊地位。該巨著不僅爲經學家個人詮釋經典，同時更代表了初
唐統治者之「霸權話語」。經過東漢至魏晉六朝近四百年來的佛學、道教及玄
學等思想之衝激與轉化，儒學逐趨式微。《五經正義》讓該傳統思想走出低潮，
爭取加入新興皇朝之多元文化思想中。雖然後代學者甚至當時即對其諸多集
矢，但該巨著奠定儒學於唐朝之地位，是不容否定的事實。

　　《五經正義》的「天下一統」思維對唐人產生巨大影響，其體現的文學
功利主義思想，深深牽制有唐一代人對文學之看法，詩教得以在有唐近三百
年間貫穿綿延，該著居功不少。唐詩內容題材與審美之豐富多姿采，端賴於
儒學之參與，所以研究唐詩者，切莫忽視儒學對唐詩之影響。

第二節　初唐詩人對儒家詩教的接受

　　活動於唐高祖武德元年（618）至睿宗太極元年（712），近一百年間之詩
人，被稱爲「初唐詩人」。羅宗強依其文學思想與發展趨勢劃分三個階段。〔註
66〕第一階段指唐皇朝建立至貞觀末（618～649）；第二階段則是高宗永徽至武
后垂拱（650～685），而最後階段爲垂拱至景雲中（685～711），三階段分別占
時三十餘年。本章第一節已論述第一階段的貞觀君臣之審美理念。

〔註64〕《詩大序》：「詩者，志之所之也。在心爲志，發言爲詩。……」句下之正義。
　　　　參見〔唐〕孔穎達：《毛詩正義》，卷一（一之一），《詩大序》，頁6。
〔註65〕〔唐〕孔穎達：《毛詩正義》，卷一（一之一），《詩大序》，頁15。
〔註66〕羅宗強：《隋唐五代文學思想史》，北京：中華書局，2003年，頁18。

研究者〔註67〕多將第二與第三階段的詩人劃分爲三大類群：第一類爲宮廷詩人，其中以上官儀（607？～664）、許敬宗（592～672）、沈佺期（？～713？）及宋之問（656？～712？）爲佼佼者，而其次爲王績（590～644）與王梵之（生卒年不詳）等所謂方外詩人。前類詩人多創作奉和應製詩，詩風「綺錯婉媚」〔註68〕，內涵與美刺政教相去甚遠。宮廷詩人對唐詩之貢獻主要在於完成律詩的體制，並擴大律詩的影響。至於後者詩歌以直接表露宗教思想居多，語言質樸，沒多大詩意，論詩歌內涵更非關詩教。

第三類爲才高位卑之中下層文人，他們擴大了詩歌舊題材，或爲舊題材注入情感，詩歌具有昂揚壯大之氣勢，同時又富慷慨悲涼的感人力量。該類詩人以「初唐四傑」及陳子昂爲代表，由於他們的創作接受了詩教影響，故爲本章節論述之主要對象。

一、初唐四傑：詩教復古之宣導者

正當太宗與高宗宮廷彌漫「上官體」之婉媚綺麗詩風時，崛起了一群「年少而才高，官小而名大」〔註69〕，唐詩史上稱之爲「初唐四傑」的傑出詩人：盧照鄰（634？～686？）、駱賓王（627？～684？）、王勃（650～676？）與楊炯（650～693？）。

「四傑」並稱之來源，出自《舊唐書》：「炯與王勃、盧照鄰、駱賓王以文詞齊名，海內稱爲王楊盧駱，亦號爲『四傑』」〔註70〕。王、楊、盧、駱是依文章品第來定位，盧、駱較王、楊年長十至二十餘年，若序齒應爲盧、駱、王、楊。聞一多指出他們之間存不少異點，質疑「四傑」並稱之合理性。〔註71〕無論如何，該大體活動於高宗中後期至武后時期之詩人，彼此在詩歌理念上大致上保持一定的共同點。〔註72〕

〔註67〕章培恒、駱玉明：《中國文學史》中冊，上海：復旦大學出版社，1998年，頁17～42。

〔註68〕〔後晉〕劉昫等：《舊唐書》，卷八十，《上官儀列傳第三十》，北京：中華書局，2002年，頁2743。

〔註69〕聞一多：《唐詩雜論·四傑》，上海：上海古籍出版社，2004年，頁20。

〔註70〕〔後晉〕劉昫等撰：《舊唐書》，卷一百九十上，《楊炯列傳第一百四十上》，頁5003。

〔註71〕聞一多：《唐詩雜論·四傑》，頁20。

〔註72〕劉開揚即認爲「其實王、楊與盧、駱在作風上的異點並不見得比同點多」。參見劉開揚：《唐詩的風采·論初唐四傑及其詩》，上海：上海書店出版社，2000

　　歷代學者大多對「四傑」矯正革新初唐齊、梁浮靡習氣之貢獻，抱持相當肯定的態度。元人楊士弘（生卒年不詳）於《唐音》中列「四傑」爲「唐詩始音」，指出「自六朝來，正聲流靡，四君子一變而開盛唐之端，卓然成家」〔註73〕，可見他們的作品與宮廷詩人有別，已初步具備了「唐詩」的質素。《舊唐書》裏曾載崔融與張說品評四傑審美特色，議論彼此之排名。〔註74〕余恕誠指出王、楊之詩歌語言較省淨靈動，而盧、駱則因較年長，故詩歌詞藻與句法類六朝詩作。〔註75〕歷代學者對四傑的審美風貌進行諸多分析比較，本書則扣緊研究課題，不擬談論四傑的詩歌藝術特色，而從儒家詩教與唐詩之關係層面來探討，主張四傑爲初唐之詩教復古宣導者，其改革詩風理論武器中，蘊含詩教美刺政教思想。欲瞭解詩人的文學觀念，最直接穩當做法莫過於審視詩人提出之理論及創造實踐，而對四傑來說，其理論明顯體現復古詩教精神。

1. 詩教復古論與「風骨」之提出

　　做爲「四傑」之首，〔註76〕且才氣最高的王勃，其文學主張鮮明且強烈。《上吏部裴侍郎啓》〔註77〕曰：「自微言既絕，斯文不振，屈宋導澆源於前，枚馬張淫風於後」，指出自屈原與宋玉後，詩文不再含微言大義，而枚乘及司馬相如等更開了綺麗之風，指責他們盡是「談人主者以宮室苑囿爲雄，敘名流者以沉酗驕奢爲達。」寥寥幾言，主觀地將前輩之作掃開。王勃甚至希望執政者能以行政命令來干預詩風，「激揚正道，大庇生人，黜非聖人之書，除不稽之論」〔註78〕，此乃活脫脫隋人李諤《上隋高祖革文華書》之再版，將王勃「恃才傲物」〔註79〕之性格特點深切展現。

〔註73〕〔元〕楊士弘編選，〔明〕張翼輯注，〔明〕顧璘評點：《唐音評注》，保定：河北大學出版社，2006 年，頁 1。
〔註74〕〔後晉〕劉昫等：《舊唐書》，卷一百九十上，《楊炯列傳第一百四十上》，頁 5003。
〔註75〕余恕誠：《唐詩風貌·初唐詩壇的建設與期待》，合肥：安徽大學出版社，2003 年，頁 57。
〔註76〕〔明〕陸時雍撰：《詩鏡總論》：「子安其最傑乎？」參見丁福保輯：《歷代詩話續編》下冊，北京：中華書局，2001 年，頁 1411。
〔註77〕〔唐〕王勃：《上吏部裴侍郎啓》，諶東飆校點：《初唐四傑集·王勃集》，卷八，長沙：嶽麓書社，2001 年，頁 70。
〔註78〕〔唐〕王勃：《上吏部裴侍郎啓》，諶東飆校點：《初唐四傑集·王勃集》，卷八，頁 70。
〔註79〕〔後晉〕劉昫等撰：《舊唐書》，卷一百九十上，《楊炯列傳第一百四十上》，

楊炯則據此進一步評論：「嘗以龍朔初載，文場變體，爭構纖微，競為雕刻。糅之金玉龍鳳，亂之朱紫青黃，影帶以徇其功，假對以稱其美，骨氣都盡，剛健不聞」〔註80〕。楊炯罔視宮廷詩人於語言形式，以及聲律屬對上對唐詩律化之貢獻，以「都盡」與「不聞」兩個貶義詞，將宮體詩作完全給予否定。該論比諸初唐諸史家與政治家之反對齊、梁浮靡詩風，明顯主觀得近乎偏激。

四傑論文學，有破亦有立。推倒前朝詩歌後，王勃復於同一文中提出其審美主張。「夫文章之道，自古稱雄。聖人以開物成務，君子以立言見志。遺雅背訓，孟子不為，勸百諷一，揚雄所恥。苟非可以甄明大義，矯正末流，俗化資以興衰，家國繫其輕重，古人未嘗留心也。」王勃主張文章要能闡明正義，糾正靡風，可見王勃膺服儒學，遵循儒家之審美觀念，強烈肯定文學經世教化作用。詩人指出正由於儒道不施，致使靡風彌漫，「周公孔氏之教，存之而不行於代。天下之文，靡不壞矣」。

王勃《平臺秘略論十首》中亦彰顯類似論調，「故『文章經國之大業，不朽之能事』，而君子所役心勞神，宜於大者、遠者，非緣情體物，雕蟲小技而已。……詩以見志，文宣王有焉」〔註81〕。詩人借用曹丕《典論‧論文》之成句來高抬文學之地位，主張不能單純地視文章為抒發情感的雕蟲小技，詩歌應具既大且遠之言志功能。

四傑之審美理想是追復建安文學。上揭楊炯「骨氣都盡，剛健不聞」，直斥當時浮靡詩風缺乏剛健質素，同時也可反過來解讀，詩人含有鼓勵詩文要追求昂揚奮發、雄渾有力的藝術風格，即是「建安風骨」之義。不過楊炯該論也許還不太明確，盧照鄰於《南陽公集序》裏闡述得更清楚：「兩班敘事，得丘明之風骨，二陸裁詩，含公幹之奇偉。」〔註82〕詩人直接以「風骨」為評詩準則，可惜卻未進一步解析其涵義。由於陳子昂乃有唐第一位正面鼓吹「風骨」者，故有關「風骨」之意蘊及其與詩教之關係，宜挪至下一節再分析。

　　　　頁5003。

〔註80〕〔唐〕楊炯：《王勃集序》，諶東飆校點：《初唐四傑集‧楊炯集》，卷三，頁24～25。

〔註81〕〔唐〕王勃：《平臺秘略論十首‧藝文第三》，諶東飆校點：《初唐四傑集‧王勃集》，卷十，頁90。

〔註82〕〔唐〕盧照鄰：《南陽公集序》，諶東飆校點：《初唐四傑集‧盧照鄰集》，卷六，頁48。

盧照鄰又繼續列舉了多位漢、晉至齊、梁文人之文學特色。「鄴中新體，共許音韻天成；江左諸人，咸好瑰姿豔發。精博爽麗，顏延之急病於江、鮑之間；疏散風流，謝宣城緩步於向、劉之上。北方重濁，獨盧黃門往往高飛；南國輕清，惟庾中丞時時不墜。」〔註83〕評論中肯定了對班固、班捷妤（生卒年不詳）、陸機、陸雲及庾信等的文學藝術成就。

駱賓王亦於《和道士閨情詩啓》〔註84〕中將「情」與「志」並提，「其後言志緣情，二京斯盛」，他一方面讚美李陵（？～公元前74）之「纏綿巧妙」，另外又欣賞班捷妤的「發越清回」，顯示駱賓王相容陰柔與陽剛之美的審美觀。可見盧、駱不只年紀比王、楊稍長，彼此對前朝詩歌的態度亦有出入。前者持論似乎比較中允與客觀。主張質文相提與情志並重，乃貞觀君臣論文主調，本書上一節已有詳論，盧、駱僅再度提出，沒什麼新意，就不討論了。

話說回來，駱賓王畢竟還是主張詩以教化者。《和道士閨情詩啓》中詩人強調詩文要「宏茲雅奏，抑彼淫哇，澄五際之源，救四始之弊。固可以用之邦國，厚此人倫。」詩人主張詩歌要具安邦定國，穩定社會之功能，與王、楊主張一致。

四傑不同程度地批判前朝詩風，並歸納出文學應具教化與經世之功能。彼等論文模式似乎與初唐魏徵等史家與政治家似乎沒兩樣，論調紹承儒家主政教文觀。詩教復古論於初唐第一階段後再度被簡單延續。

楊、盧雖分別提出「風骨」一詞，但敘述中僅輕輕一筆帶過，未正面闡述，讓人質疑他們鼓吹蓬勃昂揚文學的誠意，然而他們的實踐卻充滿雄渾博大之氣象。

2. 理論與實踐之矛盾

孟子曰：「我善養吾浩然之氣。……其爲氣也，至大至剛，以直養而無害，則塞於天地之間」（2a.2），後世詩文不時會體現該股浩然正氣。王勃於《春思賦序》〔註85〕裏指出「僕不才，耿介之士也。竊宇宙獨用之心，受天地不平

〔註83〕〔唐〕盧照鄰：《南陽公集序》，諶東颷校點：《初唐四傑集‧盧照鄰集》，卷六，頁48。

〔註84〕〔唐〕駱賓王：《和道士閨情詩啓》，諶東颷校點：《初唐四傑集‧駱賓王集》，卷三，頁50。

〔註85〕〔唐〕王勃：《春思賦並序》，諶東颷校點：《初唐四傑集‧王勃集》，卷一，頁1。

之氣。雖弱植一介，窮途千里，未嘗下情於公侯，屈色於流俗，凜然以金石自匹。」該詩序以另一種語言形式來傳達孟子「貧賤不能移」（3a.2）之精神。長年不得志的詩人，卻不屈膝於權貴，堅持可貴如金石般之正氣。

駱賓王的《在獄詠蟬》〔註86〕是首借蟬來述懷之作。該詩序曰：「故潔其身也，稟達人君子之高行；……有目斯開，不以道昏而昧其視；有翼自薄，不以俗厚而易其貞。」詩歌表面詠蟬，詩旨卻以鳴蟬來表述詩人品格之高潔，不屈服於當權者之淫威。

由於崇高的人格情操，致使四傑之作，體現出陽剛濃烈的慷慨正氣。反過來說，四傑詩文裏洋溢著剛健挺立的宏博氣象，正是受了其人格思想的影響。聞一多指盧照鄰《長安古意》：「放開了粗豪而圓潤的嗓子」，踏著「生龍活虎般騰踔的節奏」，詩歌充滿雄渾氣魄，具「起死回生的力量」。〔註87〕

駱賓王復於《從軍行》（19／225）中指出「平生一顧重，意氣溢三君。……不求生入塞，唯當死報君」，詩歌盈溢著一股勢不可擋之凌雲壯志。該詩亦表達了儒家「忠君」的道德思想。嗣聖元年（684），駱賓王隨徐敬業反抗武后，其動機存許多解讀，當中可以理解為詩人忠於唐室之表現。駱賓王撰《代李敬業討武后檄》〔註88〕，直斥權傾天下之武后「近狎邪佞，殘害忠良。殺姐屠凶，弒君鴆母。神人之所共疾，天地之所不容。」寫來句句慷慨激昂，言人之不敢言，貫徹孔子「邦無道，如矢」（15.6）以及孟子「君有大過則諫，反復之而不聽，則易位」（5b.9）之儒家問政精神，同時也深切地展現孟子「威武不能屈」（2a.2）的凜然正氣。

史載之四傑生平行徑卻未必盡合儒道，如王勃殺官奴〔註89〕，楊炯「為政殘酷，人吏動不如意，輒捶殺之」〔註90〕，以及駱賓王「坐贓，左遷臨海丞」〔註91〕。筆者認為其因在於詩人急於建立功業與相容釋、道之思想。〔註

〔註86〕〔唐〕駱賓王：《在獄詠蟬並序》，諶東飆校點：《初唐四傑集・駱賓王集》，卷一，頁8。

〔註87〕聞一多：《唐詩雜論・宮體詩的自贖》，頁12。

〔註88〕〔唐〕駱賓王：《代李敬業討武氏檄》，諶東飆校點：《初唐四傑集・駱賓王集》，卷四，頁75。

〔註89〕〔後晉〕劉昫等撰：《舊唐書》，卷一百九十上，《王勃列傳第一百四十上》，頁5005。

〔註90〕〔後晉〕劉昫等撰：《舊唐書》，卷一百九十上，《楊炯列傳第一百四十上》，頁5003。

〔註91〕〔後晉〕劉昫等撰：《舊唐書》，卷一百九十上，《駱賓王列傳第一百四十上》，

92〕此乃個人之小德失〔註93〕，瑕不掩瑜，詩教之正面影響下，四傑詩歌彰顯了彼等的崇高人格形象。

仔細賞析四傑多數詩作，其美刺政教者卻似乎不太多。相對於宮廷詩人圍繞著奉和與應制偏窄之內容題材，四傑於唐詩史上來說具多樣化詩作題材之功。聞一多稱盧、駱將宮體詩「由宮廷走至市井」，而五律至王、楊則「從臺閣移至江山與塞漠」〔註94〕，已爲四傑拓展初唐詩歌視野的經典讚美。劉開揚曾細數了四傑的詩歌內容，計有：抒情、詠史、詠不遇、詠景及詠物。〔註95〕題材雖觸及多面向，其實僅邊塞詩及社會寫實之作與詩教較有關係。

先說四傑之邊塞詩。楊炯「寧爲百夫長，勝作一書生」〔註96〕，表達詩人慷慨從軍，立邊功之志。「單于拜玉璽，天子按雕戈」〔註97〕，則敘述唐軍之報捷。然而詩人筆下，最常營造者是征婦思夫之藝術形象，如王勃「調砧亂杵思自傷，征夫萬里戍他方」〔註98〕，駱賓王「蕩子別來年月久，賤妾空閨更難守」〔註99〕。四傑邊塞詩中常歌詠該類閨思題材，至於詩中體現戍卒之疾，以及發表軍事意見與委婉譏刺執政者，則有待盛唐高適等之作。故論四傑邊塞詩與詩教之關係，似乎不太密切。

四傑亦存有些攻訐社會亂象之作。王勃《臨高臺》〔註100〕：「紫閣丹樓紛照耀，璧房錦殿相玲瓏」與「錦衾晝不襞，羅幬夕未空」，含蓄地揭露居上者奢華與荒淫生活。盧照鄰《雨雪曲》：「節旄零落盡，天子不知名」〔註101〕，借蘇武之悲慘遭遇，譏刺執政者未憐惜人才。該類作品契合詩教譏刺諷喻主

頁 5006。

〔註92〕 喬惟德及尚永亮對此有詳盡之分析，本書大體參考其論點。參見喬惟德、尚永亮：《唐代詩學》，長沙：湖南人民出版社，2000 年，頁 42～44。

〔註93〕 子夏曰：「大德不逾閑，小德出入可也。」（19.11）。

〔註94〕 聞一多：《唐詩雜論・四傑》，頁 25。

〔註95〕 劉開揚：《唐詩的風采・論初唐四傑及其詩》，頁 50～65。

〔註96〕 〔唐〕楊炯：《從軍行》，諶東飆校點：《初唐四傑集・楊炯集》，卷二，頁 15。

〔註97〕 〔唐〕盧照鄰：《上之回》，諶東飆校點：《初唐四傑集・盧照鄰集》，卷二，頁 16。

〔註98〕 〔唐〕王勃：《秋夜長》，諶東飆校點：《初唐四傑集・王勃集》，卷二，頁 17。

〔註99〕 〔唐〕駱賓王：《蕩子從軍賦》，諶東飆校點：《初唐四傑集・駱賓王集》，卷一，頁 3。

〔註100〕 〔唐〕王勃：《臨高臺》，諶東飆校點：《初唐四傑集・王勃集》，卷二，頁 18。

〔註101〕 〔唐〕盧照鄰：《雨雪曲》，諶東飆校點：《初唐四傑集・盧照鄰集》卷二，頁 15。

旨，且堅守委婉迂迴之道，然而若要舉出更多的實例，似乎就不易的了。

四傑作品除了有一小些延續詩教強調文學政教功能外，部分作品仍存綺靡輕豔之遺跡。盧照鄰《長安古意》與駱賓王《帝京篇》辭藻華美，氣象壯麗恢宏。王勃《乾元殿頌》及《九成宮頌》及其長序，大量堆砌妍麗之華藻，窮極雕飾臺閣宮殿，內容充滿讚頌。細味之，似乎很諷刺地與他們反對之「上官體」沒兩樣。難怪杜甫老早即指「王楊盧駱當時體，輕薄爲文哂未休」〔註102〕，元人辛文房（生卒年不詳）斥王勃「屬文綺麗」〔註103〕，明人王世貞（1526～1590）則批評「（四傑）詞旨華靡，固沿陳隋之遺。」〔註104〕此外，陸時雍（生卒年不詳）雖稱讚四傑「王勃高華，楊炯雄厚，照鄰清藻，賓王坦易」，然而隨後即補上一句：「調入初唐，時帶六朝錦色」〔註105〕，這些評論在在說明四傑的創作多不脫六朝之色。

3. 四傑復古詩教之評價

初唐四傑的實踐與理論有時互相矛盾，學者指出那是由於「四傑論詩高揚「剛健」與「骨氣」，力圖於詩歌的外觀上「縱橫以取勢」，而於內容只是主張「以經籍爲心」，企望恢復儒家詩教來實現對龍朔詩風的變革，沒有充分認識到詩歌情志內容的時代性對振起風骨的作用。」〔註106〕筆者認爲四傑不只未能充分認識學者所謂「風骨」與「情志」之關係，他們對如何貫徹詩教精神於詩歌創造中亦有問題，其因有二。

首先在於四傑之反思省察意識不高，對傳統詩教未經過深切的思索反省。四傑文論提倡雖有些契合詩教內涵，不過該類似口號式之呼吁，其實未經思察與沉澱，內化爲自己的審美理想與價值，並將之貫徹於作品中。他們對詩教的認識過於膚淺，致使理論與實踐割裂，這一點是應該要遭受到批判的。

其次是四傑提出了「風骨」與教化理論來改革文風，但從其作品實踐來探

〔註102〕〔唐〕杜甫：《戲爲六絕句》之二，〔清〕仇兆鰲注：《杜詩詳注》，卷十一，北京：中華書局，1999 年，頁 898～899。

〔註103〕〔元〕辛文房著，傅璇琮主編：《唐才子傳校箋》，卷一，《王勃》，北京：中華書局，2002 年，頁 32。

〔註104〕〔明〕王世貞：《藝苑卮言》，卷四，丁福保輯：《歷代詩話續編》下冊，頁 1003。

〔註105〕〔明〕陸時雍：《詩鏡總論》，丁福保輯：《歷代詩話續編》下冊，頁 1411。

〔註106〕倪進、趙立新等著：《中國詩學史第三章·隋及唐前期詩學（下）》，廈門：鷺江出版社，2002 年，頁 105。

究，他們眞正的理論武器其實偏重前者。四傑詩歌雄渾宏壯之氣，從審美形式意義來說，的確略有扶起了宮體詩之頹靡，然而對充實政教內容思想上之努力卻不足，正如蘇雪林指出四傑自唐後即頗多集矢，「四傑紹承梁、陳遺風，除氣象略加博大外，更無貢獻，也是爲人不滿的原因之一吧？」〔註107〕歷代學者集中討論四傑的詩風藝術，卻少涉及其詩教思想之因也許於此。換言之，四傑未眞正將改革詩風之「風骨」內涵與傳統詩教結合，所以作品不能體現「通變」的意義。〔註108〕我們充其量僅能視之爲往詩教通變之路踏前一小步而已，反觀陳子昂「風骨」與「興寄」並舉，故其歷史評價遠高於四傑。

　　杜曉勤則提供了另一面的看法。他認爲「初唐四傑的詩文創作原則基本上沿襲了周、隋、唐初北方儒學所強調的『文以明道說』」，只是許多人忽略了四傑作品裏詩教意涵有階段性之差異。所謂階段性變化，杜曉勤指出起初四傑在切盼受賞識或初入宮廷時，多從經世致用及明道教化角度來審視問題。爾後失意宦途，被迫遠離宮廷，即改以儒家傳統的「詩言志」來要求詩歌創作。那麼說來，無論「經世致用」或「詩言志」，四傑大體都不離詩教傳統，但是他們譏刺諷喻之餘，卻沒有多少革新通變，所以杜曉勤認爲他們的文學貢獻主要在於「重新恢復了儒家詩言志的創作傳統」而已。〔註109〕筆者認同此評論，四傑對詩教復興於唐之貢獻，與初唐貞觀君臣一樣地墨守傳統，彼此僅單純地提出些復古詩教之論，不同的是前者多了一些作品實踐而已。

　　四傑嘗試掃蕩靡風之舉，深獲支持，可是其部分紹承齊、梁靡風之作，卻引致非議。楊啓高的《唐代詩學》中即列四傑爲武后詩學的「保守派」，指出他們「唯保守齊、梁風格，人多詬病」。〔註110〕無論如何，四傑革新詩風，雖未至於如楊炯自誇之「積年綺碎，一朝清廓」〔註111〕，但他們變革龍朔詩風之努力，的確給初唐後期詩風萌發一股剛健清新風氣，間接引導唐詩走向

〔註107〕蘇雪林：《唐詩概論》，北京：商務印書館，1947年，頁27。

〔註108〕關於「復古」與「通變」，將於本書第七章再詳細分析。

〔註109〕此段大致參考自杜曉勤：《初盛唐詩歌的文化闡釋》，第八章，《初唐四傑與儒道思想‧三儒家詩教對四傑詩文創作之影響》，北京：東方出版社，1997年，頁221～225。

〔註110〕楊啓高：《唐代詩學》，南京：正中書局，1935年，頁51。

〔註111〕〔唐〕楊炯：《王勃集序》，諶東飆校點：《初唐四傑集‧王勃集》，卷三，頁25。

盛唐，給追求矯然風骨、玲瓏興象及自然聲律的盛唐氣象做了很好之鋪墊功
夫。職是之故，若從改變與影響詩風的意義層面來視之，四傑之「詩教復古」，
亦稱得上另一形式之「革新」，不愧被杜甫譽爲「爾曹身與名俱滅，不廢江河
萬古流」。

二、陳子昂：詩教復變之濫觴

　　陳子昂（659～702）在唐詩發展史上最爲人所熟知的是他對扭轉詩壇齊、
梁遺緒之努力。明人高棅曾指陳子昂：「故能掩王、盧之靡韻，抑沈、宋之新
聲，繼往開來，中流砥柱，上揭貞觀之微波，下決開元之正派」〔註112〕，而
爲陳子昂身後整理文集之摯友盧藏用（？～713？）於其《陳伯玉文集》序裏
則指出「道喪五百歲而得陳君。……崛起江漢，虎視函夏。卓立千古，橫制
頹波，天下翕然，質文一變。」〔註113〕雖書序之言，往往讚譽過度，然而陳
子昂改變初唐詩風的實際貢獻，倒也無法完全否定。「國朝盛文章，子昂始高
蹈」〔註114〕，陳子昂詩歌開一代之風氣，深獲絕大部分學者之認同。

　　相對於稍前或同期活動之詩人，陳子昂提出一個更具體有力的改革詩風指
引。陳子昂之論調，與初唐群臣類似，主要不滿前朝及當時以沈、宋爲首之宮
廷浮靡詩風。詩人之文學主張，集中體現於被學者美譽爲「重新確立唐代詩文
風氣之『主旋律』的綱領性文獻」〔註115〕之《與東方左史虯修竹篇序》〔註116〕
裏。「文章道弊五百年矣，漢、魏風骨，晉、宋莫傳。」作者劈頭即明確地直指
初唐文章道弊之主因在於「風骨」不傳。詩人復指出「僕嘗暇時觀齊、梁間詩，
采麗競繁，而興寄都絕。」齊、梁詩人競趨華美之審美形式，導致創作缺乏「興
寄」。詩人認爲佳文應如東方勗之《詠孤桐篇》般達至「骨氣端翔，音情頓挫」，
並臻「光英朗練，有金石聲」之境。可見詩人之意頗明顯，救弊之道在於：詩

〔註112〕〔明〕高棅：《唐詩品彙·五言古詩敘目第三卷》，上海：上海古籍出版社，
　　　　 1982 年，頁 47。

〔註113〕〔唐〕盧藏用：《陳伯玉文集序》，徐鵬校點：《陳子昂集》，附錄，北京：中
　　　　 華書局，1962 年，頁 260。

〔註114〕〔唐〕韓愈：《薦士》，錢仲聯集釋：《韓昌黎詩繫年集釋》，卷五，上海：上
　　　　 海古籍出版社，1998 年，頁 528。

〔註115〕陳炎、李春紅：《儒釋道背景下的唐代詩歌》，北京：崑崙出版社，2003 年，
　　　　 頁 57。

〔註116〕〔唐〕陳子昂：《與東方左史虯修竹篇序》，徐鵬校點：《陳子昂集》，卷一，
　　　　 頁 15。

歌應恢復「漢魏風骨」及蘊含「興寄」。

陳子昂直指「風骨」是「漢魏」之審美特色。歷代學者對「風骨」諸多關注，提出各種觀點。黃侃主張「風即文意，骨即文辭」〔註117〕；郭紹虞認爲「『風骨』是思想性和藝術性的統一體，而它的基本特徵，在於明朗健康、遒勁有力」〔註118〕；王運熙謂「風骨」指向作品「思想感情表現得明朗，語言質素而勁健有力，氣勢剛健，措辭精要」〔註119〕，而喬惟德則指出「風」是「作者志氣產生的一種力」，而「骨」爲作品「意脈清晰，思路謹嚴，條理分明」〔註120〕。「風骨」是中國詩學範疇裏一道重要且複雜之大課題，由於它與本書研究課題無多大關係，故不介入深論。本書僅從「風骨」之「風」的淵源切入討論，論證其與詩教之關係。

1.「風」、「興寄」與儒家詩教之關係

「風骨」原本爲南朝品漢人物與品第畫作之專有名詞，《宋書·武帝記》曰：「（劉裕）及長，身長七尺六寸，風骨奇特，……。」〔註121〕劉勰《文心雕龍》首引「風骨」一詞入文學評論裏，該書多處使用「風」或「骨」，抑或「風骨」兩字連用。同時，作者亦闢《風骨篇》來專論，其分析鞭闢入裏，深獲贊許。

《詩大序》曰：「上以風化下，下以風刺上」，又謂「風，風也，動也。風以動之，教以化之」，儒家強調《詩》之十五「國風」，其審美功用是讓上君與下民能互相風動感化。《風骨篇》指出「《詩》總六義，風冠其首，斯乃化感之本源，志氣之符契也。是以怊悵述情，必始乎風，沉吟鋪辭，莫先於骨。」〔註122〕可見劉勰承續詩教觀點，視「風」爲「化感之本源」，並引之來詮釋文學創作裏感化人心之藝術力量。換言之，劉勰「風骨」論，實淵源於儒家釋「風」之義，因此本書主張「風骨」之「風」與詩教有密切關係。

〔註117〕黃侃：《文心雕龍札記·風骨第二十八》，上海：華東師範大學，1997年，頁127。

〔註118〕郭紹虞主編：《中國歷代文論選·文心雕龍·風骨·說明》，第一冊，頁256～257。

〔註119〕王運熙：《文心雕龍探索·上編·〈文心雕龍〉風骨論詮釋》，上海：上海古籍出版社，2005年，頁93。

〔註120〕喬惟德、尚永亮：《唐代詩學》，長沙：湖南人民出版社，2000年，頁33。

〔註121〕〔梁〕沈約：《宋書》，卷一，《本紀第一·武帝上》，北京：中華書局，2003年，頁1。

〔註122〕〔梁〕劉勰著，范文瀾注：《文心雕龍注》，卷六，《風骨第二十八》，北京：人民文學出版社，2006年，頁513。

　　然而必須瞭解「風骨」論之淵源雖攸關儒家詩論，「風骨」之內涵卻未必全然等同於詩教之教化主張。兩者雖都承自同一個淵源，唯「風骨」指向文學審美藝術之感染力，而「詩教」卻偏重政教之感化作用，王運熙早指出此區別，「實際上國風的教化感發作用與風骨的藝術感染力量，雖同屬文學作品對讀者（或聽者）的積極影響，但內涵並不相同」〔註123〕。從其歷史淵源角度來說，陳子昂論「漢魏風骨」，殘留詩教舊跡，然而詩人未滿足於傳統窠臼，從中蛻脫，通變了傳統詩教內涵。

　　與此同時，陳子昂提倡之「興寄」，詩人未多做解釋，似乎僅為一道漂亮的口號。然究其源頭，「興寄」又與詩教深有瓜葛。

　　「興寄」為唐人詩論裏重要的範疇之一，其直接源於漢儒之詩論。漢儒論詩，常將「比興」與詩歌之「美刺」內涵並用，後者深獲漢儒注重，已於第一章第三節中多闡述，不再贅言。何謂「比興」？東漢大儒鄭玄云：「比，見今之失，不敢斥言，取比類以言之。興，見今之美，嫌於媚諛，取善事以喻勸之。」〔註124〕鄭玄認為「比興」均為一種借他事物來託喻之修辭手法，其差異在於本體之義。試比較鄭玄稱「賦」：「賦之言鋪，直鋪陳今之政教善惡」〔註125〕，可知見「比興」是借物來比方託事，委婉之表達手法。

　　劉勰則指出「比顯而興隱哉。……比者蓄憤以斥言，興者環譬以託諷，蓋隨時之義不一，故詩人之志有二也」〔註126〕，意即「比興」雖在使用上有區別，然而兩者均為詩人憂憤或譏刺之藝術表達。根據此理，劉勰認為「炎漢雖盛，而辭人誇毗。諷刺道喪，故興義銷亡」〔註127〕，漢人創作缺乏「興」之藝術手法，因多阿譽少託諷之故。雖六朝之「興」意已有發展，如西晉人摯虞（？～311？）指出「興者，有感之詞」〔註128〕，或《詩品》作者梁人鍾嶸（468～518）曰：「文已盡而意有餘」〔註129〕，有觸物起興抑或餘韻之義，

〔註123〕王運熙：《文心雕龍探索‧上編‧〈文心雕龍‧風骨〉箋釋》，頁126。

〔註124〕〔唐〕孔穎達：《周禮注疏》，卷二十三，《春官‧宗伯下》，北京：北京大學出版社，1999年，頁610。

〔註125〕〔唐〕孔穎達：《周禮注疏》，卷二十三，《春官‧宗伯下》，頁610。

〔註126〕〔梁〕劉勰著，范文瀾注：《文心雕龍注》，卷八，《比興第三十六》，頁601。

〔註127〕〔梁〕劉勰著，范文瀾注：《文心雕龍注》，卷八，《比興第三十六》，頁601。

〔註128〕〔西晉〕摯虞：《文章流別論》，郭紹虞主編：《中國歷代文論選》，第一冊，上海：上海古籍出版社，2005年，頁190。

〔註129〕〔梁〕鍾嶸著，陳延傑注：《詩品注》，《總論》，北京：人民文學出版社，2001年，頁2。

而逐漸形成所謂的「興趣」，一個盛唐詩人普遍追求之詩歌理想範疇〔註130〕。

無論如何，陳子昂仍舊延用漢儒釋「興」義，此爲杜甫及白居易等信仰儒家詩教者承續，故杜甫讀元結《舂陵行》後贊曰：「不意復見比興體制，委婉頓挫之詞，感而有詩」〔註131〕，讚美元結詩歌具有反映現實社會之政教內容。

爲何要選擇以「比興」而非其他手法來表達「美刺」呢？孔穎達解釋：「依違譎諫，不直言君之過失，故言之者無罪。人君不怒其作主而罪戮之，聞之者足以自戒」〔註132〕。「比興」可達勸諫目的，又不讓禍延己身，實乃一舉兩得也。陳伯海則將「比興」與「賦」之表現手法做一優劣對比，「用賦體作頌美，說過了火，難免露出阿諛奉承的痕跡，不如比興之委婉得體。用賦體作譏刺，言詞激切，容易招致訐直犯上的罪名。」〔註133〕該解釋將《詩大序》：「主文而譎諫，言之者無罪，聞之者足以戒」之論說得更明白了一些。可知「比興」運用背後，蘊含作者爲人處事之切身思量。

然而陳伯海又指陳子昂提出「興寄」之口號，主要目標在於矯正前朝詩歌徒講究藻辭麗句，缺少蘊含深刻的社會政治內容，「倒並不特別強調詩歌的教化功能」〔註134〕。其實儒家詩教之途徑有對應之兩方面：一方面是要求居上者透過「思無邪」的詩歌來「經夫婦，成孝敬，厚人倫，美教化，移風俗」〔註135〕，講求上對下之教化，而另一方面則是臣子或詩人借詩來對上反映民瘼，表達政治意見或規勸譏刺，兩者合之，即是《詩大序》裏說的：「上以風化下，下以風刺上」之義。陳子昂提倡之「興寄」，顯然發揚下對上之審美功效。其實自唐後，詩人絕少創作教化詩，詩教精神之發揮，往往偏指臣民對君上之譏刺功能。

何謂「寄」？郭紹虞釋爲「有所寄託」〔註136〕，並指其爲「託物起興」

〔註130〕嚴羽：「盛唐諸人惟在興趣，羚羊掛角，無跡可求。」參見〔宋〕嚴羽著，郭紹虞校釋：《滄浪詩話校釋》，北京：人民文學出版社，2005 年，頁 26。

〔註131〕〔唐〕杜甫：《同元使君舂陵行》，孫望校：《元次山集》，附錄一，頁 162。

〔註132〕《詩大序》：「上以風化下，……故曰風」句下之正義。參見〔唐〕孔穎達：《毛詩正義》，卷一（一之一），《詩大序》，北京：北京大學出版社，1999 年，頁 13～14。

〔註133〕陳伯海：《唐詩學引論》，上海：東方出版中心，1996 年，頁 12。

〔註134〕陳伯海：《唐詩學引論》，頁 12

〔註135〕〔唐〕孔穎達：《毛詩正義·序》，頁 10。

〔註136〕〔唐〕陳子昂：《與東方左史虬修竹篇序》注釋〔4〕。參見郭紹虞主編：《中國歷代文論選》，第二冊，頁 55。

及「因物喻志」，〔註137〕意思是借物來抒發詩人之「志」。陳伯海亦給「興寄」下了一個簡單又不失明確的定義：「比興寄託，即指用比興的手法來寄託詩人的政治懷抱」〔註138〕，可見該「寄」義體現了傳統詩教「詩言志」之內涵。由此說來，陳子昂「興寄」說，實為「復古詩教」之倡議，乃「詩言志」於唐朝的另一個說法而已。

2. 犯顏敢諫與美刺政教之詩作

比諸初唐四傑，陳子昂更勇敢地直接攻訐政弊，歷代研究者幾乎毫無例外地指出詩人該特色。《陳子昂研究》作者韓理洲整理出詩人之創作具四項特點，其二〔註139〕即是暴露官場醜惡，譏諷危害國計民生之弊政，而陳運良亦指出陳子昂《感遇》三十八首具「直面現實的批判意識」。〔註140〕

陳子昂常以高度政治洞察力議論政事，並流露儒家仁民愛物之仁心。陳子昂於《諫靈駕入京書》〔註141〕一書中除提出其政治卓見外，亦指出「莫不父兄轉徙，妻子流離，委家喪業，膏原潤莽。……然而流人未返，田野尚蕪。白骨縱橫，阡陌無主」，荒饉導致黎民疾苦，遍地哀鴻，史載詩人因該書受武后賞識，擢拔為麟臺正字。〔註142〕又於任右拾遺時書《上蜀川安危事三條》〔註143〕，「蜀中諸州百姓所以逃亡者，實緣官人貪暴，不奉國法，典史游容，因此侵漁，剝奪既深。人不堪命，百姓失業，因即逃亡。」詩人赤裸裸地針砭時弊，揭露官吏之橫征暴斂。

陳子昂之一生，始終處於武后掌權期，而詩人的浮沉榮辱，甚至中年冤死均與當時最高實權者脫離不了關係。陳子昂存世詩文中，不乏阿諛武后之作，史書曾指「子昂上《周受命頌》以媚悅后」〔註144〕。研究者多指此為唐人仕宦心切與詩人人格問題，是邪？非邪？由於與本書討論命題沒多大關係，故不多作辨析。

〔註137〕〔唐〕陳子昂：《與東方左史虬修竹篇序》說明。參見郭紹虞主編：《中國歷代文論選》，第二冊，頁56。
〔註138〕陳伯海：《唐詩學引論》，頁11。
〔註139〕韓理洲：《陳子昂研究》，上海：上海古籍出版社，1988年，頁113～116。
〔註140〕陳運良：《中國詩學批評》，南昌：江西人民出版社，2001年，頁205。
〔註141〕〔唐〕陳子昂：《諫靈駕入京書》，徐鵬校點：《陳子昂集》，卷九，頁196～200。
〔註142〕〔宋〕歐陽修、宋祁：《新唐書》，卷一百七，《陳子昂列傳第三十二》，頁4068。
〔註143〕〔唐〕陳子昂：《上蜀川安危事三條》，徐鵬校點：《陳子昂集》，卷八，頁173～175。
〔註144〕〔宋〕歐陽修、宋祁：《新唐書》，卷一百七，《陳子昂列傳第三十二》，頁4077。

　　陳子昂有不少直接鞭撻當權者之作。詩人上奏武后《答制問事八條》之《賢不可疑科》〔註145〕裏，委婉指責武后多疑善嫉，「外有信賢之名，而內實有疑賢之心」，並具體指出其罪行，「一人然被訟，百人滿獄，使者推捕，冠蓋如雲」，毫不迂迴地譏刺抨擊武后「愛一人而害百人」〔註146〕，大量製造冤獄，結果「天下喁喁，莫知寧所」。武后擅權底下，陳子昂大膽犯顏直諫，非具過人之勇不可，其促成之因也許與詩人富有「尙氣決，弋博自如」，以及「輕財好施，篤朋友」〔註147〕之任俠精神，同時亦不排除詩人受儒家「浩然正氣」之浸熏，展現出儒家理想人格之高度。

　　相對於其文章，陳子昂詩歌對社會政治之關懷則表達得較婉轉曲折。詩人爲後世所知之組詩《感遇三十六首》，部分詩作存干預政治之意。《感遇》其十二〔註148〕：「怨憎未相復，親愛生禍羅」，譏刺武后大興怨獄，濫用酷刑。又《感遇》其十六〔註149〕：「聖人去已久，公道緬良難」，則感歎朝廷姦人當道，賢臣如詩人本身遭排擠不受用。從詩人所處之時代背景來探究，兩首詩作之審美對象毫無疑問直指武后也。

　　《感遇》其四〔註150〕：「樂羊爲魏將，食子殉軍功。骨肉且相薄，他人安得忠？吾聞中山相，乃屬放麑翁，孤獸猶不忍，況以奉君終」。該詩表面詠史，然若考察詩人處境，實有所託寓。武后爲了奪權篡位，誅殺了許多李姓宗室，太子李宏（生卒年不詳）、李賢（653？～684）及皇孫李重潤（生卒年不詳）等，均遭各種莫名藉口誅殺。上樑不正之故，影響政風，不少臣子或士人以嚴酷，不循私情爲榮。陳子昂認爲該舉有違儒家孝悌之道，故嘗試寫詩來矯正歪風。

　　又《薊丘覽古贈盧居士藏用七首》之二《燕昭王》〔註151〕曰：「南登碣石館，遙望黃金臺。丘陵盡喬木，昭王安在哉？霸圖今已矣，驅馬復歸來」，該詩表面爲登高述懷之作，然而疾呼「昭王安在哉？」句，卻洩露了詩人寄

〔註145〕〔唐〕陳子昂：《答制問事八條‧賢不可疑科》，徐鵬校點：《陳子昂集》，卷八，頁169～170。
〔註146〕〔唐〕陳子昂：《諫用刑書》，徐鵬校點：《陳子昂集》，卷九，頁214～219。
〔註147〕〔宋〕歐陽修、宋祁：《新唐書》，卷一百七，《陳子昂列傳第三十二》，頁4067；4077。
〔註148〕〔唐〕陳子昂：《感遇》其三，徐鵬校點：《陳子昂集》，卷一，頁5。
〔註149〕〔唐〕陳子昂：《感遇》其十六，徐鵬校點：《陳子昂集》，卷一，頁6。
〔註150〕〔唐〕陳子昂：《感遇》其四，徐鵬校點：《陳子昂集》，卷一，頁3。
〔註151〕〔唐〕陳子昂：《燕昭王》，徐鵬校點：《陳子昂集》，卷二，頁22。

託政治懷抱之深義。萬歲通天二年（697），武后委派建安郡王武攸宜（生卒年不詳）出征契丹，陳子昂亦隨行爲參謀。武攸宜不諳軍事，陳子昂多方獻良計，卻不受理，甚至遭貶斥。故詩人借戰國時燕昭君圖強國勢，禮賢下士之史實來委婉地反諷武攸宜領導無方。

上揭諸詩均契合陳子昂詩歌寄託政治之志的主張，同時其委婉譏刺的內涵，又延續詩教美刺政教之傳統。然而學者多指出詩人更多的詩歌體現了「俯仰宇宙的哲理思索、出入歷史的人生慨歎或壯志難酬的悲憤情懷」〔註152〕之思想意識，筆者不否認此說，唯此屬另一個課題，不岔開論述。

3. 從詩教復古至復變

《與東方左史勸修竹篇序》裏陳子昂高呼「思古人」，欲以「漢魏風骨」及「風雅興寄」來改革五百年來「逶迤頹靡」之風，體現了詩人的復古思想。爲了追復「漢魏風骨」，詩人主張「骨氣端翔，音情頓挫，光英朗練，有金石聲」，不過該攸關詩歌語言音律、藝術形象及感染力，非本書討論重點，且略過不論。

至於「興寄」，詩人則指出要達至「洗心飾視，發揮幽鬱」，即「滌洗機心」及「察亮眼睛」，俾抒發「內心深處的憂憤」〔註153〕，意思是詩歌要有政教功能。自孔子論詩後，歷朝屢提出詩歌須宣政教及正風化，如今陳子昂再度宣導，乃是復古之論。

陳子昂提倡詩教復古有許多因素，主要與唐復古文學風攸關。論文第七章對此文風將另有詳述，故不先分析。

就詩歌理論內涵之角度來審視，筆者認爲陳子昂之主張正確且適時。從中國文學藝術發展規律來說，但凡語言形式過度發展，趨向極端形式主義，詩風輕豔綺靡時，就必然有充實內容之倡議，如北宋初期柳開、穆修等主張以道代文，主要針對晚唐五代盛行過於講究形式之駢體文，〔註154〕而明前七子李夢陽與何景明等則以「復古」爲武器，對抗文風綺靡之「太閣體」。傳統詩教注重詩歌之政教作用與社會功能，援引它來扭轉重審美形式之詩風，似乎是合乎文學發展原理。

〔註152〕陳運良：《中國詩學批評》，頁204～207。
〔註153〕《感遇三十八首》其三十及《與東方左史虬修竹篇序》之注釋。參見彭慶生注釋：《陳子昂詩注》，成都：四川人民出版社，1981年，頁52、頁220。
〔註154〕柳開及穆修等之主張過於偏「道」，以至於從形式的極端走至內容的極端，本書就不論及了。

　　其次是與當時之政治環境攸關。高宗龍朔年間，武后經已掌握實際大權，一切政治決定均仰賴武后。此時宮廷詩壇，無論是貞觀、龍朔間盛行之「上官體」，以及爾後的「太閣體」，均與武后偏好綺錯婉媚之審美傾向攸關。故若冒然擲出一道全新的詩歌改革理論，無異於「觸龍鬚」。反之以「復古」爲革新武器，其衝擊力相對下則顯得紓緩。學者指出「在中國歷史上，凡屬於思想文化方面的詩文革新運動往往都以復古的方式出現」〔註155〕，如隋朝李諤、盛唐李白，還有韓、柳推動的「古文運動」等，陳子昂此舉爲相當明智之選擇。

　　此外，武后雖佞佛，但儒家畢竟爲治國之正統思想支柱。詩教復古之議，當權者或許一時未能接受，亦不至於排斥。再說，處於古代保守民風來說，「復古」比其他詩論，相對易獲回應。〔註156〕在此同時，初唐政治家與歷史學家提倡儒學，已爲往後儒家之詩歌理論接受做了一道很好之鋪墊工作，而陳子昂登高一呼，似乎水到渠成。

　　雖然陳子昂於《與東方左史虬修竹篇序》中並舉「漢魏風骨」與「風雅興寄」，可是卻未於該基礎上進一步創新，給詩歌未來發展劃下了局限。加之詩人的創作亦未完全脫離綺靡，正如胡應麟雖讚揚「子昂《感遇》，盡削浮靡，一振古雅」，卻指出「第自三十八章外，余自是陳、隋格調，與《感遇》如出二手。」〔註157〕詩人之實踐遠比不上其理論主張，是一件叫人無法否認之事實。

　　歷來學者對陳子昂以「復古」爲「革新」之論，存不同見解。否定者如皎然指出「陳子昂復多而變少」〔註158〕，詩人「復古」過於「運變」，難達至眞正之「通變」。該論詩人創作也許符合實情，不過若從改變詩風角度來勘察，詩人引古來變今，對扭變詩風方面取得大成就。對陳子昂來說，「復古」只是手段，「改革」爲過程，而「新變」是最終之目標。「復古」與「革新」乃相對之詞彙概念。六朝「詩緣情而綺靡」對漢詩主政教說，是爲「新變」；而初唐提出源於詩教之「風骨」說，是爲「復古」。該兩股思潮，歷經唐初近百年之醞釀，來到唐國勢最強盛的開元前，「復古與新變兩大詩學思潮已由對立歸趨到了變通的方

〔註155〕吳明賢、李天道編著：《唐人的詩歌理論》，成都：巴蜀書社，2006年，頁236。
〔註156〕論點參考自吳明賢、李天道編著：《唐人的詩歌理論》，頁236。
〔註157〕〔明〕胡應麟：《詩藪‧內篇》，卷二，北京：中華書局，1969年，頁35。
〔註158〕〔唐〕皎然著，李壯鷹校注：《詩式校注》，卷五，北京：人民文學出版社，2003年，頁330。

向」〔註159〕，所以筆者認為陳子昂非單純復古，實具「復變」之蘊涵。

　　初唐頹靡之詩風，未因陳子昂「通變」詩論而驟然改變，然而詩人之呼籲卻影響巨遠。高棅指出「神龍以還，泊開元初，陳子昂古風雅正，……此初唐之漸盛也。」〔註160〕盛唐人論詩追求「風骨」與「興象」，創作滿含壯麗雄渾及昂揚奮發之氣象，肇源於陳子昂「風骨」與「興寄」之倡，正如羅宗強指出「陳子昂的主要貢獻，就在於明確提出了文體和文風改革的方向，以風雅取代綺靡。」〔註161〕爾後杜甫、元結、元稹、白居易等諸詩家之復變詩教，莫不濫觴於陳子昂。

　　陳子昂並舉了「風骨」與「興寄」，揭示了他具有詩歌內容思想與藝術形式必須統一之審美觀念。從詩教的角度來說，它讓傳統獲得新血，體現了質文並茂之審美風貌，突破了傳統詩教長期局限於美刺比興，忽略審美特徵之窠臼。陳子昂之實踐，證實該理念偏向理想多於實際，可是理論指引創作，詩人之宣導還是彌足珍貴。

　　其實中國第一部詩論專著《詩品》中，早即將「風雅比興」與「風骨」結合起來論詩。「故詩有六義焉：一曰興，二曰比，三曰賦。……弘斯三義，酌而用之，幹之以風力，潤之以丹彩，使味之者無極，聞之者動心，是詩之至也」〔註162〕。作者鍾嶸主張詩歌創作活動中首先斟酌運用「興、比、賦」三種修辭手法，然後於該基礎上結合「風力」或「風骨」，並以「丹彩」，即詩之語言形式來潤飾，唯此詩歌方能感動人心，達至極致。〔註163〕陳子昂應從中獲得啟迪，於唐詩走入盛唐前明確且高調地提倡該思想性與藝術性統一之論，確立了詩人「橫制頹波」，一掃初唐浮靡詩風。

　　同時，詩人提倡詩歌應該抒發士人建功立業的人生理想，直接謳歌唐人熱衷士宦，亦突破了詩教美刺諷喻之傳統局限。〔註164〕詩人將儒家積極入世之精神，強調士人致用之一面完全體現了出來。

〔註159〕陳伯海主編，倪進等著：《中國詩學史·隋唐五代卷·隋及唐前期詩學（下）》，頁101。

〔註160〕高棅：《唐詩品彙總敘》，上海：上海古籍出版社，1982年，頁8。

〔註161〕羅宗強：《中唐文學思想》，張毅主編：《羅宗強古代文學思想論集》，汕頭：汕頭大學出版社，1999年，頁201。

〔註162〕〔梁〕鍾嶸著，陳延傑注：《詩品注》，《總論》，頁2。

〔註163〕主論點參考自袁行霈、孟二冬等著：《中國詩學通論》，安徽教育出版社，頁359。

〔註164〕論點參考自吳明賢、李天道編著：《唐人的詩歌理論》，頁77。

陳子昂雖提倡「興寄」，卻偏重美刺諷喻之寄託，忽視「比興」，致使詩歌形象有時顯得過於枯槁，有質過於文之失。此外，過度堅持詩教之故，詩人之詩作幾乎皆爲五言古詩，忽略當時崛起的新興詩體。陳子昂反對齊、梁詩風，而繼承綺靡詩風之宮廷詩人如沈、宋等，彼等完成近體詩之格律規範，自然遭陳子昂一併排除在外，其情可以理解，但於理則不能接受。近體詩講究聲律及屬對，重視詩歌語言形式等審美特徵，由於詩人的偏見，致使之遺漏該可貴涵養。同時延自漢之樂府詩，頗受眾詩家如李、杜等的模仿學習，詩人卻不屑一顧。由此從樂府詩蛻變，盛行於盛唐之七言歌行體，更甭想詩人從中獲取養分。缺乏新元素加入之下，論者認爲陳子昂寫詩「簡單地將抽象思辨附著於感性形象之上，以詩言理而缺乏藝術感染力」〔註165〕。持平而論，詩人創作雖不盡然如此，但有部分作品的確質過於文，理勝於情，無法扣人心弦。

陳子昂有些詩歌語言古樸，詩風雖飽滿風骨，卻缺乏靈動韻味以及鮮明生動之形象，實與詩人提出之標準有差距。〔註166〕清人黃子雲即窺探出該弊病，「所顯意不如新，而詞稍粗率耳。」〔註167〕過度堅守詩教，未曉得因時通變者，其創作往往缺乏詩歌應具有之藝術形象，內容充斥簡單說教。陳子昂非個中嚴重者，爾後之元結及孟郊，更突顯該缺失。

「興寄」是傳統「風雅比興」於唐之代稱，然而添加「風骨」之後的詩歌審美觀念，已不再與傳統詩教劃上等號，應該視爲對詩教的「通變」或「超越」，筆者稱之爲「詩教復變」。〔註168〕雖說陳子昂之「興寄」與「風骨」並舉非首創，且其實踐亦追不上他超越之詩歌革新理論，甚至有些詩歌尚體現詩教不良影響之一面，然而陳子昂登高一呼，明確地將初唐貞觀君臣與四傑等革新舊詩風之努力，「推向一個空前明確與自覺的階段」〔註169〕。「風骨」與「興寄」論，再經盛唐諸家如張說、張九齡及李白等努力，匯合成一股所謂「盛唐氣象」，引領唐詩昂然地邁入「盛唐」世界。

〔註165〕袁行霈：《中國文學史》第二卷，北京：高等教育出版社，2003年，頁229。
〔註166〕論點參考自吳明賢、李天道編著：《唐人的詩歌理論》，頁235。
〔註167〕〔清〕黃子云：《野鴻詩的》，王夫之等撰：《清詩話》，上海：上海古籍出版社，1999年，頁863。
〔註168〕本書第七章將會全面地論述詩教「復古」、「通變」與「復變」，此且擱論。
〔註169〕陳伯海主編，倪進等著：《中國詩學史·隋唐五代卷·隋及唐前期詩學（下）》，頁101。

第三節　盛唐詩人對儒家詩教之紹承

　　依照明人高棅（1350～1423）於《唐詩品彙》之分法，所謂「盛唐」，指向玄宗開元元年（713）至代宗永泰元年（765），共約五十年間。〔註170〕除安史之亂（755）後之十年，「盛唐」是唐國力最強盛期，唐詩亦蓬勃發展，「故論詩者至開元、天寶之世，莫不推為千載之盛也。」〔註171〕盛唐詩人創作講求遒勁骨力、玲瓏興象，以及清真詩風，「開元十五年後，聲律風骨始備矣。」〔註172〕為此，探索盛唐詩人對詩教精神的接受，似乎無異於緣木求魚。

　　然而正如本書第一章前言中指出，從孔子至漢儒建構起來之「儒家詩教」，是中國傳統詩學之主流話語，唐詩，包括盛唐詩自然無法避於受影響。上一節敘述陳子昂提倡「風骨」與「興寄」，陳伯海稱之為「構成了唐詩內容上的兩大支柱」，並指出它們是「唐詩在長時期歷史演進中所形成的穩定素質，貫穿於唐詩進程的始末」。〔註173〕兩個詩學範疇並舉中，盛唐雖未強調復古詩教，卻未完全忽略。

一、李白：遊仙政教詩與抒情式之美刺

　　自古以來，儒家主張的修身、齊家、治國、平天下，主導著中國傳統文人的價值取向。「喜縱橫術、擊劍、為任俠」〔註174〕的一代大詩人李白（701～762），好老莊、喜道教，可同時他於《代壽山答孟少府移文書》中自稱其政治志向：「申管、晏之談，謀帝王之術，奮其智慧，願為輔弼」〔註175〕，復謂生平志願為「欲濟蒼生未應晚」〔註176〕與「終與安社稷」〔註177〕。可見李白汲汲入世、建功立業、兼善天下的政治理想非常強烈，頗切合儒家主張。

〔註170〕〔明〕高棅：《唐詩品彙總敘》，上海：上海古籍出版社，1982 年，頁 8。

〔註171〕〔清〕魯九皋：《詩學源流考》，郭紹虞編選：《清詩話續編》下冊，上海：上海古籍出版社，1999 年，頁 1355。

〔註172〕〔唐〕殷璠：《河嶽英靈集序》，傅璇琮編：《唐人選唐詩新編》，西安：陝西人民教育，1996 年，頁 107。

〔註173〕陳伯海：《唐詩學引論》，上海：東方出版中心，1996 年，頁 14。

〔註174〕〔宋〕歐陽修、宋祁：《新唐書》，卷二百二，《李白列傳第一百二十七中》，北京：中華書局，2002 年，頁 5762。

〔註175〕〔唐〕李白：《代壽山答孟少府移文書》，〔清〕王琦注：《李太白全集》，卷二十六，北京：中華書局，2003 年，頁 1225。

〔註176〕〔唐〕李白：《梁園吟》，〔清〕王琦注：《李太白全集》，卷七，頁 392。

〔註177〕〔唐〕李白：《贈韋秘書子春》，〔清〕王琦注：《李太白全集》，卷九，頁 47。

游國恩指出：「李白的一生是複雜的。作為一個天才的詩人，他還兼有游俠、刺客、隱士、道士、策士、酒徒等類人的氣質或行徑。……一方面他接受了儒家『兼善天下』的思想，……另一方面他又接受了道家的特別是莊子那種遺世獨立的思想，……在此同時，他還深受游俠思想的影響」〔註178〕李白思想之混雜，前賢已有諸多論述，大體結論不離儒、釋、道與任俠精神。筆者認為儘管李白受道家自由超曠哲學影響甚深，同時也接受了佛教出世的思想，但在其思想深處，儒家積極用世的思想，佔據一定的地位。這種思想時強時弱，唯始終伴隨，甚至主宰詩人的一生。職是之故，本書嘗試從一定的角度切入分析其詩教蘊涵。

李陽冰（生卒年不詳）曾於《草堂集序》中評論李白：「不讀非聖之書，恥為鄭、衛之作，故其言多似天仙之辭。凡其所稱，言多諷興。……」〔註179〕李白羞於創作類似鄭、衛淫詩，而詩人表面宴樂遊仙之作，實多蘊含諷喻比興，論者指出李白詩歌延續了陳子昂「興寄」說。然而李白曾於寶應元年（762），即病卒前投靠時任當塗令之族叔李陽冰，並囑之代編詩文集。有了該層關係，李陽冰對李白之論，難免予人有偏私之嫌。

元和末宣歙觀察使范傳正（生卒年不詳），則從另一個角度表達了與李陽冰相似之看法。「飲酒非嗜其酣樂，取其昏以自富；作詩非事於文律，取其吟以自適。好神仙非慕其輕舉，將不可求之事求之。欲耗壯心，遣餘年也」〔註180〕。李白沉迷道教，「對道教的興趣終生不衰」〔註181〕，幾乎為學界所公認，然而范傳正卻認為詩人求道之信仰是在排遣而已。李白曾謂：「仙人殊恍惚，未若醉中真」〔註182〕，詩人崇道之信念似乎不比其嗜酒般堅定。唐人注目於李白縱逸之才氣，〔註183〕與李陽冰及范傳正持相同看法者畢竟不太多。唐人習尚周旋於儒、釋、道三教，孫昌武卻指出唐士大夫階層，主要在儒家學術

〔註178〕游國恩：《中國文學史》第二冊，北京：人民文學出版社，1996年，頁72。

〔註179〕〔唐〕李陽冰：《草堂集序》，〔唐〕李白著、〔清〕王琦注：《李太白全集》，卷三十一，頁1445～1446。

〔註180〕〔唐〕范傳正：《唐左拾遺翰林學士李公新墓碑》並序，〔唐〕李白著、〔清〕王琦注：《李太白全集》，卷三十一，頁1464。

〔註181〕孫昌武：《道教與唐代文學》，北京：人民文學出版社，2001年，頁205。

〔註182〕〔唐〕李白：《擬古十二首》其三，〔清〕王琦注：《李太白全集》，卷二十四，頁1094。

〔註183〕《河嶽英靈集·卷上》「（李白）故其為文章，率皆縱逸，……」。參見傅璇琮主編：《唐人選唐詩新編》，〔唐〕殷璠編：《河嶽英靈集》，頁120。

和思想傳統中培養起來，〔註 184〕更有學者指出李白是「內儒外道」〔註 185〕
者，故論盛唐詩人之詩教復古，斷不可忽略了盛唐氣象之代表——李白。

1. 李白之詩教復古理論

討論李白是否蘊含詩教思想，學者之論僅能供參照，最可靠之法莫過於
由其傳世詩文來說話。李白詩作中有不少直接表示慕儒之意，組詩《古風五
十九首》即云「大雅久不作，吾衰竟誰陳。……我志在刪述，垂輝映千春。
希聖如有立，絕筆於獲麟」〔註 186〕，詩人感歎風雅久不傳，並表示己願紹承
孔子刪詩書，述而不作之舉，再現風雅比興。

李白傳世文章不多，但可從中窺探其儒家思想，如《代壽山答孟少府移
文書》〔註 187〕中曰：「李公仰天長吁，謂其友人曰：『吾未可去也。吾與爾達
則兼濟天下，窮則獨善一身。……』」。查此言本於《孟子·盡心上》：「古之
人，得志，澤加於民；不得志，修身見於世。窮則獨善其身，達則兼善天下」
（7a.9）。雖詩人表達稍異，然其義與孟子沒兩樣，秉持儒家「窮不失義，達
不離道」（7a.9）之主張。「苟無濟代心，獨善亦何益」〔註 188〕，李白甚至進
一步提出士人無論窮困或騰達，都要具備兼善天下之崇高理想。

《本事詩》中載述李白論詩時曾發出這麼一句豪語：「梁陳以來，豔薄斯
極，沈休文又尚以聲律，將復古道，非我而誰與！」〔註 189〕該「古道」即指
風雅比興之傳統，詩人以充滿自信的口吻，將發揚詩教視爲己任。此外，該
論也表現了詩人之復古情懷。

然而李白近千首詩作中卻出現不少貶低儒生者，如「衣冠半是征戰士，
窮儒浪作林泉民」〔註 190〕，以及「儒生不及游俠人，白首下帷復何益」〔註 191〕，
甚至也有直接嘲諷儒家始祖孔子，「我本楚狂人，鳳歌笑孔丘」〔註 192〕。筆者

〔註 184〕孫昌武：《道教與唐代文學》，北京：人民文學出版社，2001 年，頁 472。

〔註 185〕康懷遠：《李白批判論·李白思想論》，成都：四川出版集團巴蜀書社，2004
年，頁 73～87。

〔註 186〕〔唐〕李白：《古風》其一，〔清〕王琦注：《李太白全集》，卷二，頁 87。

〔註 187〕〔唐〕李白：《代壽山答孟少府移文書》，〔清〕王琦注：《李太白全集》，卷二
十六，頁 1225。

〔註 188〕〔唐〕李白：《贈韋秘書子春》，〔清〕王琦注：《李太白全集》，卷九，頁 478。

〔註 189〕〔唐〕孟棨：《本事詩·高逸第三》引，丁福保輯：《歷代詩話續編》上冊，頁 14。

〔註 190〕〔唐〕李白：《少年行》，〔清〕王琦注：《李太白全集》，卷六，頁 357。

〔註 191〕〔唐〕李白：《行行且遊獵篇》，〔清〕王琦注：《李太白全集》，卷三，頁 181。

〔註 192〕〔唐〕李白：《廬山謠寄盧侍御虛舟》，〔清〕王琦注：《李太白全集》，卷十四，
頁 677。

認爲要掌握詩人該類表面對儒家不敬之詩歌旨趣，有必要擺在當時之經學風氣來討論，作一個語言情境之理解。

自唐開國，太宗下詔統一訂定《五經正義》後，天下學子奉爲圭臬，儒學失去作爲一門學說應有之鮮活力，搖身爲服務政治的有力工具。本章第一節中已深切指出該巨著之修訂，阻礙了唐人對儒學之鑽研。李白反對學術一統，以詩文攻訐該遭扭曲變相的儒學。爲此，我們不可依據詩人一些對儒家不敬的話來斷定其爲「反儒」者，反之更應視之爲站在維護儒家的角度來說話，一定程度上體現了詩人對儒學之支持。

2. 蘊藉委婉地譏刺政教

晚唐李商隱於《獻侍郎鉅鹿公啓》一文中指出「推李、杜則怨刺居多」〔註193〕。李白《古風》其三十四〔註194〕中記述了天寶十載（751），楊國忠爲了樹立邊功，強逼拉夫征討不毛之地的雲南山區，「怯卒非戰士，炎方難遠行」。奸相爲了一己之私，卻使得送行之父母痛心疾首，「長號別嚴親，日月慘光晶。泣盡繼以血，心摧兩無聲」，後果是二十萬大軍，「千去不一回，投軀豈全生」，深刻揭露了奸相之醜行。「如何舞干戚，一使有苗平」，詩人於詩末以舜舞干戚，有苗請服之修教典故，來對比諷喻朝廷不修文德。元人蕭士贇（生卒年不詳）論該詩「末則深歎當國之大臣，不能如益之贊禹，禹之佐舜。敷文德以來遠人，致有覆軍殺將之恥也。」〔註195〕李白詩不直指其事，委婉出之，評論者卻一言破道其譏刺政教之眞義。

李白長詩《經亂離後，天恩流夜郎，憶舊遊書懷贈江夏韋太守良宰》〔註196〕揭露安史之亂，禍害黎民。「白骨成丘山，蒼生竟何罪？」詩人爲黎民無辜之犧牲叫屈，並指出「二聖出遊豫，兩京遂丘墟」，詩中雖將皇帝倉惶逃離京城比爲巡行，但連接上下詩之意，詩人實斥玄宗與肅宗只顧逃亡保命，將百姓拋置予兇狠殘暴之叛軍。詩教之思想本質是「思無邪」，而委婉勸刺乃其運用原則，唐人提倡詩教復古中保留了詩教之思想本質，卻對其表達手法作

〔註193〕〔唐〕李商隱：《獻侍郎鉅鹿公啓》，劉學鍇、余恕誠：《李商隱文編年校注》，北京：中華書局，2004年，頁1188。

〔註194〕〔唐〕李白：《古風》其三十四，〔清〕王琦注：《李太白全集》，卷二，頁130。

〔註195〕〔元〕蕭士贇：《李太白分類補注》，卷二，《古風》其三十四，《文淵閣四庫全書》第1066冊，上海：上海古籍出版社，2003年，頁471。

〔註196〕〔唐〕李白：《經亂離後，天恩流夜郎，憶舊遊書懷贈江夏韋太守良宰》，〔清〕王琦注：《李太白全集》，卷十一，頁571。

出新變。杜甫一些譏刺詩，語言坦露，直接針砭政弊，詩作內容雖合乎善道，表達卻「哀且傷」。白居易過於平淺直露之詩句，「直而切」之表達，實有違詩教「溫柔敦厚」原則。尋繹其源，李白似乎首啓其端矣。

　　細審李白《烏棲曲》與《遠別離》兩篇樂府詩，詩人畢竟還是堅守委婉之運用原則。《烏棲曲》〔註197〕乃樂府清商曲辭之舊題，內容多寫豔情，李白卻引之來譏刺宮廷之頹靡生活。

　　　姑蘇臺上烏棲時，吳王宮裏醉西施。

　　　吳歌楚舞歡未畢，青山欲銜半邊日。

　　　銀箭金壺漏水多，起看秋月墜江波，東方漸高奈樂何！

詩歌表面描述吳王夫差（？～公元前73）與西施（生卒年不詳）於姑蘇臺長夜歡樂。清人王夫之（1619～1692）指出該詩「寓意高遠，尤爲雅奏」〔註198〕。有學者更直接斷定李白將宮裏的西施借比楊貴妃（719～756），而將玄宗（685～762）喻爲醉倒美人懷裏之吳王。〔註199〕詩外之旨爲託諷當朝皇帝耽溺酒色，疏於政事。由此類推，「青山欲銜半邊日」及「東方漸高」則非描述吳王沉溺於享樂，感歎歡樂時光快逝，實指東方范陽之叛賊安祿山（703～757）。故此，《唐詩品彙》作者高棅（1350～1423）指蕭士贇深諳此詩之眞義，批曰：「此樂府深得《國風》刺詩之體」〔註200〕。

　　至於《遠別離》〔註201〕一詩，表面敍述上古聖王舜駕崩蒼梧，娥皇（生卒年不詳）及女英（生卒年不詳）慟哭之史傳，歷代學者多指出該詩實存託諷。安史之亂，玄宗入蜀。肅宗（711～762）即位靈武，玄宗不得已稱太上皇，後復遭宦官李輔國（704～762）矯制遷入西內，終致憂抑而崩。高棅認爲該詩「太白傷時君子失位，小人用事，以致喪亂」〔註202〕，感傷當朝君主失政及小人弄權。清人沈德潛則指出「託弔古以致諷」〔註203〕，詩人詠史中蘊含譏諷玄宗與肅宗兩父子失和。另有學者說該詩旨爲「無借人國柄，借人國柄

〔註197〕〔唐〕李白：《烏棲曲》，〔清〕王琦注：《李太白全集》，卷三，頁176～177。
〔註198〕〔清〕王夫之著：《薑齋詩話》卷二，北京：人民文學出版社，2005年，頁164。
〔註199〕吳建民：《中國古代詩學原理》，北京：人民文學出版社，2001年，頁351。
〔註200〕〔明〕高棅：《唐詩品彙》，卷二十六，《七言古詩卷之二》，上海：上海古籍出版社，1982年，頁282。
〔註201〕〔唐〕李白：《遠別離》，〔清〕王琦注：《李太白全集》，卷三，頁157～158。
〔註202〕〔明〕高棅：《唐詩品彙》，卷二十六，《七言古詩卷之二》，上海：上海古籍出版社，1982年，頁285。
〔註203〕〔清〕沈德潛：《唐詩別裁》，卷六，長沙：嶽麓書社，1998年，頁129。

則失其權」，並指出詩中個別詩句暗藏深義，如「日慘慘兮雲冥冥」句，隱喻君主昏庸而遭奸臣蒙蔽；而「猩猩啼煙鬼嘯雨」句，則比爲小人亂政。至於「堯舜當之亦禪禹。君失臣兮龍爲魚，權歸臣兮鼠變虎」等詩句，則指皇權歸臣下，必遭禍國之殃。〔註204〕該詩迂迴曲折，引致研究者諸多揣測，不過可以肯定他們均支持其旨趣在於嘲刺權臣弄權，以及君主的失德敗政。

3. 遊仙政教詩與抒情式的美刺比興

李白不少作品敘述其遊山訪道及任俠縱酒之事。晚唐尚書膳部員外郎劉全白（生卒年不詳）在《唐故翰林學士李君碣記》裏指出「（李白）遂浪跡天下，以詩酒自適。又志尚道術，謂神仙可致，不求小官，以當世之務自負」。〔註205〕可知縱然李白詩歌多描寫逍遙自在之仙道肆酒生活，詩人終究注目社會，以扶社稷及濟蒼生爲一生之主導思想。

李白的遊仙詩，亦常與他關心的政教結合。《古風》其十九〔註206〕前半曰：「素手把芙蓉，虛步躡太清。霓裳曳廣帶，飄拂升天行」，描繪了好一幅不吃人間煙火之遊仙圖。然而詩之後半則筆鋒一轉，「俯視洛陽川，茫茫走胡兵。流血塗野草，豺狼盡冠纓」，清人王琦（生卒年不詳）注釋「胡兵」爲「祿山之兵」，而「豺狼」則是「祿山所用之逆臣」，可知該詩假借表面之遊仙描述，旨趣在於關切洛陽淪陷後之民瘼，迂迴地譏刺朝臣轉投安祿山之醜行。此外，亦可從該詩中窺探出詩人的美刺政教，常以抒情之筆調帶出，正如學者指出詩人常將「深刻的社會政治內涵，寓寄在情感、想像之中，以表現出含蓄深厚的審美意蘊」〔註207〕，表現出一種前所未有的抒情式教化詩，可謂李白之開創。

孫昌武指出李白自從天寶初年短暫受寵復遭黜後，隨著年事漸長，常將詩中幻想的神仙世界與現實相比，進而批判與嘲諷現狀，而神仙幻想則是詩人「無奈的心靈安慰」，〔註208〕如《登高丘而望遠海》：

> 登高丘，望遠海。六鼇骨已霜，三山流安在？扶桑半摧折，白

〔註204〕〔唐〕李白著，瞿蛻園、朱金城校注：《李白集校注》，卷三，上海：上海古籍出版社，1998年，頁195～196。

〔註205〕〔唐〕劉全白：《唐故翰林學士李君碣記》，〔唐〕李白著，〔清〕王琦注：《李太白全集》，卷三十一，頁1460。

〔註206〕〔唐〕李白：《古風》其十九，〔清〕王琦注：《李太白全集》，卷二，頁113。

〔註207〕吳明賢、李天道編著：《唐人的詩歌理論》，成都：巴蜀書社，2006年，頁79。

〔註208〕孫昌武：《道教與唐代文學》，北京：人民文學出版社，2001年，頁205。

日沉光彩。銀臺金闕如夢中，秦皇漢武空相待。精衛費木石，黿鼉
無所憑。君不見驪山茂陵盡灰滅，牧羊之子來攀登。盜賊劫寶玉，
精靈竟何能！窮兵黷武今如此，鼎湖飛龍安可乘？」〔註209〕

詩歌前半部描寫登高望海，冥想傳說中的神仙故事，進而聯想至秦皇（公元前259～公元前210）與漢武帝求仙之失敗。「窮兵黷武今如此」，該含蓄之「今」字，暴露了詩人實欲借古諷今，諷喻玄宗天寶末年大肆征討南詔與西域，終致失敗之事。「鼎湖飛龍安可乘」句，則是委婉譏諷玄宗甫妄想求仙得道，乘龍飛天之美夢，最後總是一場空也。

遊仙為詩歌之傳統題材，主要以神境、仙人以及人神交往為書寫對象，該題材最早可溯源於上古之莊子與屈原。遊仙詩熾盛於魏晉時期，曹操、曹植、阮籍、嵇康、郭璞等為書寫該題材之佼佼者。唐前的遊仙詩旨趣多為詩人渴望羽化登仙，獲得長生，抑或借仙境來慰藉心靈，抒發仕途不如意，正如唐人李善指郭璞遊仙詩「滓穢塵網，錙銖纓紱，餐霞倒景，餌玉玄都」〔註210〕。李白則將遊仙題材與政治緊密結合，開拓了唐詩美刺政教之新表現領域。從詩教的意義來說，李白讓詩教「證王教之所由興廢」的美刺領域，從現實人間發展至幻界，打破現實與非現實之界限。詩教復古至李白手裏，表現手法雖保守，但詩歌題材卻有通變。

李白多次從政，甚至在至德元載（756），尚以五十五歲高齡，謁見永王璘（？～757），辟為從事〔註211〕；六十一歲時擬投軍李光弼（708～764），可惜中途因病而返，「半道謝病還，無由東南征」，為此長歎：「天奪壯志心，長籲別吳京」〔註212〕。李白身在江湖心在闕，詩歌多處反映了詩人干預政治，委婉嘲諷掌權者之失政。

4. 李白復興詩教之評價

唐朝詩人中，大力貫徹詩教精神者有元結、杜甫及白居易等。白居易評

〔註209〕〔唐〕李白：《登高丘而望遠海》，〔清〕王琦注：《李太白全集》，卷四，頁222～223。

〔註210〕〔梁〕蕭統編，〔唐〕李善注：《文選》，第二十一卷，上海：上海古籍出版社，1997年，頁1018。

〔註211〕〔後晉〕劉昫等撰：《舊唐書》，卷一百九十下，《李白列傳第一百四十下》，頁5054。

〔註212〕〔唐〕李白：《聞李太尉病還留別金陵崔侍御》，〔清〕王琦注：《李太白全集》，卷十五，頁740。

論李白:「又詩之豪者,世稱李、杜。李之作,才矣奇矣。人不逮矣,索其風雅比興,十無一焉」〔註213〕,此論似乎足以推翻任何嘗試從李白詩中尋覓詩教遺跡之努力。與此同時,白居易同時也認爲杜甫詩歌雖具詩教蘊涵,然而若《新安吏》等契合「六義」之詩,「亦不過三四十首」。可見白居易之論有違事實,觀點有欠客觀。究其因,彼此同爲提倡復古與變通詩教,詩人有壓低他人來高抬自己之嫌。〔註214〕

傳統詩教自初唐四傑及陳子昂紹承後,步入盛唐期時其風未泯。殷璠(?~?)於天寶十三年(754)編選的《河嶽英靈集》,選錄常建、李白至閻防等二十四位盛唐詩家之兩百餘首詩作,該詩選集歸納其選詩標準之一乃「文質半取,風騷兩夾」。「質」指向詩歌的內容實質,而「風」是其蘊涵之風雅比興。《詩藪》作者胡應麟認爲「唯殷璠高武頗有論斷」〔註215〕,清朝修編的《四庫全書總目提要》則讚美該書:「凡所品題,類多精愜」〔註216〕,而傅璇琮則指出該書中提出之幾個詩學範疇,「似乎一下子把人們對新時期詩風的要求明確了。」〔註217〕可見殷璠選客觀,能反映盛唐詩歌之眞貌。

李白爲文雖「率皆縱逸」,可寫起富有悠久歷史之美刺政教詩作,畢竟還是免不了受傳統的束縛。雖然上文分析之李白,似乎有些許突破了「溫柔敦厚」表達手法,不過比起杜甫或白居易之袒露直切,李白顯得含蓄得多。加之孤證不足以支持論點,從該層面來說,李白只有「復古詩教」,實夠不上「通變」。李白偶然性之破例,應該理解爲詩人不羈性格,主體性之張揚所致。曇花一現後,詩人回歸詩教傳統,委婉迂迴地進行他的美刺諷喻。

同時亦由於李白不受約束之性格,其詩歌創作幾乎不受詩教理論影響。李白存世之九百餘首詩歌中,古體與樂府占兩百多首,而近體詩作則有七百餘首之多,〔註218〕比較堅守詩教者如元結及孟郊,創作局限於古體詩,李白

〔註213〕〔唐〕白居易:《與元九書》,朱金城箋校:《白居易集箋校》第五冊,上海:上海古籍出版社,2003 年,頁 2791。

〔註214〕本書第五章第一節另有詳述此論點。

〔註215〕〔明〕胡應麟:《詩藪・雜編》,卷二,《遺逸中・載籍》,北京:中華書局,1959 年,頁 265。

〔註216〕〔清〕永瑢等撰:《四庫全書總目・總集類一》,卷一八六,北京:中華書局,1983 年,頁 1688。

〔註217〕傅璇琮:《當代學者自選文庫:傅璇琮卷》,合肥:安徽教育出版社,1998 年,頁 497。

〔註218〕統計依據〔清〕王琦注:《李太白全集》。

顯得開放。

　　李白其實對「復變」詩教具兩大貢獻。其一是詩人援引詩教意識進入遊仙題材，開拓了詩教美刺政教的表現領域，形成與前朝遊仙詩迥異之特色。其次是比起政教文學，李白更注重詩歌之審美藝術。詩人似乎不太強調詩歌對美刺政教或傳統詩以教化之作用，他常借社會寫實的背景來抒發個人情感。

　　初唐末經陳子昂登高一呼後，詩歌審美標準一變。盛唐詩人標舉「風骨」與「興象」，追求自然之美以及富有情意，「夫文有神來、氣來、情來」〔註219〕，時代洋溢著蓬勃昂揚的氣勢。如斯「盛唐氣象」底下，李白發揮詩歌之審美形式多於它的社會政治功能，詩人傾向於上述陳伯海提出的「風骨」支柱，所以對詩教之認識，自然難免於疏略，墨守傳統。

二、山水田園詩派：微薄的詩教承傳

　　歷來世稱盛唐王維（701？～761）及孟浩然（689～740）詩風沖淡澄澈，靜逸明秀。明人胡震亨（1569～1645）指出「摩詰以淳古淡泊之音，寫山林閒適之趣，如輞川諸詩，真是一片水墨不著色畫」〔註220〕；又《詩藪》作者胡應麟論孟浩然「襄陽時得大篇，清空雅淡，逸趣翩翩然，自是孟一家，學之必無精采」〔註221〕。王、孟詩作多描繪田園與山水自然景物，創作追求情韻興味與興象統攝之境。

　　唐詩史上王維與孟浩然素以「王、孟」並稱，學者雖多方比較其異同，如清人喬億（約1730前後在世）認為「王、孟齊名，李西涯謂王不及孟，竟陵及新城先生謂孟不及王。愚謂：以疏古論，孟為勝；以澄汰論，王為勝。二家未易軒輊」〔註222〕。然無可否認王、孟詩歌內容作風大抵相近，正如紀昀所言：「王、孟詩大段相近，而體格又自微別……」〔註223〕。關於王孟之詩歌藝術非討論焦點，本書主要集中論述以王、孟為代表的盛唐山水田園詩派對傳統詩教之接受。

〔註219〕〔唐〕殷璠：《河嶽英靈集・敘》，傅璇琮主編：《唐人選唐詩新編》，頁107。
〔註220〕〔明〕胡震亨：《唐音癸籤》卷五引《震澤長語》，上海：上海古籍出版社，1981年，頁47。
〔註221〕〔明〕胡應麟：《詩藪・內編》，卷四，《近體上・五言》，頁74。
〔註222〕〔清〕喬億：《劍溪說詩》卷上，郭紹虞編選：《清詩話續編》上冊，頁1082。
〔註223〕紀昀：《瀛奎律髓刊誤》，卷二三，轉引自陳伯海：《唐詩論評類編》下冊，濟南：山東教育出版社，1993年，頁877～878。

1. 王維

若仔細審察王維早期之作，詩風未如中後期般清澈空靈，反多蘊涵美刺比興，有延續儒家詩教之意。王運熙指出王維該類作品「最富有現實意義」，所以勸勉讀者應當要珍惜，「並可由此認識到詩人對社會現實還是相當關心（主要是前期）」。事實是否如此，宜由詩人之創作及理論來論證。〔註224〕

甲、諷時寄寓之詠史詩

借史實來委婉言志，是詩歌之普遍題材。論者往往推舉中唐杜甫（712～770）、劉禹錫（772～842）及晚唐杜牧（803～853）或李商隱（813？～858）爲唐詠史懷古詩之代表，其實王維早期即有不少具特色的詠史詩。王維著名之詠史詩如《李陵詠》《西施詠》及《夷門歌》等，不過詩人與盛唐多數詩人一樣，借歷史來表達強烈之功名意識，當中以廿歲〔註225〕之少作《息夫人》，表現特殊，體現了詩教之精神意蘊。

> 莫以今時寵，能忘舊時恩。看花滿眼淚，不共楚王言。〔註226〕

詩歌表面敘述春秋時楚文王（？～公元前677）滅息國，奪息侯夫人（生卒年不詳），後者不忘夫恩，不主動與楚王說話之歷史悲劇。清人吳喬（生卒年不詳）評曰：「唐人詩意不必在題中。如右丞《息夫人怨》云……使無稗說載其爲寧王奪餅師妻作，後人何從知之？」〔註227〕意即詩作具託寓，非徒歷史敘述般簡單。欲深入分析該詩，且讓我們先瞭解所謂「稗說」——孟棨（生卒年不詳）《本事詩》記載之詩本事〔註228〕：寧王憲「曼貴盛」，雖有「絕藝上色」之寵妓數十人，尙不滿足。一日見住宅左邊賣餅妻「纖白明媚」，寧王竟厚遺賣餅者，逼迫其妻從之。賣餅妻如息侯夫人般「默然不對」寧王。當時「座客十餘人，皆當時文士」，聞之「無不悽異」，卻不敢直斥其非。王維時爲尙未登第的年輕詩人，卻冒著自毀前途之險，以息夫人之歷史故事來曲折委婉地揭露與譏刺統治者暴行。此詩不只體現詩教「下以風刺上」精神，觀

〔註224〕〔清〕趙殿成箋注：《王右丞集箋注·王維和他的詩（代序）》，上海：上海古籍出版社，1998年，頁13。

〔註225〕〔唐〕王維：《息夫人》注釋〔一〕，陳鐵民校注：《王維集校注》第一冊，北京：中華書局，2005年，頁21。

〔註226〕〔唐〕王維：《息夫人》，陳鐵民校注：《王維集校注》第一冊，頁21。

〔註227〕〔清〕吳喬：《圍爐詩話》，卷之一，郭紹虞選編：《清詩話續編》上冊，上海：上海古籍出版社，1999年，頁495～496。

〔註228〕〔唐〕孟棨：《本事詩·情感第一》，丁福保輯：《歷代詩話續編》上冊，頁5。

其本事，王維舉止頗具儒家主張之「浩然正氣」，叫人肅然起敬。清人張謙宜（約 1720 前後在世）讚賞此詩，「體貼出怨婦本情，又不露出寧王之本情，真得《三百篇》法。止二十字，卻有味外味，詩之最高者」，〔註229〕論者指出該詩深得詩教美刺政教之精髓，所論深中肯綮。

可惜該詩之本事未見於其它史籍，未知作者所據。且《本事詩》之載述，歷有集矢，有者認爲其考覈無稽，視該書「小說家流也。」〔註230〕事實上史書載王維「篤志奉佛，食不葷，衣不文綵」〔註231〕，其予人形象爲「志趣高疏，多雲岫之想」〔註232〕。雖說上述事件發生時詩人正置血氣方剛之齡，可詩人能否勇敢地橫議是非，叫人存疑。無論如何，若單純地從詩作來分析，詩人的確是假借詠史來委婉曲折地嘲諷權貴之暴行。

乙、含蓄委婉之譏刺詩

王維的詩歌旨趣大體隱約含蓄，具不直接說破之特點，試再觀以下兩首詩作。《老將行》〔註233〕敘述了一位「步行奪取胡馬騎」及「射殺山中白額虎」之沙場猛將的一生經歷。「一身轉戰三千里，一劍曾當百萬師」，然而如今卻似年老不受重用之李廣（？～公元前119），「自從棄置便衰朽，世事蹉跎成白首。昔時飛箭全無目，今日垂楊生左肘」，老將只得「路旁時賣故侯瓜，門前學種先生柳」。王維非單純地敘述老將遭遇，乃借詩來揭露朝廷無情待遇有功者，並奉勸統治者「莫嫌舊日雲中守」，要重用老將，因爲他們「猶堪一戰立功勳」也。

《偶然作六首》約著於開元十五年（727），〔註234〕王維時方二十七歲，官於淇上。組詩其六〔註235〕謂趙女之夫婿品行不良，「夫婿輕薄兒，鬥雞事齊主」。欲瞭解此詩旨，得擺在當時的社會環境來分析。唐盛行鬥雞，玄宗亦好此道。上行下效，鬥雞之風盛極一時，其中竟有善鬥雞而得恩寵者，故有學

〔註229〕〔清〕張謙宜：《絸齋詩談》，卷五，《評論二・王摩詰》，郭紹虞選編：《清詩話續編》上冊，上海：上海古籍出版社，1999 年，頁 847。

〔註230〕〔明〕胡應麟：《詩藪・雜編》，卷二，北京：中華書局，1969 年，頁 262。

〔註231〕〔宋〕歐陽修、宋祁：《新唐書》，卷二百二，《王維列傳第一百二十七》，頁 5765。

〔註232〕〔元〕辛文房著，傅璇琮主編：《唐才子傳校箋》，卷三，《殷遙傳》，頁 503。

〔註233〕〔唐〕王維：《老將行》，陳鐵民校注《王維集校注》第一冊，頁 148。

〔註234〕〔唐〕王維：《偶然作》六首詩下注解。陳鐵民校注：《王維集校注》第一冊，頁 70。

〔註235〕〔唐〕王維：《偶然作六首》其六，陳鐵民校注：《王維集校注》第一冊，頁 76。

者指出「此句借用舊典來諷刺時事」〔註236〕。換言之，詩人實乃借詩以嘲諷執政者上樑不正，引致歪風。明人鍾惺指出讀此詩，「見清士高人胸中皆似有一段壘塊不平處，特其寄託高遠，意思深厚，人不能自覺。」〔註237〕心有不平乃立詩以譏刺者之先決條件，至於讀者能否於詩作中窺探其曲筆之妙，則端賴解讀之功夫矣。

開元九年（721），王維廿一歲，擢進士第，不久卻坐貶濟州。詩人寫了《濟上四賢詠》〔註238〕，讚揚崔錄事（生卒年不詳）、成文學（生卒年不詳）及鄭霍（生卒年不詳）等山人：「少年曾任俠，晚節更爲儒」，「論心游俠場」以及「著書盈萬言」等，並藉以對比當時「翩翩繁華子，多出金張門」之外戚寵貴：「童年且未學，肉食騖華軒」，反諷彼等沒眞材實學，卻擁有華美之車騎，坐享厚祿。

王維《寓言二首》，著於何時已不可考，王鐵民認爲由於詩旨與《濟上四賢詠》類似，「疑寫作時間相去未遠」〔註239〕。《寓言二首》其一〔註240〕細緻地描繪了著「朱紱」之權貴的生活，「鬥雞平樂館，射雉上林園。曲陌車騎盛，高堂珠翠繁。」詩人於詩中玩味地追問：「問爾何功德，多承明主恩？」而詩人竟答「奈何軒冕貴，不與布衣言」。明人顧可久（約 1526 前後在世）謂此詩「有深意」〔註241〕，點出詩作從嘲諷權勢與富貴之來路不明，反託言富貧懸殊，不能共言。

上舉均爲王維開元間，即而立之年前完成之作。王維中年後詩作如《渭川田家》與《山居秋暝》，還有描繪輞川景色之《華子岡》、《辛夷塢》及《輞川閒居贈裴秀才迪》等，內容傾自然田園山水，多抒發個人之閒情逸志。王維曾自言「中歲頗好道」〔註242〕，詩人天寶年間的創作多蘊含釋家出世思想，

〔註236〕〔唐〕王維，陳鐵民校注：《王維集校注》第一冊，頁 76。
〔註237〕〔明〕鍾惺：《唐詩歸》，卷八，轉引自陳鐵民校注：《王維集校注》第一冊，頁 77。
〔註238〕〔唐〕王維：《濟上四賢詠》，陳鐵民校注：《王維集校注》第一冊，頁 43～46。
〔註239〕〔唐〕王維：《寓言二首》其一注釋〔一〕，陳鐵民校注：《王維集校注》第一冊，頁 48。
〔註240〕〔唐〕王維：《寓言二首》其一，陳鐵民校注：《王維集校注》第一冊，頁 47。
〔註241〕〔明〕顧可久：《唐王右丞詩注說》，轉引自陳鐵民校注：《王維集校注》第一冊，頁 49。
〔註242〕〔唐〕王維：《終南別業》，陳鐵民校注：《王維集校注》第一冊，頁 191。

〔註243〕似早期契合詩教之作就不復多睹了。

丙、「沖淡」與「中庸」之辨

　　王維中後期詩風轉「沖淡」，有學者指出詩人遭遇第二次政治挫折，即開元二十四年（736）賢相張九齡（678～740）被罷，王維失去政壇靠山，對政治失望後，沖淡之詩風是詩人「疏遠的正是亂糟糟的現實，所親近的卻是一種安定的現實」〔註244〕的體現。同時，王維陷安史之亂的僞官疑雲，更加深詩人對政治之失望，詩風更呈簡淡古拙了。王維中後期的沖淡詩作，如《鳥鳴澗》：「人閒桂花落，夜靜春山空」〔註245〕，以及一系列歌詠建成於天寶七載（748），藍田輞川別業之美景，諸如《鹿柴》、《竹里館》及《辛夷塢》等，閒逸淡泊，意境高遠。王維詩風轉向於何時及變因，非本書討論重點。要探討的是王維不纖濃過激之詩風，是否與孔子論詩強調「中庸」之哲思相契合。清人趙殿成（1683～1743）在《王右丞集箋注・自序》裏的一段評論至爲重要，今不嫌其贅，抄錄如下：

> 右丞崛起開元天寶之間，才華炳煥，籠罩一時，而又天機清妙，與物無競，舉人事之升沉得失，不以膠滯其中。故其爲詩，眞趣洋溢，脱棄凡近，麗而不失之浮，樂而不流於蕩。即有送人遠適之篇，懷古悲歌之作，亦復渾厚大雅，怨尤不露。苟非實有得於古者詩教之旨，焉能至是乎？……若其詩之溫柔敦厚，獨有得於詩人性情之美，惜前人未有發明之者。……

該「麗而不浮，樂而不蕩」及「渾厚大雅，怨尤不露」句，與孔子評論《詩》：「《關雎》，樂而不淫，哀而不傷」（3.20），實持同一論調。正由於《詩》之情感平和允當，孔子認爲可將之來施教，讓處於政治或倫理情境中的人們，保持中庸不偏激，最終達至「溫柔敦厚」之境。有關詩教之「中庸」思想，本書歸之爲儒家詩教的哲學基礎，且已在第一章第二節論敘過了。

　　要議論王維沖淡之詩風是否契合詩教中庸之旨，我們有必要先體會「沖淡」之眞義。相傳〔註246〕爲晚唐司空圖（837～908）著之《詩品》，爲最早論

〔註243〕苑咸：「（王維）當代詩匠，又精禪理。」參見〔唐〕苑咸：《酬王維序》，〔清〕彭定求：《全唐詩》，卷一二九，北京：中華書局，1999年，頁1316。

〔註244〕王明居：《唐詩風格論》，合肥：安徽大學出版社，2001年，頁109。

〔註245〕〔唐〕王維：《鳥鳴澗》，陳鐵民校注：《王維集校注》第二冊，頁637。

〔註246〕陳尚君考：《詩品》非司空圖撰。參見陳尚君：《唐代文學叢考・司空圖〈二十四詩品〉辨僞》，北京：中國社會科學出版社，1997年，頁433～481。

及「沖淡」者。司空圖列「沖淡」爲二十四種詩風之一，復以幾種情狀來設喻，並釋之爲「素處以默，妙機其微」〔註247〕。作者表達得過於抽象，引來學者紛紛詮釋，還好他們的見解相差不遠。楊廷芝釋之爲「沖而彌和，淡而彌旨」〔註248〕，而孫聯奎解釋「沖，和也；淡，淡宕也」〔註249〕。綜合兩意，所謂「沖淡」，乃指閒居時表現淡素守默，具沖和淡宕之情感狀態。

可見兩者雖均指向詩歌裏表現之情感狀態，但「沖淡」爲沖和淡宕，而「中庸」則無過不及，保持不偏倚，所以兩者有別，彼此不能混爲一談。

2. 孟浩然

孟浩然多以田園山水入詩，詩中流露眞率性情，詩風恬淡幽遠，常營造清新流麗意境。明人胡應麟稱之「孟詩淡而不幽，時雜流麗，閒而匪遠，頗覺輕揚。可取者，一味自然。」〔註250〕孟浩然本身則主張好詩要「物情多貴遠」〔註251〕，按陶文鵬解釋，「貴深遠」指「反對直露淺近，主張含蓄蘊藉，言近旨遠」〔註252〕。乍看來此合乎詩教溫柔敦厚原則，然而我們不可據此遽下判斷，必須結合其詩作內涵來作比較全盤之考察。

甲、儒學淵源

有異於王維之「朝隱」生活，孟浩然近乎終身未仕，〔註253〕除了幾回上長安覓仕進及一回之吳、越一帶漫遊外，幾乎一輩子在湖北襄陽鹿門山的鄉野度過。學者多視孟浩然爲隱士，其實孟浩然更接近一介布衣。

孟浩然生於耕讀傳家的小家庭，從小即受儒學熏陶漸染。孟浩然曾於《書懷貽京邑同好》裏曰：

> 惟先自鄒魯，家世重儒風。詩禮襲遺訓，趨庭末躬。……
> 執鞭慕夫子，捧檄懷毛公。感激遂彈冠，安能守固窮。

〔註247〕〔唐〕司空圖著，郭紹虞集解：《詩品集解》，北京：人民文學出版社，2006年，頁5。
〔註248〕楊廷芝：《詩品淺解》，轉引自〔唐〕司空圖，郭紹虞集解：《詩品集解》，頁5。
〔註249〕孫聯奎：《詩品臆説》，轉引自〔唐〕司空圖，郭紹虞集解：《詩品集解》，頁5。
〔註250〕〔明〕胡應麟：《詩藪》，內編卷四，頁66。
〔註251〕〔唐〕孟浩然：《和張判官登萬山亭因贈洪府都曹韓》，佟培基箋注：《孟浩然詩集箋注》，卷中，上海：上海古籍出版社，2005年，頁189。
〔註252〕陶文鵬：《唐宋詩美學與藝術論‧論孟浩然的詩歌美學觀》，頁39。
〔註253〕查孟浩然平生唯一的入仕，即於開元二十九年，張九齡鎮荊州，孟浩然爲其從事，然而兩年後即離幕返鄉養病。事詳於〔宋〕歐陽修、宋祁：《新唐書》，卷二百三，《孟郊列傳第一百二十八》，頁5779。

當塗訴知己，投刺匪求蒙。秦楚邈離異，翻飛何日同！〔註254〕

這是首孟浩然之自述詩，若所言屬實，詩人非如盛唐人眼中「紅顏棄軒冕，白首臥松雲。醉月頻中聖，迷花不事君」〔註255〕，完全不慕功名之清高隱士。原來自小受儒家思想薰陶下的詩人，功名欲望強烈，懷抱儒家濟世精神，與一般唐士人沒兩樣地準備出仕。

孟浩然早期胸懷大志，具遠大之政治理想，「吾與二三子，平生交結深。具懷鴻鵠志，共有鶺鴒心」〔註256〕。同時詩人又有欲任良官，匡濟天下之大志，「羊公碑字在，讀罷淚沾襟」〔註257〕。可惜詩人屢欲入仕無門，一次應舉失敗〔註258〕，兩回入京，〔註259〕空手而歸，最後只能悵然「北闕休上書，南山歸弊廬」，一代俊才落得「不才明主棄，多病故人疏」〔註260〕。由此看來，孟浩然似乎有終老襄陽峴山南之意，可是開元二十五年（737），四十八歲的詩人，遠赴荊州入張九齡幕府爲從事，〔註261〕仕途之望復燃，可惜正置張九齡失意宦場，自顧不暇。「謝公還欲臥，誰與濟蒼生」〔註262〕，時入晚年之孟浩然，唯有徒呼：「鄉曲無知己，朝端乏親故。誰能爲揚雄，一薦甘泉賦」〔註263〕。

孟浩然「詩禮襲遺訓」，其生平行徑有些契合儒家入世精神，然而此尚不能保證他寫詩繼承詩教思想，我們還得審視詩人審美主張與創作實踐才行。

乙、匱乏風雅比興的理論與創作

〔註254〕〔唐〕孟浩然：《書懷貽京邑同好》，佟培基箋注：《孟浩然詩集箋注》，卷中，頁170。

〔註255〕〔唐〕李白：《贈孟浩然》，〔清〕王琦注：《李太白全集》，卷九，頁461。

〔註256〕〔唐〕孟浩然：《洗然弟竹亭》，佟培基箋注：《孟浩然詩集箋注》，頁420。

〔註257〕〔唐〕孟浩然：《與諸子登峴山》，佟培基箋注：《孟浩然詩集箋注》，卷上，頁19。

〔註258〕開元十六年（728），孟浩然年四十入京應進士舉。參見〔宋〕歐陽修、宋祁：《新唐書》，卷二百三，《孟郊列傳第一百二十八》，頁5779。

〔註259〕孟浩然於開元十五年（727）與開元二十二年（734）入京尋求入仕之機。

〔註260〕〔唐〕孟浩然：《歲晚歸南山》，佟培基箋注：《孟浩然詩集箋注》，卷下，頁332。

〔註261〕〔宋〕歐陽修、宋祁：《新唐書》，卷二百三，《孟郊列傳第一百二十八》，頁5779。

〔註262〕〔唐〕孟浩然：《陪張丞相祠紫蓋山途經玉泉寺》，佟培基箋注：《孟浩然詩集箋注》，卷下，頁332。

〔註263〕〔唐〕孟浩然：《田園作》，佟培基箋注：《孟浩然詩集箋注》，卷下，頁355。

　　孟浩然的創作中揭示了不少高妙之詩論，體現詩人卓越的審美觀點。《韓大使東齋會岳上人諸學士》曰：「翰墨緣情制，高深以意裁」〔註264〕，詩人主張詩歌要吟詠情性，發揮詩歌抒情本質，同時也要能以意來裁制情感，如此才能表現出作品之高妙精深。此外，詩人又高舉寫詩務必要追求「感興」或「興會」，由此詩人創作諸如「清曉因興來，乘流過江峴」〔註265〕，以及「風俗因時見，湖山發興多」〔註266〕等詩句。孟浩然比諸盛唐詩人更早體察出詩歌必須走出傳統詩教之局限，主張「重情意」及「尚興趣」的詩歌審美情趣與取向。該詩歌美學蔚爲盛唐風尚，故此宋人嚴羽稱：「盛唐人惟在興趣，羚羊掛角，無跡可求。」〔註267〕

　　話雖如此，詩教影響畢竟深遠，加之孟浩然主張以意裁篇，反對缺乏內容思想詩作，而詩教又重政教內涵，按此理詩人之實踐又傾向「興寄」，回歸詩教該面歷久彌新之大旗。

　　孟浩然於《陪盧明府泛舟回山見山作》一詩裏讚揚襄陽縣令盧象「已救田家旱，仍醫里化訛。文章推後輩，風雅激頹波」〔註268〕，詩人指出其詩作具美刺比興，能對鄉里進行風俗教化，掃蕩初、盛唐紹承齊、梁之逶迤頹靡遺緒。

　　我們也可以透過孟浩然對他人之讚揚，體現詩人對傳統詩教之支持。然而若說要再嘗試從詩人留世之兩百餘首詩作材料中，尋覓任何比興寄託，或可以展現儒家人文關懷與浩然正氣處，實在少之又少。詩人號稱自小與儒家有密切淵源，然而其攸關詩教的理論與創作，比之同爲山水田園詩派之王維，竟然更乏善可陳，似乎有些矛盾。

　　與孟浩然同時期之宜城隱士王士源（生卒年不詳），批評詩人「學不爲儒，務掇菁藻；文不按古，匠心獨妙」〔註269〕，而唐末五代詩僧貫休（832～912）

〔註264〕〔唐〕孟浩然：《韓大使東齋會岳上人諸學士》，佟培基箋注：《孟浩然詩集箋注》，卷下，頁308。

〔註265〕〔唐〕孟浩然：《題鹿門山》，佟培基箋注：《孟浩然詩集箋注》，卷上，頁52。

〔註266〕〔唐〕孟浩然：《九日於龍沙作寄劉》，佟培基箋注：《孟浩然詩集箋注》，卷上，頁112。

〔註267〕〔宋〕嚴羽著，郭紹虞校釋：《滄浪詩話校釋·詩辨》，北京：人民文學出版社，2005年，頁26。

〔註268〕〔唐〕孟浩然：《陪盧明府泛舟回山見山作》，佟培基箋注：《孟浩然詩集箋注》，卷中，頁23。

〔註269〕〔唐〕王士源：《孟浩然詩集序》，〔唐〕孟浩然著，佟培基箋注：《孟浩然詩

更乾脆抨擊孟浩然「孔聖嗟大謬」〔註270〕，指出詩人背離儒道。今存世之近卅首對孟浩然之酬贈或哀祭詩，〔註271〕如杜甫「復憶襄陽孟浩然，清詩句句盡堪傳」〔註272〕，張子容「杜門不復出，久與世情疏」〔註273〕，以及王維「故人不可見，漢水日東流」〔註274〕等，毫無例外地反映對他恬淡詩風之讚美，隱居生活的傾慕或早逝之哀婉。可見孟浩然匱乏風雅比興詩之論，已深獲同朝人一致同意。

若強指孟浩然有詩以教化美刺，僅是停留於一小些詩作而已。陶文鵬將此分辨得很清楚：「儘管他（孟浩然）重視立意和提倡《風》、《雅》傳統，但也未必如陳子昂、李白和杜甫那樣，對詩歌的社會功能予以足夠的強調」〔註275〕。孟浩然對外在大自然物象抒發得多，比較忽視，甚至漠不關心自身所處之社會環境。

孟浩然雖自小受儒學薰陶，培養濟蒼生之大志，可是其性格終究趨消極出世，向往田園山林之隱逸生活。以下史書記載之一道史料可以作證：

> 採訪使韓朝宗約浩然偕至京師，欲薦諸朝。會故人至，劇飲歡甚，或曰：「君與韓公有期。」浩然叱曰：「業已飲，遑恤他！」卒不赴。朝宗怒，辭行，浩然不悔也。〔註276〕

若汲汲於功業者，斷不會幹下如此悖理之事。撇開詩人背信不談，以當時之政治習尚來說，登仕途之佳徑，除憑本事舉進士之外，莫過於經權貴之引薦。孟浩然不是曾謂歎「誰能為揚雄，一薦甘泉賦」〔註277〕嗎？如斯良機，詩人

集箋注・附錄一・序跋志傳題識之屬》，頁432。

〔註270〕〔唐〕貫休：《經孟浩然鹿門舊居》二首之一，〔唐〕孟浩然著，佟培基箋注：《孟浩然詩集箋注・附錄二・酬贈哀祭之屬》，頁456。

〔註271〕〔唐〕孟浩然著，佟培基箋注：《孟浩然詩集箋注・附錄二・酬贈哀祭之屬》，頁445～456。

〔註272〕〔唐〕杜甫：《解悶》十二首之六，〔唐〕孟浩然著，佟培基箋注：《孟浩然詩集箋注・附錄二・酬贈哀祭之屬》，頁450。

〔註273〕〔唐〕張子容：《樂城歲月贈孟浩然》，〔唐〕孟浩然著，佟培基箋注：《孟浩然詩集箋注・附錄二・酬贈哀祭之屬》，頁446。

〔註274〕〔唐〕王維：《哭孟浩然》，〔唐〕孟浩然著，佟培基箋注：《孟浩然詩集箋注・附錄二・酬贈哀祭之屬》，頁449。

〔註275〕陶文鵬：《唐宋詩美學與藝術論・論孟浩然的詩歌美學觀》，頁53。

〔註276〕〔宋〕歐陽修、宋祁：《新唐書》，卷二百三，《孟郊列傳第一百二十八》，頁5779。

〔註277〕〔唐〕孟浩然：《田園作》，佟培基箋注：《孟浩然詩集箋注》，卷下，頁355。

豈可輕率捨棄，唯一可以解釋的是詩人依戀鄉野之性格使然。學者謂「他的一生都夾在出仕與退隱的矛盾痛苦中」，本書認爲孟浩然不仕，除了所學非當時之務〔註278〕，以及機緣〔註279〕之外，主要還是內心更傾向遠離廟堂，親近鄉野之自由自在生活，所以「餘意在山水，聞之諧夙心」〔註280〕等類表明心志在於山水田園之隱逸生活的詩句，充斥其詩集中。

丙、山水田園詩派的儒家詩教思想評價

　　王、孟同被研究者視爲盛唐之山水田園詩派，他們對詩教之態度幾乎一致，彼此之創作皆不怎麼注重美刺比興，尤其是孟浩然。

　　王維對詩教之接受有其階段性。詩人體現教化者且均屬詩風未完全純熟時之少作，中後期之作則顯然未受詩教之制約。同時，上文也論證了詩人堅守委婉寓意託諷之原則，老實地保留詩教傳統，未因時空的變遷而作任何調整。王運熙說得好：「不能把這些詩估價太高。其原因不僅因爲數量少，反映面不廣，更重要的是思想感情的深度問題」〔註281〕。若將詩教主要推展者如杜甫或白居易，與王維比提並論，王維在該方面之表現明顯不足，所以我們不能稱王維是詩教之完全繼承者，只能指出詩人傳世四百餘首詩作中，有一小部分合乎詩教矩矱而已。

　　至於孟浩然，雖說詩人具儒學之淵源，同時亦以詩教標準來讚美友人，但詩人之創作顯然未受詩教的多少影響，所以陶文鵬從詩言志之角度來指出「（孟浩然）思想意義既不如李白、李頎、王昌齡、高適、岑參，也不如同爲山水派的王維。」〔註282〕由於詩人詩歌缺乏寫實，作品裏又缺乏蘊涵美刺比

〔註278〕宇文所安：「……但孟浩然似乎從未喜歡嚴格的正規風格所要求的程度。他在這種正規風格方面的修養極差，而他在進士考試和尋求援引方面的失敗，說明了在個人詩歌才能和對於純熟技巧的功利賞識之間，有者很大的差異。」參見〔美〕宇文所安著，賈晉華譯：《盛唐詩‧孟浩然：超越典雅的自由》，北京：三聯書店，2004 年，頁 94。

〔註279〕《新唐書》：「維私邀（孟浩然）入內署，俄而玄宗至，浩然匿床下，維以實對，帝喜曰：『朕聞其人而未見也，何懼而匿？』詔浩然出。帝問其詩，浩然再拜，自誦所爲，至『不才明主棄』之句，帝曰：『卿不求仕，而朕未嘗棄卿，奈何誣我？』詔浩然出」。參見〔宋〕歐陽修、宋祁：《新唐書》，卷二百三，《孟浩然列傳第一百二十八》，頁 5779。

〔註280〕〔唐〕孟浩然：《聽鄭五愔彈琴》，佟培基箋注：《孟浩然詩集箋注》，卷上，頁 61。

〔註281〕〔清〕趙殿成箋注：《王右丞集箋注‧王維和他的詩（代序）》，頁 14。

〔註282〕陶文鵬：《唐宋詩美學與藝術論‧論孟浩然的詩歌美學觀》，頁 54。

興，致使「思想意義」不高。

一句話，盛唐山水田園詩派對復古詩教之貢獻很微薄。然而若論詩教於盛唐之承傳，我們又不能截然將王維及孟浩然完全排除在外，陳子昂之「興寄」說，於盛唐詩人中，多少尚有些延續。或者從另一個角度來理解，唐詩人貫徹三教合一，詩歌裏自然應有或多或少之詩教遺跡。

三、邊塞詩派：援引詩教入邊塞題材

唐詩史之高適與岑參，素以詩風豪宕奇峭，激昂雄渾聞名。南宋詩論家嚴羽指出「高、岑之詩悲壯，讀之使人感慨」〔註 283〕。以高、岑為代表者之盛唐邊塞詩派，作品頗能體現「筆力雄壯，氣象渾厚」之盛唐詩歌藝術風貌。高、岑詩歌內容多描摹邊塞風光、鼓勵邊功、議論邊塞軍情以及反映守邊戍卒之苦，高度體現了盛唐人普遍推崇英雄氣概與建立邊功之積極理想精神。「聖主賞勳業，邊城最輝光」〔註 284〕，盛唐人視從戎邊塞，樹立勳業為平生之最大榮耀，而高、岑兩者是典型之代表。本節討論之重點非關高、岑詩歌之審美特徵，主要集中分析以他們為代表的盛唐邊塞詩派對傳統詩教之接受。

1. 高適

高適（700？～765）為盛唐著名之詩家，嚴羽稱其詩為「高達夫體」〔註 285〕。史載詩人「年五十始為詩，即工，以氣質自高。每一篇已，好事者輒傳佈」〔註 286〕，又載他「喜言王霸大略，務功名，尚節義。逢時多難，以安危為己任」〔註 287〕。既然詩人視維持國家安危為己任，擾亂社會秩序的諸因如執政者失道與權貴濫權，以及表諸於外的烽火戰亂及民生疾苦，自然應體現於詩人之創作裏。故據此考察其留世之二百四十餘首詩作，嘗試從中挖掘詩人對社會的寫實、以美刺比興方式來表志等體現詩教內涵之作，應當不算無

〔註 283〕 〔宋〕嚴羽著，郭紹虞校釋：《滄浪詩話校釋‧詩評》，頁 181。
〔註 284〕 〔唐〕岑參：《東歸留題太常徐卿草堂》，陳鐵民、侯忠義校注：《岑參集校注》，上海：上海古籍出版社，2004 年，頁 435。
〔註 285〕 〔宋〕嚴羽著，郭紹虞校釋：《滄浪詩話校釋‧詩體》，頁 58。
〔註 286〕 〔宋〕歐陽修、宋祁：《新唐書》，卷一百四十三，《高適列傳第六十八》，頁 4681。
〔註 287〕 〔後晉〕劉昫等撰：《舊唐書》，卷一百十一，《高適列傳第六十一》，頁 3331。高適亦自云：「常懷感激心，願效縱橫謨」。參見〔唐〕高適著：《塞上》，劉開揚箋注：《高適詩集編年箋注》，北京：中華書局，2000 年，頁 29。

中生有之事。

甲、邊塞詩之諷詞寓意

《燕歌行》是高適之力作，被學者讚譽爲詩人詩作之「第一大篇」〔註288〕，論藝術風格之高妙及內涵之豐贍，該詩若被舉爲整個唐代邊塞詩之不朽傑作，亦當之無愧。詩歌創作背景是高適有感於唐大軍於開元二十四（736）及二十六年（738），幽州節度使張守珪（？～739）經略邊事，討伐奚與契丹失敗，「及逢賊，初勝後敗，守珪隱其狀而妄奏克獲之功」〔註289〕，企圖蒙蔽主上，謊報戰功。

「漢家煙塵在東北，漢將辭家破殘賊」，詩人一開始即依唐人習性，寫漢事來喻唐。「男兒本自重橫行，天子非常賜顏色」，詩人婉轉指出在執政者鼓勵下之唐將領驕傲輕敵，大軍當前，卻「戰士軍前半死生，美人帳下猶歌舞」。將領只圖個人享受，罔顧兵士之死活。最後詩人以「君不見沙場征戰苦，至今猶憶李將軍」作結語，旨趣自蘊含其中，不復多言。

清人吳喬（約1730前後在世）指出「詩用興比出側面，故止舉『李將軍』，使人深求而得，故曰：『言之者無罪，而聞之者足以戒』也」〔註290〕。深求之，詩人試圖舉出戰國末期倍受士卒擁戴的趙國驍將李牧（？～公元前 229），反襯出唐將領之無能及不體恤部屬。「言之者無罪，而聞之者足戒」出自《詩大序》，爲詩教主要精神之一，論者之意爲此詩既諷喻當朝執政者使用不當之將領，亦連帶地譏刺主上之昏庸無能，而詩人以迂筆表達，不致引來禍患。清人王夫之則對該詩給予更簡潔之評語：「詞淺意深，鋪排中即爲誹刺，此道自《三百篇》來，至唐而微，至宋而絕」〔註291〕。長詩語言自然，鋪述中蘊藉著譏刺。質言之，《燕歌行》爲一首詩教指導下不可多得之作。

高適對邊塞軍事曾下過一番苦功，議論邊塞軍情，深中肯綮，振聾發聵。高適曾官拜諫議大夫、刺史、御史大夫及左散騎常侍等要職，晚年晉封渤海縣侯，「有唐以來，詩人之達者，唯適而已」〔註292〕。高適立志要「永願拯鈞

〔註288〕〔清〕吳焴等：《唐賢三昧集箋注》卷下趙熙曰。轉引自〔唐〕高適著，劉開揚箋注：《高適詩集編年箋注》頁99。

〔註289〕〔後晉〕劉昫等撰：《舊唐書》，卷一百三，《張守珪列傳第五十三》，頁3195。

〔註290〕〔清〕吳喬：《圍爐詩話》，卷之二，郭紹虞選編：《清詩話續編》上冊，上海：上海古籍出版社，頁528。

〔註291〕〔清〕王夫之：《唐詩評選》，轉引陳伯海：《唐詩匯評》上，頁877。

〔註292〕〔後晉〕劉昫等撰：《舊唐書》，卷一百十一，《高適列傳第六十一》，頁3331。

蕘」及「安人在求瘼」〔註293〕，屢屢上書針砭時弊，力陳良策，然亦常因皇上不納諫而作歎：「一到征戰處，每愁胡虜翻。豈無安邊書？諸將已承恩。」〔註294〕沈德潛指該詩「乃不云天子僭賞，而云主將承恩，令人言外思之，可悟立言之體。」〔註295〕鍾惺（1574～1625）則進一步評論：「『豈無安邊書？諸將已承恩』，歸咎於臣……『已承恩』三字偷惰欺蔽二意俱在其中，可爲邊事之戒。」〔註296〕可見「已承恩」三字，言簡意賅，詩人攻訐諸將以各式巧詐手段來騙取爵賞。至於是否僅「歸咎於臣」，筆者認爲事非如此簡單。諸將之所以能欺上，也許是執政者一時未察，但多次的蒙混過關，即與主上之昏庸無能脫離不了關係，該詩實已連帶地鞭笞執政者之失道。無論如何，高適選擇迴避不提執政者的過失，僅委婉地使用「已承恩」三字來隱括其事，體現詩人遵循傳統詩教溫柔敦厚之原則也。

乙、蘊含美刺諷喻的詠史詩與反映民疾之作

《古歌行》〔註297〕疑爲高適廿歲少作。〔註298〕詩歌表面爲書寫漢事來讚頌玄宗開元之治，其實卻假借來諷刺當朝權貴抑制無權無勢者之言論。「高皇舊臣多富貴」，該「高皇舊臣」指向幫漢高祖打天下的周勃及灌嬰等功臣。詩人以「洛陽少年莫議事」爲結，指的是年少才高，卻飽受功臣排擠迫害的賈誼〔註299〕。參照高適同年之作《別韋參軍》：「白璧皆言賜近臣，布衣不得干明主」〔註300〕，可知高適曾於是年上書求見而遭拒，顯然地高適自比爲《古歌行》裏之賈誼，因才高而受排斥。劉開揚指出「此詩（《古歌行》）微而婉，

〔註293〕〔唐〕高適：《淇上酬薛三據兼寄郭少府微》，劉開揚箋注：《高適詩集編年箋注》，頁53。

〔註294〕〔唐〕高適：《薊中作》，劉開揚箋注：《高適詩集編年箋注》，頁221。

〔註295〕〔清〕沈德潛：《唐詩別裁》，卷一，長沙：嶽麓書社，1992年，頁27。

〔註296〕〔明〕鍾惺：《唐詩歸》，卷十二，轉引自〔唐〕高適著，劉開揚箋注：《高適詩集編年箋注》，頁221。

〔註297〕〔唐〕高適：《古歌行》，劉開揚箋注：《高適詩集編年箋注》，頁4。

〔註298〕《古歌行》詩下箋注：「此亦似適初入長安所作。」參見〔唐〕高適，劉開揚箋注：《高適詩集編年箋注》，頁3。據《高適年譜》，高適入長安時爲開元十一年（723），時年二十歲。參見〔唐〕高適，劉開揚箋注：《高適詩集編年箋注》，頁4。

〔註299〕「於是天子後亦疏之（賈誼），不用其議」，參見〔漢〕司馬遷，〔日〕瀧川龜太郎：《史記會注考證・屈原賈生列傳第二十四》，臺北：萬卷樓圖書有限公司，1993年，頁1014。

〔註300〕〔唐〕高適：《別韋參軍》，劉開揚箋注：《高適詩集編年箋注》，頁10。

《別韋參軍》則顯而直也」〔註301〕，可見兩詩各別揭露了權臣之醜陋面，而《古歌行》更巧用了詩教之曲筆藏刺之手法。

　　高適借漢事來諷喻當朝之藝術手法復見於《辟陽城》一詩。「傳道漢天子，而封審食其。奸淫且不戮，茅土孰云宜？何得英雄主，返令兒女欺！母儀良已失，臣節豈如斯？」〔註302〕詩歌表面揭露漢高祖專寵左丞相審食其（？～公元前177），食其卻與呂后（公元前241～公元前180）有私之宮廷穢迹。唯詩卻另有所指，劉開揚認爲「上四句評高祖，實刺玄宗。母儀句雖謂呂后，實責貴妃；臣節句雖言審食其，實斥祿山也」，可知詩中人物個個別有比興寄託：高祖比爲玄宗，呂后爲楊貴妃，而審食其則擬爲往後叛亂之安祿山。關於此段醜聞，《資治通鑑》有載：「自是祿山出入宮掖不禁，或與貴妃對食，或通宵不出，頗有醜聲聞於外，上亦不疑也」〔註303〕。此詩巧妙假託史事，迂迴地諷刺天寶年間楊貴妃與安祿山之一段荒淫私情。「英雄主」玄宗卻置之不理，反而更恩寵安祿山，最終落得「返令兒女欺」之下場。高適詩成於天寶十載（750），〔註304〕時安史之亂尚未爆發，可見詩人對政治局勢深具遠見也。

　　高適除邊塞詩作外，尚寫了不少反映民疾，關懷民生之作。《東平路中遇大水》〔註305〕曰：「天災自古有，昏墊彌今秋。霖霪溢川原，澒洞涵田疇。」敘述了天寶四載（745）河南等八郡之大水災之情景。浩浩橫流之大水，非比尋常，結果「稼穡隨波瀾，西成不可求」以及「農夫無倚著，野老生殷憂」。詩人於詩歌結尾裏勸諫執政者要以仁厚爲貴，體恤災民，「聖主當深仁，廟堂運良籌，食廩終爾給，田租應罷收。」劉開揚解讀該詩「爲高適集中關懷人民生活之傑作，雖杜甫、白居易亦無以過。」〔註306〕姑不論高適、杜甫及白居易孰優，高適筆下關懷民瘼，與大力推展詩教之杜甫與白居易並無二致。

　　此外，高適《自淇涉黃河途中作》中寫至詩人赴黃河南岸與野老言談，

〔註301〕〔唐〕高適著：《古歌行》箋曰，劉開揚箋注：《高適詩集編年箋注》，頁4。
〔註302〕〔唐〕高適：《辟陽城》，劉開揚箋注：《高適詩集編年箋注》，頁227。
〔註303〕〔宋〕司馬光：《資治通鑑》，卷二百十六，《唐紀三十二》，頁6903。
〔註304〕劉開揚考據此詩完成於天寶十載，參見〔唐〕高適，劉開揚箋注：《高適詩集編年箋注》，頁228。
〔註305〕〔唐〕高適：《東平路中遇大水》，劉開揚箋注：《高適詩集編年箋注》，頁154。
〔註306〕〔唐〕高適：《東平路中遇大水》，劉開揚箋注：《高適詩集編年箋注》，頁155。

深覺農夫生活艱難，「去秋雖薄熟，今夏猶未雨。耕耘日勤勞，租稅兼爲囷」〔註307〕。高適於《苦雨寄房四昆季》一詩中雖抒發了上書不見納用之感歎，「萬事切中懷，十年思上書。」詩人主要表達的是其對窮苦農民愁惱田租及缺糧之關懷，「惆悵憫田農，徘徊傷里閭。曾是力井稅，曷爲無斗儲。」〔註308〕

《同群公題張處士菜園》〔註309〕一詩亦體現高適對貧富不均的關注。「耕地桑柘間，地肥菜常熟。爲問葵藿資，何如廟堂肉？」該詩寫詩人借遊張處士之菜園，詢問葵藿等賤俗植物之價格，然後將之攀比朝廷之肥肉。詩人的目的在於爲貧困老百姓說話，含蓄地嘲諷高居廟堂之鄙俗權貴。《唐詩品彙》作者引《古今詩話》曰：「睹物有感則有興義，蓋興近乎訕，高適此詩則近乎訕矣。作者知興訕之異始可言詩。」〔註310〕論者謂該詩「近乎訕」，意思詩旨蘊含訕笑對象，契合「下以風刺上」之詩教要義。劉開揚解釋得直接「此亦溫柔敦厚之說教也」〔註311〕。所舉之實例，主要論證高適蘊含一顆「拯黎庶」之仁心，此該歸功於儒學薰陶之人文關懷。

丙、援引美刺比興入邊塞詩

元人陳繹曾（約1329前後在世）這麼指出「高適詩尙質主理，……」。〔註312〕「質」與「理」兩詞，圈點出高適四十餘首邊塞詩作，除描繪異域風光以及反映戍卒之苦，呈現從軍立邊功之昂揚渾雄之英雄氣概外，詩人議論邊塞軍情時往往以比興手法來表達美刺。如《李雲南征蠻詩》〔註313〕敘述雲南太守李宓（722～789）征伐南詔之前後情狀。詩歌伊始即如斯描述：「聖人赫斯怒，詔伐西南戎」，之後筆鋒陡然一轉：「肅穆廟堂上，深沉節制雄。」詩中方敘述皇上盛怒後即收斂龍顏，轉嚴肅安靜，沉著持重起來。劉開揚斥詩人「不明眞相，

〔註307〕〔唐〕高適：《自淇涉黃河途中作》，劉開揚箋注：《高適詩集編年箋注》，頁185。

〔註308〕〔唐〕高適：《苦雨寄房四昆季》，劉開揚箋注：《高適詩集編年箋注》，頁57。

〔註309〕〔唐〕高適：《同群公題張處士菜園》，劉開揚箋注：《高適詩集編年箋注》，頁346。

〔註310〕〔明〕高棅：《唐詩品彙》，卷四十，上海：上海古籍出版社，1982年，頁402。

〔註311〕〔唐〕高適：《同群公題張處士菜園》箋注，劉開揚箋注：《高適詩集編年箋注》，頁346。

〔註312〕〔元〕陳繹曾《吟譜》，轉引自〔明〕胡震亨：《唐音癸籤》，卷五，頁48。

〔註313〕〔唐〕高適：《李雲南征蠻詩並序》，劉開揚箋注：《高適詩集編年箋注》，頁261。

而作此錯誤之讚頌也」〔註314〕，許總反指詩人運用了詩教之「頌聖原則」〔註315〕。姑擱論高適是否不辨是非，該詩歌語調之轉變很清楚地顯示了詩人延續漢儒論詩重「頌美」之一面，體現了統治者對百姓之教化。〔註316〕

　　高適邊塞詩與南朝及初唐者同中有異。南朝詩人繼漢魏發展邊塞詩歌題材，南朝宋代著名詩人鮑照（？～466）優秀的樂府詩《代出自薊北門行》〔註317〕：

> 雁行緣石徑，魚貫度飛梁。簫鼓流漢思，旌甲披胡霜。
>
> 疾風衝塞起，砂礫自飄揚。馬毛縮如蝟，角弓不得張。
>
> ……投軀報明主，身死為國殤。

一首詩中集合了軍士征戰之艱苦，征夫思鄉念婦的愁情，塞外奇風異景以及從軍報國之決心等多項審美特色，是該時期邊塞詩歌典型之作。盛唐高適延續該寫邊景、述邊情、記邊戰及頌邊功的邊塞詩傳統題材外，〔註318〕添加了些對邊塞軍情之議論。唐詩有提倡復古之一面，盛唐山水田園與邊塞詩兩大詩歌主題，皆源於六朝，不過唐詩人在復古之餘卻有通變，而盛唐邊塞詩之其中一項通變即是結合了詩教精神。

　　天寶時沿之有年的府兵制遭受破壞，統治者為了征戰而四處拉夫，橫征暴斂，擾亂治安，導致經濟破壞與家破人亡。杜甫《兵車行》：「……行人但云點行頻。……君不聞漢家山東二百州，千村萬落生荊杞。」〔註319〕即深刻揭露了該患禍。盛唐有遠見的詩人如高適，體察統治者黷武窮兵地開邊後帶來的不少社會問題，於是就在詩歌中流露出對國家社會未來之憂患。

　　「憂患」乃一種清醒自覺之預見與防範意識，其往往發自主體內心的仁民愛物情感。上揭高適於《薊陽城》中揭露之安祿山穢行，即是由於詩人預

〔註314〕〔唐〕高適著：《李雲南征蠻詩并序》箋曰，劉開揚箋注：《高適詩集編年箋注》，頁265。

〔註315〕許總：《唐詩史》上冊，淮陰：江蘇教育出版社，1995年，頁483。

〔註316〕許總：《唐詩史》上冊，頁483～484有詳細探討此現象，本節主要參考其論點。

〔註317〕〔南朝宋〕鮑照：《代出自薊北門行》，錢仲聯增補集說校：《鮑參軍集注》，卷三，上海：上海古籍出版社，2005年，頁165。

〔註318〕王壬秋：「（鮑照）作邊塞詩，用十二分力量，是唐人所祖。」參見〔南朝宋〕鮑照：《代出自薊北門行》補集說引，錢仲聯增補集說校：《鮑參軍集注》，卷三，頁165。

〔註319〕〔唐〕杜甫：《兵車行》，〔清〕仇兆鰲注：《杜詩詳注》，卷二，北京：中華書局，1999年，頁113。

見此舉已釀成國家前途之危機，促使之選擇委婉方式來進行規誡諷喻。究其促因，乃詩人「永願拯芻蕘」及「安人在求瘼」，對家國百姓具強烈責任感與崇高使命感。憂患意識是儒家思想之主要特徵，孟子即告誡世人要時刻秉持「生於憂患，而死於安樂」（6b.14）之人生態度。人類因為憂患未來而得以長存，反之若沉溺於一時之安樂，就容易帶來衰亡。高適詩中即體現了儒家強調居安思危，對未來永遠多存一份焦慮與擔憂之憂患意識。

相較於初唐楊炯「寧為百夫長，勝作一書生」，充滿豪情壯志，洋溢著從軍熱情，盛唐之邊塞詩人則帶著更多的反思精神來書寫邊塞。初唐四傑之王勃與楊炯將詩歌題材解放，「從臺閣移至江山與塞漠」〔註320〕，而高適引詩教入邊塞詩，為該充滿英雄主義的詩歌題材，增添些經過反思之新鮮元素。

從詩教之意義來說，高適一方面保持傳統詩教精神特質，另一方面進行變革，讓傳統反映民生之視野擴大，表現至千里外的邊塞疆場。詩教復古至盛唐邊塞詩派高適手裏，通變了表現領域或題材，致使詩歌美刺政教觀念與社會現實結合得更緊密。

2. 岑參

「功名只向馬上取，真是英雄一丈夫」〔註321〕的岑參（715？～769），詩歌洋溢著豪情壯志，其審美取向雖與高適相近，但相較起來，岑參偏抒情寫景。唐人杜確稱岑參：「屬辭尚清，用意尚切，其有所得，多入佳境，迥拔孤秀，出於常情」〔註322〕，而元人陳譯曾則這麼比較：「高適詩尚質主理，岑參詩尚巧主景。」〔註323〕關於岑參之藝術風格，前人論述豐贍，本書沒多大發明，更無意做重複之工作，僅引述以上二說來論證詩風秀麗峭拔的岑參，不多做風雅比興之詩。為此，若欲尋覓岑參契合詩教精神之詩作，相對高適來說，應該較為困難。

甲、詩教之貫徹

〔註320〕聞一多：《唐詩雜論·四傑》，上海：上海古籍出版社，2004年，頁25。

〔註321〕〔唐〕岑參：《送李副使赴磧西官軍》，陳鐵民、侯忠義校注：《岑參集校注》，卷二，上海：上海古籍出版社，2004年，頁122。

〔註322〕〔明〕杜確：《岑嘉州詩序》，〔唐〕岑參著，陳鐵民、侯忠義校注：《岑參集校注》，附錄，頁509。

〔註323〕〔元〕陳譯曾：《吟譜》，轉引自胡震亨：《唐音癸籤》，卷五，上海：上海古籍出版社，1981年，頁48。

　　《行軍二首》一詩當完成於至德二載（757），時岑參任右補闕諫官。〔註324〕「昨聞咸陽敗，殺戮盡如掃。積屍若丘山，流血漲豐鎬。干戈礙鄉國，豺虎滿城堡。邨落皆無人，蕭條空桑棗」〔註325〕，描繪安史之亂後之蝸蜎國勢，哀鴻遍野，昔日之大都會，如今一片荒涼。詩中深切流露詩人「儒生有長策，無處豁懷抱」的一顆悲憫百姓之善心。

　　岑參非空言戰亂淒景或徒歎無施展抱負之處，作品中亦不乏闡述其政治觀點，如《潼關鎮國軍句覆使院早春寄王同州》〔註326〕一詩即揭露朝廷所用非人，「聖朝正用武，諸將皆承恩。不見征戰功，但聞歌吹喧」。「承恩」一辭正如上節分析高適之《薊中作》，其辭義蘊涵揭露諸將以各種巧取豪騙之手段來蒙詐主上。詩中暗刺正準備用武敉平叛軍之執政者，昏庸無能，以致諸將雖沒樹立戰功，卻獲爵賞連連。滿懷「有長策」之岑參，卻「至今居外藩」，唯有「閉口不敢言」。可是若處在京城者又如何呢？岑參《送張秘書充劉相公通汴河判官便赴江外覲省》有云：「何處路最難，最難在長安！長安多權貴，珂佩聲珊珊。儒生直如弦，權貴不須干！」〔註327〕耿直又不肯哈腰謁見當朝權貴的一介儒生，處處不得志，唯有賦詩言志及委婉諷諫的了。

　　岑參《玉門關蓋將軍歌》裏具體地摹寫所謂將領之真正嘴臉。「蓋將軍，真丈夫，行年三十執金吾，身長七尺頗有鬚。……將軍到來備不虞，五千甲兵膽力粗，軍中無事但歡娛」〔註328〕。「真丈夫」之居室擺設竟是如斯奢華：「暖屋繡簾紅地爐，織成壁衣花氍毹」；其用具及食物是那般精緻珍巧：「燈前侍婢瀉玉壺，金鐺亂點野酡酥」；連奴僕之穿著亦不一般：「紫紱金章左右趨，問著只是蒼頭奴」；所謂的「真丈夫」，身旁又怎少得了美女呢？「美人一雙閑且都，朱唇翠眉映明矑。清歌一曲世所無，……」蓋將軍何指，學者

〔註324〕〔唐〕岑參：《行軍二首》注解〔一〕，陳鐵民、侯忠義校注：《岑參集校注》，卷三，頁221。

〔註325〕〔唐〕岑參：《行軍二首》，陳鐵民、侯忠義校注：《岑參集校注》，卷三，頁221。

〔註326〕〔唐〕岑參：《潼關鎮國軍句覆使院早春寄王同州》，陳鐵民、侯忠義校注：《岑參集校注》，卷三，頁294。

〔註327〕〔唐〕岑參：《送張秘書充劉相公通汴河判官便赴江外覲省》，陳鐵民、侯忠義校注：《岑參集校注》，卷四，頁322。

〔註328〕〔唐〕岑參：《玉門關蓋將軍歌》，陳鐵民、侯忠義校注：《岑參集校注》，卷二，頁198。

各有考證。聞一多指向河西兵馬使蓋庭倫，陳鐵民則持反對意見。〔註329〕筆者認爲此爭論對理解詩人創作主旨未具多大意義。蓋將軍乃綜合當時諸將之特徵爲一體，爲眾多將領之化身。詩歌主旨在於引之來揭露朝廷將領在國難當前卻貪圖享樂，完全罔顧置於水深火熱中之百姓。蓋將軍爲何如斯之囂張跋扈？追根究底，乃主上之過失也。詩歌假借描繪驕奢將領之起居生活來嘲諷昏庸君主所任非人，此爲寫詩之眞目的，清人吳喬評得好：「直是具文見意之譏刺，通篇無別意故也」〔註330〕。曲折隱諱之筆法，可見詩人深諳傳統詩教之道也。

《寄左省杜拾遺》〔註331〕是岑參之一首贈友詩，詩約寫於肅宗乾元元年（758）。詩人時爲中書省右補闕，而獲贈詩者杜甫，則在門下省任右拾遺，彼此皆掌勸諫之職。詩歌伊始先敘述詩人與杜甫同朝不同署，兩人齊效股肱之力，天剛破曉即入朝，至日暮方退朝。頸聯筆鋒一轉，「白髮悲花落，青雲羨鳥飛」，感歎彼此衰老不得重用，最後以「聖朝無闕事，自覺諫書稀」爲結語。末聯的表面意思是朝廷沒什麼過失足以讓臣子進諫，據此有學者認爲這是詩人的一首頌聖詩。《一瓢詩話》之作者薛雪指出此誤讀，「……正謂闕事甚多，不能觀縷上陳，託此微詞。後人不察其心，至有以奸諛目之，亦屬恨事。」〔註332〕查詩成時國家正置安、史叛賊亂竄，百姓流離失所，怎可謂「無闕事」呢？可推知詩人背後必另有所指。學者指出「自己（岑參）的意見不被朝廷所重視，故而進諫的奏章少了」〔註333〕。詩歌除規勸杜甫〔註334〕及互相勉勵之外，不著痕跡地迂迴諷刺肅宗不納諫及不用良臣。所幸歷來許多有

〔註329〕〔唐〕岑參：《玉門關蓋將軍歌》注解〔二〕，陳鐵民、侯忠義校注：《岑參集校注》，頁 198。

〔註330〕〔清〕吳喬：《圍爐詩話·卷之二》，郭紹虞選編：《清詩話續編》上冊，上海：上海古籍出版社，頁 529。

〔註331〕〔唐〕岑參：《寄左省杜拾遺》，陳鐵民、侯忠義校注：《岑參集校注》，卷三，頁 233。

〔註332〕〔清〕薛雪：《一瓢詩話》，〔清〕王夫之等撰：《清詩話》，上海：上海古籍出版社，1999 年，頁 703。

〔註333〕〔唐〕岑參：《寄左省杜拾遺》注解〔五〕，陳鐵民、侯忠義校注：《岑參集校注》，卷三，頁 234。

〔註334〕《舊唐書》：「其年（天寶十五載）十月，琯兵敗於陳濤斜。明年（乾元元年）春，琯罷相。甫上疏琯有才，不宜罷免。肅宗怒，貶琯爲刺史，出甫爲華州司功參軍。」參見〔後晉〕劉煦等撰：《舊唐書》，卷一百九十下，《杜甫列傳第一百四十下》，頁 5054。

識之士洞悉詩人主旨，吳喬指出：「反言以見意也」〔註335〕，而清人紀昀（1724～1805）則表達得最清楚：「子美以建言獲譴，平時必多露圭角。此詩有規之之意，而但言自甘衰朽，浮沉時世，則詩人溫厚之旨也。五六寓意深微，末二句尤婉至。聖朝既以爲無闕，則諫書不得不希矣。非頌語，乃憤語也」。〔註336〕足見此非單純之贈友詩，乃詩人受詩教影響下之含蓄蘊藉表達，無知者往往望文生義，誤解其精義矣。

在此同時，岑參同時期之作《佐郡思舊遊》，「史筆眾推直，諫書人莫窺」〔註337〕，亦發出此類向皇上勸諫卻不受接納之感歎。此詩亦可引來佐證《寄左省杜拾遺》如所論證之帶規諷勸諫之義。岑參在送友人孟孺卿落第之詩裏曾如此譴責：「聖朝徒側席，濟上獨遺賢」〔註338〕，執政者空說禮賢，卻處處讓賢才遺落，似乎是自古皆然之事。

乙、邊塞詩派的詩教思想評價

歷來研究者集中於高、岑雄壯渾厚之詩歌風貌，絕少論及他們風雅興寄之一面。明人宋濂（1310～1381）則持比較不一般的觀點，「……他如岑參、高達夫、……咸以興寄相高，取法建安」〔註339〕，指出岑參與高適亦有?物起興，借景物來寄託政治情感之作。高、岑雖同被學界視爲盛唐之邊塞詩派，他們對詩教的態度卻不那麼一致。

上文所分析之高適，有不少蘊含美刺諷喻的詠史詩，以及反映民疾之作，該作品皆迂迴委婉地譏刺政教。此外，詩人於詩中表現對家國前途的體察反思與焦慮，爲盛唐諸詩人之最，深刻體現了儒家「君子有終身之憂」（4b.28）的憂患意識。此後中、晚唐提倡詩教之詩人如元結、杜甫及白居易等，莫不在一定程度上憂國憂民，詩歌充滿對國家前途，以及百姓安危的懷滿焦慮。當然我們不會將它歸爲高適之啓發，「憂患意識」本爲中國傳統士大夫，特別

〔註335〕〔清〕吳喬：《圍爐詩話·卷之三》，郭紹虞選編：《清詩話續編》上冊，上海：上海古籍出版社，頁555。

〔註336〕〔元〕方回選評，李慶甲集評點校：《瀛奎律髓匯評·卷之二·朝省類》上冊，上海：上海古籍出版社，2005年，頁50。

〔註337〕〔唐〕岑參：《佐郡思舊遊》，陳鐵民、侯忠義校注：《岑參集校注》，卷三，頁248。

〔註338〕〔唐〕岑參：《送孟孺卿落第歸濟陽》，陳鐵民、侯忠義校注：《岑參集校注》，卷五，頁452。

〔註339〕〔明〕宋濂：《答章秀才論詩書》，郭紹虞主編：《中國歷代文論選》第三冊，上海：上海古籍出版社，2005年，頁23。

是儒家知識分子之傳統意識，它不是高適，或元結、杜甫的專利，是各個時代，受儒學影響之知識分子共同的思想意識。

高適對詩教之貢獻，除了在詩教意識最薄弱的盛唐時期，堅持對詩教的紹承之外，其最大之開創乃援引詩教精神入邊塞題材。高適邊塞詩議論邊塞軍情，委婉美刺政治，給邊塞傳統題材，增添些經過深刻反思，懷滿憂患意識之新元素。從詩教角度來說，高適配合時勢，讓詩教「證王教之所由興廢」的美刺領域，擴大至千里外的烽火前線。易言之，詩教復古至高適手裏，表現手法雖保守，但詩歌題材卻有通變，詩歌的美刺政教觀念與社會現實結合得更緊密。「文律運周，日新其業。變則其久，通則不乏」〔註340〕，能將行之久遠的傳統作出「通變」，難能可貴，值得讚揚。

至於岑參，若要細數詩人合乎詩教矩矱之詩作，卻是屈指可數。岑參創作不少邊塞詩，卻未見多少蘊含美刺比興之意。岑參只有幾首契合詩教之作，且沒有任何相關理論支持。若要為盛唐詩人推展詩教論功行賞，岑參應該忝居末席。再說岑參僅有的風雅比興詩作，表現得十分保守，完全符合詩教「主文而譎諫」傳統，詩人墨守原則不逾越，沒任何變通或革新，據此而論，其藝術價值顯得不高。

岑參早年家境孤貧，但畢竟祖上世代居高職，地位顯赫，且性格尚奇，〔註341〕此外，詩人自小即表達強烈之功業欲望，「功名須及早，歲月莫虛擲」〔註342〕。岑參的詩作集中他對功名的向往或不受重用之喟歎，也許由此就較少注目下層社會百姓之疾，更甭提規諷勸諭執政者的了。

對比田園山水詩派，邊塞詩派之作顯得更積極入世，體現更多詩教精神，可此僅為相對性之結論。本章節前言指出陳伯海稱「風骨」與「興寄」雖「貫穿於唐詩進程的始末」，然而它們並非齊頭並進，而是互有消長。盛唐詩人論詩寫詩注重「風骨」與「興象」，追求清真與自然之美等美學範疇，該論調與詩教的文化內涵似乎尚有一段距離。職是之故，縱然李白、王、孟以及高、岑等雖與詩教有些許之沾溉，但他們似乎未真正視傳統詩教為創造指導，也

〔註340〕〔梁〕劉勰：《文心雕龍》，卷六，《變通第二十九》，范文瀾注：《文心雕龍注》，北京：人民文學出版社，2006年，頁521。

〔註341〕《河嶽英靈集》：「參詩語奇體峻，意亦奇造」。參見〔唐〕殷璠：《河嶽英靈集》，卷上，傅璇琮主編：《唐人選唐詩新編》，頁158。

〔註342〕〔唐〕岑參：《送郭乂雜言》，陳鐵民、侯忠義校注：《岑參集校注》，卷一，頁32。

無意致力於耕耘美刺比興，所以對詩教之認識，自然難免於疏略，或僅墨守
傳統而已。

第三章　中唐的社會變革、儒學之復興 與文學思想

　　政治的影響無遠弗屆，它往往會達到任何表面看起來與之不相干之領域。觀察中國乃至全世界幾千年來的思想史與文學史，包括詩歌史，不得不承認它們深受所處之社會環境及政治文化牽制，故劉勰老早即指出「文變染乎世情，興廢繫乎時序」〔註1〕。關於政治與文學，研究者討論兩者之交叉影響，意見參差，然而均無法否決政治制約了文學創作。特定的文學題材也許與政治會有疏密遠近關係，如詞本豔科，無關風旨，更不涉教化，其與政治自然就疏遠了些，唐詩則不然。作為唐代表文體之唐詩，詩人隊伍之擴大前所未有。唐以詩取士，朝廷君臣多具詩人身份，〔註2〕唐詩與政治關係頗密切。據此，進入論述中唐詩與儒家詩教前，對當時政治環境作通盤之瞭解與掌握，具其必要性。

第一節　中唐的社會變革與文學思潮

　　自元人楊士弘《唐音》提出將唐詩分初唐、盛唐、中唐與晚唐四期，明人高棅《唐詩品彙》將之理論分析後，〔註3〕往後學者論唐詩多採此分期，唯

〔註1〕　〔梁〕劉勰：《文心雕龍》，卷九，《時序第四十五》，范文瀾注：《文心雕龍注》，
　　　　　北京：人民文學出版社，2006年，頁675。
〔註2〕　唐帝王包括武后，共二十二位，《全唐詩》則存留了十三位帝王之詩作，而朝
　　　　　臣之詩歌更不計數，為唐詩創作之主體。
〔註3〕　〔明〕高棅：《唐詩品彙・總敘》，上海：上海古籍出版社，1982年，頁8～
　　　　　10。

對四期之具體起迄年限尚存諸多意見。所謂「中唐」，有學者主張以代宗大曆元年（766）至敬宗寶曆元年（825）爲斷限，〔註4〕筆者則認爲該從大曆元年計算起，一直至文宗太和九年（835），即是甘露之變發生前。〔註5〕雖說長慶年後，憲宗中興不成，研究者稱「士人生活走向平庸，心態內斂，感情也趨向細膩。詩歌創作進入一個新階段。題材多狹窄，寫法多苦吟」〔註6〕，然而那僅啓其端，還未算眞正步入晚唐風氣。或謂寶曆元年至開成元年整十年間，爲中唐至晚唐過渡時期，然而其時元和詩人如韓愈（768～825）、白居易、劉禹錫（772～842）、張籍（766？～830？）、王建（766？～？）及李紳（772～846）等尚有創作，「元和之風尚怪」〔註7〕仍延續，眞正綺麗纖巧之詩風，要待「甘露之變」後，人心盡失後才突顯。胡可先指出「文學的發展是漸變的過程，因而從文學的本身，就難以找出一個明確的標誌來劃分文學的時代」，故就得找出外在「有特徵性的事件作爲界標」。大和九年（835）發生之「甘露之變」，正是一項有特徵性與標誌性的歷史事件。〔註8〕

《唐代詩學》作者楊啓高又將中唐詩劃分爲大曆、元和與長慶詩風三個階段。〔註9〕可是研究者多認爲穆宗長慶僅得四年，未具明顯的詩歌創作獨特性，故可歸入元和詩風。〔註10〕宋人嚴羽則將唐詩劃分爲五種體式，而中唐詩分「大曆」與「元和」兩種，〔註11〕按此，中唐詩宜分前後兩大期來論述。「中唐前期」詩風即指大曆元年（766）至順宗貞元廿一年（805），爲期四十年。前段時期以大曆詩人的詩作爲代表，而後段則以元貞九年（793）後，以方外詩人與權德輿等新臺閣詩人爲主。〔註12〕

〔註4〕 支持者有吳庚舜主編：《唐代文學史》；劉開揚：《唐詩通論》；羅宗強：《隋唐五代文學史》。

〔註5〕 支持者有游國恩等主編：《中國文學史》；葉慶炳：《中國文學史》；章培恒主編：《中國文學史》。

〔註6〕 袁行霈主編：《中國文學史》第二卷，《隋唐五代文學史》，北京：高等教育出版社，2003年，頁211。

〔註7〕 〔唐〕李肇：《唐國史補》卷下，《唐五代筆記小說大觀》上冊，上海：上海古籍出版社，2000年，頁194。

〔註8〕 論點參考胡可先：《政治興變與唐詩演化》，北京：中國社會科學出版社，2003年，頁164。

〔註9〕 楊啓高編著：《唐代詩學》，南京：正中書局，頁191。

〔註10〕 傅璇琮、蔣寅主編：《中國古代文學通論‧隋唐五代卷‧中唐詩歌概述》，瀋陽：遼寧人民出版社，2005年，頁75～76。

〔註11〕 〔宋〕嚴羽：《滄浪詩話‧詩體》，北京：人民文學出版社，2005年，頁53。

〔註12〕 蔣寅：《大曆詩人研究》，北京：北京大學出版社，2007年，頁14。

至於「中唐後期」，則指順宗永貞元年（805）至文宗大和九年（835），為期約三十年。該整七十年的歷史長河中，重大政治事件，如永貞革新、牛李黨爭、元和削藩，以及甘露之變等，對中唐文學，包括文學思潮與文學創作等產生顯著影響。當然也不可忽視安史浩劫爆發後至德、乾元再至寶應年間（756～763），盛、中唐之際的紛擾政治，直接或間接對文學之衝擊與效驗。

一、中唐前期的社會政治與文學思潮

本小節雖題為中唐前期，然而鑒於政治之連續不可切割，且大曆年間的社會面貌與安史之亂之密不可分的關係，故敘述範圍從該場浩劫前後開始。

1. 天寶末至永貞元年間的社會政治

玄宗晚年寵愛楊貴妃，任用李林甫（？～752）及楊國忠（？～756）掌相後，政治逐趨腐敗。天寶十四載（755）安史之亂的爆發，更是史學家公認唐由盛轉衰之轉捩點。爾後連年兵燹，民不聊生，生靈塗炭。史載：「宮室焚燒，十不存一，百曹荒廢，曾無尺椽。中間畿內，不滿千戶，井邑榛棘，豺狼所嗥。既乏軍儲，又鮮人力。東至鄭、汴，達於徐方，北自覃懷，經於相土，人煙斷絕，千里蕭條」。〔註13〕昔日繁華之長安城與東都洛陽，以及原本繁榮的黃河中下游城鎮，頓然一片荒涼蕭條。「旌旗繽紛兩河道，戰鼓驚山欲傾倒。秦人半作燕地囚，胡馬翻銜洛陽草。一輸一失關下兵，朝降夕叛幽、薊城。巨鼇未斬海水動，魚龍奔走安得寧」〔註14〕，李白以樂府舊題《猛虎行》來書寫東都失陷、幽薊降叛及黎民流離之慘狀。杜甫亦為此慨歎：「病隔君臣議，慚紆德澤私。揚鑣驚主辱，拔劍撥年衰。社稷經綸地，風雲際會期。血流紛在眼，涕灑亂交頤。四瀆樓船泛，中原鼓角悲」〔註15〕，詩人復將該段悲史具體入詩，「寂寞天寶後，園廬但蒿藜。我里百餘家，世亂各東西。存者無消息，死者為塵泥。賤子因陣敗，歸來尋舊蹊。久行見空巷，日瘦氣慘淒」〔註16〕。

〔註13〕〔後晉〕劉昫等撰：《舊唐書》，卷一百二十，《郭子儀列傳第七十》，北京：中華書局，2002 年，頁 3457。

〔註14〕〔唐〕李白：《猛虎行》，〔清〕王琦注：《李太白全集》，卷六，北京：中華書局，2003 年，頁 360。

〔註15〕〔唐〕杜甫：《夔府書懷四十韻》，〔清〕仇兆鰲注：《杜詩詳注》，卷十六，北京：中華書局，1999 年，頁 1420。

〔註16〕〔唐〕杜甫：《無家別》，〔清〕仇兆鰲注：《杜詩詳注》第二冊，卷七，頁 537～538。

　　代宗寶應二年（763）三月，隨著史朝義失敗自縊，安史八年之亂暫告一段落。此後唐王朝表面雖統一，實已無復開元盛勢，無力掌控地方。安史餘黨薛嵩（？～772）、田承嗣（704～778）與李懷仙（？～768）等在「朝廷厭苦兵革，苟冀無事」〔註17〕之綏靖主義下，分授河北區域諸節度使或防禦使，〔註18〕朝廷姑息養奸，留下日後藩鎮由河北至河南，以及淮西割據之禍胎。爾後雖經過憲宗（778～820）等帝努力削藩，亦無法徹底剷除，藩鎮之禍就此與唐王朝相始相終。

　　藩鎮對中央朝廷政治之危害無時有之。史載：「朝廷或完一城，增一兵，輒有怨言，以爲猜貳，常爲之罷役；而自於境內築壘、繕兵無虛日。以是雖在中國名藩臣，而實如蠻貊異域焉」〔註19〕，寥寥幾句，卻充分地反映了藩鎮之跋扈橫蠻。大曆九年（774），魏博節度使田承嗣起兵抗命〔註20〕；大曆十四年（779），淮西節度使李忠臣（？～779）爲部下李希烈（？～786）所逐，李希烈自立爲留後。〔註21〕藩鎮抗命之實例，屢見不鮮。

　　安史亂後，國庫空虛，唐中央與各藩鎮橫征暴斂，原本施行之均田制遭破壞，農民失去賴活之土地，流離失所。諸客觀因素壓迫底下，激起了庶民連續武裝起義。代宗（726～779）時各地起義事件不斷，如發生於寶應元年（762）秋浙東袁晁（？～764）之起義，〔註22〕造成社會緊張與騷亂。

　　與此同時，朝廷內亦未顯平靜。代宗時權臣與宦官擅權用事，前者有宰相元載（？～777），後者有「尚父」李輔國（704～762）、程元振（？～764）及魚朝恩（722～770）等。奸險群小連續用事，導致許多忠臣義士慘遭貶謫或殺害。朝廷外，由於協助敉亂有功，代宗復寵信迴紇，迴紇趁隙進入中原擾亂。

〔註17〕〔宋〕司馬光：《資治通鑒》，卷二百二十二，《唐紀三十八》，北京：中華書局，2005年，頁7141。

〔註18〕《資治通鑒》：「癸亥，以史朝義降將薛嵩爲相、衛、……六州節度使，田承嗣爲魏、博、……五州都防禦使，李懷仙仍故地爲幽州、盧龍節度使」。參見〔宋〕司馬光：《資治通鑒》，卷二百二十二，《唐紀三十八》，頁7141。

〔註19〕〔宋〕司馬光：《資治通鑒》，卷二百二十五，《唐紀四十一》，頁7250。

〔註20〕《資治通鑒》：魏博節度使田承嗣誘昭義將史史作亂。參見〔宋〕司馬光，〔元〕胡三省音注：《資治通鑒》，卷二百二十五，《唐紀四十一》，頁7228。

〔註21〕《資治通鑒》：「三月，丁未，（李希烈）與大將丁暠等，殺惠光父子而逐忠臣。」參見〔宋〕司馬光：《資治通鑒》，卷二百二十五，《唐紀四十一》，頁7255。

〔註22〕《資治通鑒》：「台州賊帥袁晁攻陷浙東諸州，改元寶勝；民疲於賦斂者多歸之。」參見〔宋〕司馬光：《資治通鑒》，卷二百二十二，《唐紀三十八》，頁7130。

西部之吐蕃亦不安分，廣德元年（763），吐蕃甚至深入京畿，皇帝竟「倉猝不知所爲」，被迫逃命陝城，落得「官吏藏竄，六軍逃散」的狼狽下場。〔註23〕

太子李豫，爲肅宗長子，於寶應元年（762）肅宗病死後，爲宦官程元振迎立。李豫廟號代宗，在位十七年間，幾乎國無寧日，陷於一片紛亂混沌。代宗登基不久後，內亂雖稍戡平，然百廢待興。此時卻遭逢吐蕃寇擾，藩鎮割據，朝內權宦

橫行，皇帝昏庸無能〔註24〕，兼貪財濫權，又極度佞佛〔註25〕，唐朝經百餘年承平繁盛，突經安史之亂，好不容易平叛後，國事復陷蜩螗。中、晚唐國勢趨式微，乃至滅亡的幾個導因，代宗實難辭其咎，正如研究者指出「可以說宦官、藩鎮、迴紇、土蕃之患都構成於唐代宗的時代。」〔註26〕所幸唐朝廷出現一位「天降人傑，生知王佐，訓師如子，料敵如神」〔註27〕的尚父郭子儀（697～781），多番力退強敵，力挽國家於狂瀾中，史家稱「天下以其身爲安危殆三十年」〔註28〕，誠乃天憐大唐也。

2. 天寶末至永貞元年間之文學思潮

盛唐詩人昂揚奮發之氣慨，經「漁陽鼙鼓動地來，驚破霓裳羽衣曲」〔註29〕後，頓生變化，王維是最直接受衝擊者。王維經「僞官」〔註30〕疑雲後，創作心理變易，早年詩作還有用世之志，中年後即開始遁跡田園山水。〔註31〕王維對身陷安史叛賊，內心頗追悔。至德二載（757）十月，安史之亂稍平後，王維等任僞官者皆遭收繫並獲賜死、流放或貶謫等刑罰。王維獲李峴（712～766）等力爭，以及弟王縉（？～781）削官贖兄，貶爲太子中允。詩人上書

〔註23〕〔宋〕司馬光：《資治通鑑》，卷二百二十三，《唐紀三十九》，頁7151。

〔註24〕代宗一連貶殺李輔國、程元振及魚朝恩等代宗朝三大權臣後，依然驕寵宦官，絲毫未悔悟。

〔註25〕永泰元年九月，代宗「置百高座於資聖、西明兩寺，講仁王經」，甲辰「吐蕃十萬眾至奉天，京城震恐」，至到丙午方「罷百高座講」。參見《資治通鑑》，卷二百二十三，《唐紀三十九》，頁7176～7178。

〔註26〕陳致平：《中華通史》，臺北：黎明文化事業公司，1988年，頁343。

〔註27〕〔後晉〕劉昫等撰：《舊唐書》，卷一百二十，《郭子儀列傳第七十》，頁3465。

〔註28〕〔宋〕司馬光：《資治通鑑》，卷二百二十七，《唐紀四十三》，頁7303。

〔註29〕〔唐〕白居易：《長恨歌》，朱金城箋注：《白居易集箋注》，上海：上海古籍出版社，2003年，頁660。

〔註30〕歷來對王維降安祿山之正僞與評價諸多，陳鐵民、楊軍、畢寶魁及胡可先等曾作詳細之探討。

〔註31〕可參本書第二章第三節。

表謝：「伏謁明主，啓不自愧於心？仰廟群臣，亦復何施其面！跼天內省，無地自容」〔註32〕。上元二年（761），王維上書請求赦免其弟罪中提及己身，「久竊天官，每慚尸餐，頃又沒於逆賊，不能殺身，負國偷身，以至今日」〔註33〕，兩書深切體現詩人深悔陷賊之事。由於悔恨難遣，進而轉寄情大自然，可詩人又無法完全忘懷宮闕，唯有「即此羨閒逸，悵然歌《式微》」〔註34〕，過著「身在朝廷，心在山水」，亦仕亦隱之「朝隱」生活。

　　至德元載（756），玄宗十六子永王璘獲父皇重委，〔註35〕於江南大事用兵。雌伏良久的李白，誤判此乃大顯身手之良機，即入永王幕府，並賦詩言志：「王命三征去未還，明朝離別出吳關」〔註36〕，同時頌揚永王：「試借君王玉馬鞭，指揮戎虜坐瓊筵。南風一掃胡塵靜，西入長安到日邊」〔註37〕。可不超一年，至德二載（757）二月，肅宗派遣的大軍即將該不成氣候之永王擊潰，〔註38〕李白因而獲罪，流放夜郎。研究者指出安史之亂後，李白的樂府創作減少了，且「由前期抒發個人懷抱轉為愛君憂國，厭亂思治。……或表示自己遭貶後的不平之感。……或詠永王璘事以自悼」〔註39〕。李白寫於至德元載（756）之《北上行》：「何日王道平，開顏睹天光」〔註40〕，體現了詩人憂國勢，冀平亂之志。李白又引古《箜篌引》典故，「旁人不惜妻止之，公無渡河苦渡之。虎可搏，河難憑，公果溺死流海湄。」〔註41〕隱喻永王「無戡亂討賊之才，復無量力守分之智，馮河暴虎，自取覆滅，與『渡河之叟』何異乎？」〔註42〕詩歌指出永王

〔註32〕　〔唐〕王維：《謝除太子中允表》，陳鐵民校注：《王維集校注》，卷十一，頁1003。

〔註33〕　〔唐〕王維：《責躬薦弟表》，陳鐵民校注：《王維集校注》，卷十一，頁1126。

〔註34〕　〔唐〕王維：《渭川田家》，陳鐵民校注：《王維集校注》，卷七，頁561。

〔註35〕　《資治通鑑》：丁卯，上皇制：「……永王充山南東道、嶺南、黔中、江西西道節度都使，……」參見〔宋〕司馬光編著，〔元〕胡三省音注：《資治通鑑》，卷二百一十八，《唐紀三十四》，頁6983。

〔註36〕　〔唐〕李白：《別內赴征三首》其一，，〔清〕王琦注：《李太白全集》，卷二十五，頁1187。

〔註37〕　〔唐〕李白：《永王東巡歌十一首》其十一，〔清〕王琦注：《李太白全集》，卷八，頁433～434。

〔註38〕　〔宋〕司馬光：《資治通鑑》，卷二百一十九，《唐紀三十五》，頁7019。

〔註39〕　胡可先：《政治興變與唐詩演化》，北京：中國社會科學出版社，2003年，頁123。

〔註40〕　〔唐〕李白：《北上行》，〔清〕王琦注：《李太白全集》，卷五，頁317。

〔註41〕　〔唐〕李白：《公無渡河》，〔清〕王琦注：《李太白全集》，卷三，頁160。

〔註42〕　〔唐〕李白：《公無渡河》箋注，參見〔清〕陳沆：《陳沆集‧詩比興箋》，卷

乃自取滅亡，言下不排除李白自悔己不量力之意。

　　研究者如蕭滌非將杜甫一生創作劃分成讀書遊歷、困守長安、陷賊與爲官，及漂泊西南時期等四大期〔註43〕，該劃分是否合理，姑且擱置。詩人存世千餘首詩作，除小部分寫於天寶末，其餘均完成於安史之亂後。學者指出若以量論，杜甫浩劫後之作占其總作品之百分九十強。〔註44〕若追溯詩人詠史或抒懷詩歌的內容題材，幾乎均與該場驚天動地之浩劫脫離不了關係。

　　杜甫於大亂後直到入蜀前，滯留京城一帶近四年，耳聞目睹連天烽火與哀鴻遍野，寫下不少可歌可泣之作，如《春望》、《北征》以及「二悲」、「三吏」及「三別」等。晚年之傑作如《旅夜書懷》、《登高》與《秋興八首》等雖偏向抒發懷抱，遠因亦爲安史浩劫所致。國家的悲難釀就之文學傑作，對社稷來說是不幸，但對文學來說卻是不幸中之大幸。杜甫素奉儒業，在國家艱難苦恨底下，給後世留下多篇反映民瘼、揭露敗政、譏刺失德等高度發揮詩教精神之傑作。中唐孟棨推譽杜甫爲「詩史」，其因與詩人大量引安史時事入詩攸關，「杜逢祿山之難，流離隴蜀，畢陳於詩，推見至隱，殆無遺事，故當時號爲『詩史』。」〔註45〕莫礪鋒更明確指出「安史之亂前後的黑暗，動亂時代對我們的『詩聖』起了更重要的『玉成』作用」〔註46〕，據此可見政治對文學之衝擊與效驗。

　　上述三位詩人，均爲盛唐遺留下來的老詩人，而大曆時期尚年輕或正步入中年之詩人，不管以長安和洛陽爲活動中心者如錢起（710？～782？）、盧綸（748？～800？）等所謂「大曆十才子」，或在江東吳越活動的劉長卿（？～790？）及李嘉祐（約757前後在世）等，他們皆親歷盛唐之繁盛。〔註47〕如今一旦國勢崩潰，心靈頓受打擊，對現實政治失望，盛唐時的積極樂觀，干世之情經已減退，詩風轉向酬唱應對，或寄情山水。韋應物橫跨玄、肅、代宗等三朝，早年於天寶盛世任玄宗侍衛，後遭遇安史之亂，經歷唐國勢由盛轉衰。韋應物除部分詩作有詩教精神，揭露敗政外，大量創作如《郡齋雨中與諸文士燕

　　　　三，武漢：湖北教育出版社，頁413。
〔註43〕蕭滌非：《杜甫研究》，上卷，《二、杜甫的生活》，瀋陽：齊魯書社，1980年，頁15～41。
〔註44〕胡可先：《政治興變與唐詩演化》，頁124。
〔註45〕〔唐〕孟棨：《本事詩·高逸第三》，丁福保：《歷代詩話續編》上冊，北京：中華書局，2001年，頁15。
〔註46〕莫礪鋒：《杜甫評傳》，南京：南京大學出版社，1998年，頁44。
〔註47〕傅璇琮：《唐代詩人叢考·李嘉祐考》，北京：中華書局，2003年，頁244。

集》、《郡樓春燕》，以及《郡中對雨贈元錫兼楊凌》之類的「郡齋詩」，體現半仕半隱之散淡生活。蔣寅明確指出該時期詩風之轉變，「交融成盛唐之音的觀念、氣魄、情調全都黯淡了、褪色了、低沉了，為一種疲倦、衰頓、蒼老而又冷淡的風貌所取代」〔註48〕，可知大曆詩風是安史浩劫的直接受衝擊者。

　　大曆十四年（779），代宗病歿。太子李适（742～805）繼位，廟號德宗。德宗在位二十餘年間，即是本書所謂中唐前期之後段，唐政治基本上由騷亂漸趨安定。德宗踐阼後即實施一系列頗得人心之舉措，如「兩稅法」〔註49〕，以及「四方貢獻皆不受」〔註50〕，頗具振衰起弊之架式。可惜好景不長，德宗畢竟「長於深宮之中」，「不知稼穡之艱難，不恤征戍之勞苦」，〔註51〕建中後及貞元初發生一連串之災難，國勢復陷困，德宗帶給欲振國勢者僅是一場美麗又短暫之「中興」大夢。

　　建中元年（780），德宗先後任用奸相楊炎（727～781）與盧杞（？～785？）等，「引樹私黨，排忠良，天下怨疾」。〔註52〕藩鎮李希烈、朱滔（746～785）、田悅（751～784）及王武俊（735～801）等蠢動，「僭稱王號」。〔註53〕建中四年（783）冬，李希烈據長安叛亂，關內外一片混亂，德宗竟迫得倉惶逃離京城赴奉天，大唐帝國近乎斷送。〔註54〕隨後雖獲平叛，然而連年兵燹，國庫掏空，加之天災頻仍〔註55〕，民不聊生，竟陷「蒸蝗蟲而食之」的境地。〔註56〕由於奉天之難時，「上召禁兵以禦賊，竟然無一人至者」〔註57〕，德宗經患難後，心理大變，此後專寵奸佞宦官，一改早期「疏斥宦官，親任朝士」〔註58〕之風。與此同時，德宗復猜忌功臣〔註59〕，授軍事大權及神策軍予宦

〔註48〕蔣寅：《大曆詩風》，上海：上海古籍出版社，1992年，頁22。
〔註49〕〔宋〕司馬光：《資治通鑑》，卷二百二十六，《唐紀四十二》，頁7275。
〔註50〕〔宋〕司馬光：《資治通鑑》，卷二百二十八，《唐紀四十四》，頁7280。
〔註51〕〔後晉〕劉昫等撰：《舊唐書》，卷十一，《德宗本紀第十二》，頁339。
〔註52〕〔宋〕歐陽修、宋祁：《新唐書》，卷一百五十七，《陸贄第八十二》，頁4923。
〔註53〕〔後晉〕劉昫等：《舊唐書》，卷十一，《德宗本紀第十二》，頁335。
〔註54〕〔宋〕司馬光：《資治通鑑》，卷二百二十八，《唐紀四十四》，頁7353。
〔註55〕《舊唐書》：「（貞元元年）戊戌，大風雪，寒。去秋螟蝗，冬旱，至是雪，寒甚，民饑凍死者踣於路」。參見〔後晉〕劉昫等：《舊唐書》，卷十一，《德宗本紀第十二》，頁348。
〔註56〕〔後晉〕劉昫等撰：《舊唐書》，卷十一，《德宗本紀第十二》，頁335。
〔註57〕〔宋〕司馬光：《資治通鑑》，卷二百二十八，《唐紀四十四》，頁7353。
〔註58〕〔宋〕司馬光：《資治通鑑》，卷二百二十六，《唐紀四十二》，頁7290。
〔註59〕陸贄曾指出德宗「六失」之六。參見〔宋〕歐陽修、宋祁：《新唐書》，卷一

官，造成宦官濫權。興元元年（784）之後，外有吐蕃騷擾中原，朝內則德宗晚年又轉貪婪，對百姓大肆斂財〔註60〕，設公市與五坊小兒肆橫，內憂外患，讓國家又復陷混亂中。幸賢相陸贄，屢上諫書，痛陳時病，上偶用其策，國勢亦維持一定之平和。唯經此後，士人復興國勢之志已遭擊碎，「中興」大夢被澆滅了，彼此紛紛「都在趁太平抓緊享樂」〔註61〕。

論者認為元貞九年後，大曆詩風漸趨式微，不該視為與韋應物等同一詩風。然而政治形勢底下的影響，中唐前期後段之詩風，除權德輿外，餘者詩作與前人相比沒多大兩樣。〔註62〕陳寅恪即對該時期的政治與文風做了個很貼切之概括：「貞元之時，朝廷政治方面，則以藩鎮暫能維持均勢，德宗方以文治粉飾其苟安之局。民間社會方面，則久經亂離，略得喘息之會，故亦趨於嬉娛遊樂。因此上下相應，成為一種崇尚文詞，矜詡風流之風氣」〔註63〕。

二、中唐後期的社會政治與文學思潮

中唐後期，指順宗永貞元年（805）至文宗大和九年（835），雖短短三十年，其政治變化詭譎，文學思潮澎湃，尤其元和年間的詩歌創作成就，樹立開元後另一道豐碑，為唐詩研究之熱點。

1. 永貞革命與憲宗功業

德宗長子李誦（761～806），元貞二十年（804）九月即染「風病，不能言」，永貞元年（805）踐阼時雖「力疾衰服，見百僚於九仙門」，可僅維持八個月，即被迫內禪，並於元和元年（806）正月駕崩，享年四十六歲，廟號順宗。〔註64〕順宗享祚雖極短，然而由其在位主導的「永貞革新」，對文學卻產生無比巨大的衝擊力。

永貞革新」為一項主要針對前朝遺弊之政治改革運動，以王伾（生卒年

百五十七，《陸贄第八十二》，頁 4929～4930。
〔註60〕《資治通鑒》：「初，上以奉天窘乏，故還宮以來，尤專意聚斂。」參見〔宋〕司馬光：《資治通鑒》，卷二百三十五，《唐紀五十一》，頁 7572。
〔註61〕蔣寅：《大曆詩人研究》，北京：北京大學出版社，2007 年，頁 14。
〔註62〕韓愈柳宗元與劉禹錫等雖於貞元九年後已有詩作問世，然而他們的佳作及詩歌影響力畢竟要待元和間才體現，故筆者歸之為中唐後期來論述。
〔註63〕陳寅恪：《元白詩箋證稿》，北京：新華書局，2002 年，頁 87。
〔註64〕〔後晉〕劉昫等撰：《舊唐書》，卷十四，《順宗本紀第十四》，頁 335。

不詳）、王叔文（753～806）、劉禹錫及柳宗元（773～816）等號稱「二王劉柳」者爲主要的推動手。永貞元年二月，上貶謫殘暴貪斂，京師人人切齒之京兆尹李實（生卒年不詳）爲通州長史；〔註65〕同月手詔撤除多道弊政，諸如地方除常貢外，其他名目之進奉悉罷，亦「罷鹽鐵使月進錢」，且「貞元之末政事爲人患者，如宮市、五坊小兒之類，悉罷之」〔註66〕；三月，「放後宮三百人」，不久復「放後宮及教坊女妓六百人」〔註67〕。

「永貞革命」之失敗，歷來研究者諸多集矢。元貞五月，王叔文立范希朝（？～814）與韓泰（生卒年不詳）爲京西神策軍節度使與司馬，企圖奪取宦官軍權而失敗，繼之「叔文以母喪去位」，更加速其敗亡。〔註68〕然而其主要敗因是改革主要對象宦官與朝廷保守派之實力盤固不可搖，太子李純（778～820）不支持父皇革新，以及順宗之不豫攸關。除此之外，改革者的朋黨專權與濫權，亦削弱其支持力量。永貞三月，王叔文橫闖至中書，徑會章執誼（生卒年不詳），並不理「停箸以待」之杜佑諸相。〔註69〕王伾「尤闒茸，專以納賄爲事，作大匱貯金帛，夫婦寢其上」〔註70〕，且在此同時又交織著二王之間的矛盾衝突，可見其失敗摻和著多種錯綜因素。〔註71〕

永貞元年八月，憲宗登基，爲期短短八個月的「永貞革新」，宣告匆匆落幕。王叔文與王伾皆貶爲渝州司戶與開州司馬，而前者於元和元年被賜死，後者則貶謫後不久死於貶所。韓泰、韓曄（生卒年不詳）、劉禹錫與柳宗元等「八司馬」則先貶謫爲刺史，復降爲司馬，遠離京城，萬死投荒，而柳宗元更由此終老貶所。〔註72〕劉、柳被投擲惡劣環境和貧乏之生活條件中，身心飽受無比摧殘。尚永亮即將該情狀描繪得眞切：「他們的生命由沉淪、磨難而一步步被貶值、被拋棄、被拘囚，甚而至於荒廢，他們的心理也由惶恐、焦慮而一步步發展爲孤獨、苦悶、憂鬱，直至產生性格的變異」〔註73〕，劉、

〔註65〕 〔後晉〕劉昫等撰：《舊唐書》，卷一百三十五，《李實傳》，頁3732。
〔註66〕 〔宋〕司馬光：《資治通鑑》，卷二百三十六，《唐紀五十二》，頁7610。
〔註67〕 〔宋〕歐陽修、宋祁：《新唐書》，卷七，《順宗本紀第七》，頁206。
〔註68〕 〔宋〕司馬光：《資治通鑑》，卷二百三十六，《唐紀五十二》，頁7617。
〔註69〕 〔宋〕司馬光：《資治通鑑》，卷二百三十六，《唐紀五十二》，頁7614。
〔註70〕 〔宋〕司馬光：《資治通鑑》，卷二百三十六，《唐紀五十二》，頁7610。
〔註71〕 本書對「永貞革命」的敗因沒新發明，主要參考胡可先：《中唐政治與文學──永貞革新爲研究中心》，合肥：安徽大學出版社，2000年，頁80～90。
〔註72〕 〔宋〕司馬光：《資治通鑑》，卷二百三十六，《唐紀五十二》，頁7622。
〔註73〕 尚永亮：《貶謫文化與貶謫文學──以中唐元和五大詩人之貶及其創作爲中

柳亦因此政治巨變而於詩文中體現諸多前所未有之表現，包括深切反省敗因、揭露醜陋現實、彰顯政治理想，以及傲岸不屈之精神，而該表現大體以怨憤激切之語調貫穿。

李純，廟號憲宗，要數中、晚唐諸帝間相對英明有為之帝。永貞元年（805）八月，憲宗英年繼位，初執政即開展理政雄志，極力整飭藩鎮。先是討伐自稱留後的西川副節度使劉闢（？～806），後一路征討或安撫夏綏、鎮海等州。元和十四年（819），竟完全掃平天寶以來即為患之藩鎮，連抗命三十及五十餘年的淮西與淄青節度使，亦被收復。史家曾如斯評述他的功績：「昔章武皇帝痛國命之不行，惜朝綱之將墜，乃求賢俊，總攬英雄，果能扼大盜之喉，制奸臣之命。……元和之政，幾致昇平。」〔註74〕不少文人為此立詩文讚揚，如韓愈《平淮西碑》、柳宗元《平淮夷雅》兩首、劉禹錫《城西行》及《平蔡州三首》等。憲宗削藩，中央與藩鎮彼此和平共處，社會獲得安定，為難得之功業，因此被史稱「唐室中興，章武而已」〔註75〕，或美之「元和聖天子，英明湯武上」〔註76〕。晚唐詩人李商隱於《韓碑》（539／6203）一詩中，甚至將憲宗比擬古聖王，「元和天子神武姿，彼何人哉軒與羲」，如斯正面肯定憲宗削藩，可見人民深疾藩鎮為惡，以及體現長期處於兵燹禍亂中，多麼地渴望和平。可惜藩鎮之亂僅獲短暫之平息，不多久即復發矣。

憲宗晚年佞佛，〔註77〕復好神仙方術、服食丹藥，性情變得暴躁，常喜怒無常。〔註78〕同時憲宗任用非人，疏於朝政，儼然昏君，對比早年之英明，蕩然兩樣。元和十五年（820），一代明君竟一夕暴崩，毒藥發作，或疑為宦官陳弘志（生卒年不詳）所弒。〔註79〕

2. 元和詩風

憲宗元和時期之文風，或簡稱「元和體」。「元和體」探討，為唐文學研

　　　心》，蘭州：蘭州大學出版社，2004年，頁127。

〔註74〕〔後晉〕劉昫等撰：《穆宗本紀第十六》，《舊唐書》，卷十六，頁504。

〔註75〕〔後晉〕劉昫等撰：《憲宗本紀第十五》，《舊唐書》，卷十五，頁472。

〔註76〕〔唐〕杜牧：《感懷詩一首》，〔清〕馮集梧注：《樊川詩集注》卷一，上海：上海古籍出版社，1998年，頁31。

〔註77〕元和十年，韓愈書：《論佛骨表》，即是為諫逐憲宗大肆鋪張自鳳翔法門寺引佛骨而著。參見〔唐〕韓愈著，馬通伯校注：《韓昌黎文集校注・論佛骨表》，卷八，香港：中華書局，1984年，頁354～356。

〔註78〕〔宋〕司馬光：《資治通鑒》，卷二百四十一，《唐紀五十七》，頁7777。

〔註79〕〔宋〕司馬光：《資治通鑒》，卷二百四十一，《唐紀五十七》，頁7777。

究之熱點。有指向元稹與白居易的詩風；〔註80〕復有泛指元、白外，包括韓愈、孟郊（751～814）、張籍（766？～830？）及樊宗師（766？～824）等詩人之詩歌風格；〔註81〕又有學者謂「元和體」是當時盛行的和韻長篇，非指特定詩風。〔註82〕元稹曾自稱「會予譴掾江陵，樂天猶在翰林，寄予百韻律詩及雜體，前後數十章。是後，各佐江、通，復相酬寄。巴蜀江楚間泊長安中少年，遞相仿傚，競作新詞，自謂爲『元和詩』」〔註83〕。陳寅恪則進一步指出「元和體詩」應分兩類，其一爲上述之「次韻相酬之長篇排律」，此外還包括元、白「杯酒光景間之小碎篇章」，亦涵蓋彼等之「豔體詩」。〔註84〕自來「元和體」聚訟紛紛，未有確論，本書亦不擬岔開討論。無論如何，政治風氣轉變，文風隨之共舞。白居易稱「詩到元和體變新」〔註85〕，李肇（約813前後在世）則指出後進向元和詩人的多樣化審美學習，體現當時詩壇各具新變之特色：「元和已後，爲文筆則學奇詭於韓愈，學苦澀於樊宗師，歌行則學流蕩於張籍，詩章則學矯激於孟郊，寫淺切於白居易，學淫靡於元稹，俱名爲『元和體』」，並以一「怪」字目之。〔註86〕

元和時期的大環境底下，文風明顯變易。羅宗強則從另一層面指出「貞元末至元和年間，出現了一種改革朝政、渴望中興的思潮。在這樣的背景上，出現了唐文學的第二次繁榮。文壇充滿革新精神。

〔註80〕《新唐書》：「稹尤長於詩，與白居易名相埒，天下傳諷，號『元和體』，往往播樂府。」參見《新唐書》，卷一百七十四，《元稹列傳第九十九》，頁5228；又《滄浪詩話》：「元和體：元白諸公」。參見〔宋〕嚴羽著，郭紹虞校釋：《滄浪詩話校釋・詩體》，北京：人民文學出版社，2005年，頁53。

〔註81〕《唐國史補》：「元和已後，爲文筆則學奇詭於韓愈，學苦澀於樊宗師。歌行則學流蕩於張籍。詩章則學矯激於孟郊，學淺切於白居易，學淫靡於元稹。俱名爲『元和體』。」參見〔唐〕李肇：《唐國史補》卷下，《唐五代筆記小説大觀》上冊，頁194。

〔註82〕〔清〕馮班：《鈍吟雜錄》，卷五，《嚴氏糾謬》：「然當時（元和、長慶）以和韻長篇爲元和體。《文淵閣四庫全書》第886冊，上海：上海古籍出版社，2003年，頁554。

〔註83〕〔唐〕元稹：《元稹集》，卷五一，《白氏長慶集序》，北京：中華書局，2000年，頁555。

〔註84〕陳寅恪：《元白詩箋證稿・元和體詩》》，頁347。

〔註85〕〔唐〕白居易：《餘思未盡加爲六韻重寄微之》，朱金城箋注：《白居易集箋校》，卷第二十三，頁1532。

〔註86〕〔唐〕李肇：《唐國史補》卷下，《唐五代筆記小説大觀》上冊，頁194。

這種革新精神也充分反映在文學思想上。」〔註87〕散文方面有韓愈等推動的「古文運動」，主張文以明道；而詩歌方面則是美刺政教內涵得到充分與高度之發展。詩文兩者均在不同程度上主張「復古」與「通變」之改革。

羅宗強又進一步提出該時期之詩歌思想呈雙軌發展，一是「從反綺豔走向風骨，然後復歸於綺豔清麗」，另一則是從「反綺豔走向寫實，並進一步發展到「以諷喻說表現出來的工具論」，而詩歌思想發展至「工具論」，已是「元和年間的事了」。〔註88〕儒家詩教論再度被提倡，其主要代表為活動在憲宗元和年間之詩人，如李紳（772～846）、王建、張籍、白居易與元稹等。蔣寅指出該詩人雖生於亂世，但卻活動於漸次平和的德宗建中、貞元或順宗永貞後，他們的「心理素質終究與前輩（大曆詩人）不同」。〔註89〕與前期詩人相較，元和詩人多「反思歷史，思索前途，渴望改變現狀」，嘗試以詩文干預現實，積極努力來改變積貧積弱國勢。〔註90〕有關元和詩人，會於下兩章詳述，此暫略過。

3. 牛李黨爭

　　元和十五年（820），憲宗第三子李恒（795～824）執政，次年改號長慶，在位僅短短四年，政治上沒多大建樹，倒是肇始了一宗嚴重的宮廷朋黨之爭：「牛李黨爭」。該黨爭分兩派，其一以李德裕（787～850）為首的「李黨」，另一為牛僧儒（779～847）與李宗閔（？～846）領導之「牛黨」。兩大黨派之傾軋，肇禍於元和三年（808），上策試「賢良方正」以及「直言極諫」舉人，牛僧儒、李宗閔與李逢吉（758～835）「指陳時政之失，無所避」，宰相李吉甫（758～814），即李德裕之父「惡其言直，泣訴於上」，認為主持覆策者有私，結果裴垍（生卒年不詳）等遭免職遷謫，而牛僧儒等不得調任。〔註91〕此後即發生一連串諸如對待藩鎮割據等問題之歧爭。朝廷大臣分兩派，彼此互相攻訐，而兩派於各朝代間自有陟罰臧否。穆宗初期寵李德裕，後期偏牛黨；文宗先於大和三年（829）拜李宗閔為相，七年六月則罷之，反招李德裕為相，卻於翌年捨之，而李宗閔復登相，大和九年（835）六月貶明

〔註87〕羅宗強：《隋唐五代文學思想史‧引言》，北京：中華書局，2003年，頁3。
〔註88〕羅宗強：《隋唐五代文學思想史‧引言》，頁5。
〔註89〕蔣寅：《大曆詩人研究》，頁14。
〔註90〕蔣寅：《大曆詩人研究》，頁15。
〔註91〕〔宋〕司馬光：《資治通鑑》，卷二百三十七，《唐紀五十三》，頁7649～7650。

州刺史。〔註92〕武宗時則李派得勢，大受恩寵。該場黨爭跨越穆、敬、文、武及宣宗五朝，「自是德裕、宗閔各分朋黨，更相傾軋，垂四十年」〔註93〕。至宣宗大中三年（849），李德裕貶死崖州，黨爭方告停歇。「牛李黨爭」是一場綿長的內耗戰，消耗了朝廷重臣無窮之時間與精力，唐國勢日趨沒落，難辭其咎。

此外，好不容易才平息之藩鎮，卻於長慶年間開始蠢動。幽州、成德、魏博等河朔三鎮節度使先後被部將殺害，自立爲留後。先皇遺業，終難堅守也。

長慶四年（824），李恒病歿，葬光陵，賜號穆宗。長子李湛（809～826）繼位，爲一名十六歲無知復好玩之少年郎。李湛終日溺於嬉戲，「上遊戲無度，狎昵群小，善擊球，好手搏，⋯⋯又好深夜自撲狐狸」〔註94〕。此外，李湛「性復褊急，力士或恃恩不遜，輒配流、籍沒；宦官小過，動遭捶撻，皆怨且懼」〔註95〕，完全體現一幅少年心性。同時，李湛又疏於理政，「上遊幸無常，昵比群小，視朝月不再三，大臣罕得進見」〔註96〕。宦官王守澄（？～835）與宰相李逢吉乘隙勾結爲惡，排擠朝官。此外，該時期先後有盧龍、成德、魏博等河朔三鎮叛亂，內憂外患，國勢江河日下。李湛在位僅兩年，就不明不白地死於宦官之手，廟號敬宗。〔註97〕敬宗政治上沒什麼建樹，倒助長宦官之肆虐，此後歷朝權宦氣焰熾盛，最終於十世紀初吞噬了整個大唐皇朝。

穆宗次子李昂（809～840），廟號文宗，在權宦王守澄與楊承和（生卒年不詳）等奉立下，於寶曆二年（826）即位，年方二十。文宗初有志振衰起弊，如二年庚戌，「出宮人三千，省教坊樂工、翰林伎術冗員千二百七十人，縱五坊鷹犬，停貢纂組雕鏤、金筐寶飾床榻」〔註98〕，長安「士民相慶，喜理道之復興矣」〔註99〕。可惜文宗畢竟年少智力有限，加上性格懦弱又憂柔寡斷，

〔註92〕〔宋〕歐陽修、宋祁撰：《新唐書》，卷七，《文宗本紀第八》，頁234～236。

〔註93〕〔宋〕司馬光：《資治通鑒》，卷二百四十一，《唐紀五十七》，頁7791。

〔註94〕〔宋〕司馬光：《資治通鑒》，卷二百四十三：《唐紀五十九》，頁7851。

〔註95〕〔宋〕司馬光：《資治通鑒》，卷二百四十三，《唐紀五十九》，頁7851。

〔註96〕〔宋〕司馬光：《資治通鑒》，卷二百四十三：《唐紀五十九》，頁7842。

〔註97〕《舊唐書》：「帝方酣，入室更衣，殿上燭忽滅，劉克明等同謀害帝，即弒於室內，時年十八。」參見〔後晉〕劉昫等撰：《舊唐書》，卷十七上，《敬宗本紀第十七上》，頁522。

〔註98〕〔宋〕歐陽修、宋祁：《新唐書》，卷七，《文宗本紀第八》，頁230。

〔註99〕〔後晉〕劉昫等撰：《舊唐書》，卷十七，《文宗本紀第十七》，頁524。

有心無力，常受宮內權宦掣肘。〔註100〕與此同時，本以為可付託重任之朝廷重臣，卻熱衷於愈演愈烈，敵我分明之黨爭中。文宗居中，常不知所措，唯有徒歎「去河北賊易，去朝廷朋黨難」〔註101〕。

文宗在位十四年，國家患難不斷。宋人司馬光（1019～1086）之一段評述最能反映：「於斯之時，閹寺專權，脅君於內，弗能遠也；藩鎮阻兵，陵慢於外，弗能制也；士卒殺逐主帥，拒命自立，弗能詰也；軍旅歲興，賦斂日急，骨血縱橫於原野，杼軸空竭於里閭」。〔註102〕

4. 甘露之變與文學思潮之轉變

大和九年（835）十一月，朝廷發生了一場史稱「甘露之變」的宮廷慘劇。事緣少年皇帝聽信寵臣李訓（？～835）與鄭注（？～835），假借甘露降金吾廳事後石榴樹，恭請文宗往觀，企圖一舉伏殺諸奸小權宦。由於行動草率，結果謀事不成，反惹怒仇士良等權宦，「殺諸司吏六七百人」，「捕訓黨千餘人斬四方館，流血成渠」。宦官「肆志殺戮」，京城朝官王璠（？～835）、賈餗（？～835）以及舒元輿（？～835）等數千人均遭誅殺，甚連宰相王涯（？～835）亦落得滿門抄斬。此後朝廷大權由北司之宦官把持，南司廢置，皇帝也落得近乎軟禁之境。〔註103〕文宗除權宦不成，反助長其氣焰，「仇士良等各進階遷官有差。自是天下事皆決於北司，宰相行文書而已。宦官氣益盛，迫脅天子，下視宰相，陵暴朝士如草芥」〔註104〕。宦官如斯猖獗，為中國歷史上空前之事。

文宗於此慘變後再度顯示其懦弱性格，權宦心知皇上參與圍剿，均「怨憤，出不遜語」，「上慚懼不復言」〔註105〕，徒泣下沾襟，自悲「受制於家奴」

〔註100〕《資治通鑑》：「上（文宗）患宦者強盛，憲宗、敬宗弒之黨猶有在左右者；中尉王守澄尤專橫。招權納賄，上不能制。」參見〔宋〕司馬光，〔元〕胡三省音注：《資治通鑑》，卷二百四十四，《唐紀六十》，頁7871～7872。

〔註101〕〔宋〕司馬光：《資治通鑑》，卷二百四十五，《唐紀六十一》，頁7899。

〔註102〕〔宋〕司馬光：《資治通鑑》，卷二百四十四，《唐紀六十》，頁7880～7881。

〔註103〕事詳於 1.〔宋〕歐陽修、宋祁：《新唐書》，卷一百七十九，《李訓列傳第一百四》，頁5312。；2.〔宋〕司馬光，〔元〕胡三省音注：《資治通鑑》，卷二百四十五，《唐紀六十一》，頁7910～7912。

〔註104〕〔宋〕司馬光：《資治通鑑》，卷二百四十五，《唐紀六十一》，頁7919。

〔註105〕〔宋〕司馬光：《資治通鑑》，卷二百四十五，《唐紀六十一》，頁7910～7912。或「帝懼，俛不語」。參見〔宋〕歐陽修、宋祁：《新唐書》，卷一百七十九，《李訓列傳第一百四》，頁5312。

〔註106〕。史載該位原具大志之帝，遭此非常巨變後，「居常忽忽不懌，每遊燕，雖倡樂雜沓，未嘗歡，顏慘不展，往往瞑目獨語，或裴回眺望，賦詩以見情，自是感疢，至棄天下云」〔註107〕。如此精神恍惚地渡過四、五年時光，於開成五年（840）正月，文宗憂鬱而終，享年僅三十三。〔註108〕

　　研究者指出「甘露之變」非但影響政治，亦牽制文風。晚唐士人經此恐怖巨變後，元和時期積極用世之心頓消，改以「全身遠禍的心態所代替」〔註109〕，當中以大詩人白居易爲典型例子。白居易早年，即元和初年，通過詩文如《新樂府》五十首等來積極規諷勸諫。後於元和十年，因越權事件貶江州司馬，入世之心逐冷，美刺政教詩大減。「甘露之變」時，白居易任太子傅，分司洛陽。詩人雖遠離巨變中心，可詩歌依然體現其避禍心理。白居易《詠史》：「秦磨利刀斬李斯，氣燒沸鼎烹酈其。……去者逍遙來者死，乃知禍福非天爲」〔註110〕，詩人借史來喻今，〔註111〕認爲該場災難是人禍也。又《九年十一月二十日感事而作》一詩曰：「禍福茫茫不可期，大都早退似先知」〔註112〕，詩句中已明顯暗示了詩人帶有見機引退，明哲保身之意。

　　「甘露之變」引致的避禍心理扭轉了元和初積極改革社會之精神。論者視「甘露之變」爲「中晚唐政治與文學的交會點」〔註113〕，此後的詩歌即眞正宣告步入晚唐穠纖詩風。筆桿無法與槍桿對抗，殘酷的政治魔爪底下之文弱書生，唯一的選擇只有退避免禍。此爲「無奈」之舉？抑爲「識時務」邪？我們不去追究，政治變化影響文學創作，卻是無法否認之事實。

小結

　　政治上，唐經開元、天寶盛世，安史之亂後轉衰。元和年間復盛，然而

〔註106〕〔宋〕司馬光：《資治通鑒》，卷二百四十六，《唐紀六十二》，頁7942。

〔註107〕〔宋〕歐陽修、宋祁：《新唐書》，卷一百七十九，《李訓列傳第一百四》，頁5314。

〔註108〕〔後晉〕劉昫等撰：《舊唐書》，卷十七下，《文宗本紀第十七下》，頁579。

〔註109〕胡可先：《中唐政治與文學——以永貞革新爲研究中心》，頁148。

〔註110〕〔唐〕白居易：《詠史》，朱金城箋注：《白居易集箋校》，卷三十，頁2082。

〔註111〕〔唐〕白居易：《詠史》底下箋曰：「此詩蓋爲大和九年十一月甘露之變而作。」參見朱金城箋注：《白居易集箋校》，卷三十，頁2082。

〔註112〕〔唐〕白居易：《九年十一月二十日感事而作》，朱金城箋注：《白居易集箋校》，卷三十二，頁2230。

〔註113〕胡可先：《中唐政治與文學——以永貞革新爲研究中心》，頁141。

維持不久，國勢就急轉直下，一蹶不振至百年後之滅朝。觀中國政治，興極而衰，衰後轉盛，興衰互轉，似乎是一道永恆的規律。中唐文學卻遵循「變」之定律。由天寶至元和整百年間之文學衍化，大抵可以李肇在《唐國史補》裏的一段話來歸納：「天寶之風尚黨，大曆之風尚浮，貞元之風尚蕩，元和之風尚怪也」〔註114〕。姑不究「黨、浮、蕩、怪」之實質內涵，僅從該四階段各具文學特色之層面來說，揭示了彼此相對於前後者均爲一項「革新」或「新變」。明人許學夷即說得好，「詩道興衰，與國運相若。……今人讀史傳必明於治亂、讀古詩則昧於興衰者，實以未嘗講究故也」〔註115〕，詩之變易深受政治變化所制約。講究新變之中唐文學思潮，到底革新了什麼？何者延續傳統，保持不變？從唐詩人復古詩教之角度來尋繹，中唐詩人堅持了傳統詩教「思無邪」的本質精神，而創作方面則分兩式，其一爲延續傳統委婉美刺政教，另一卻革新傳統表現手法與領域。

　　中唐詩僧皎然（720？～？），頗能體察當時的文學通變，深切指出「作者須知復、變之道，反古曰復，不滯曰變。若唯復不變，則陷於相似之格，其狀如驚驥同廄，非造父不能辨。能知復、變之手，亦詩人之造父也。……在儒爲權，在文爲變，在道爲方便。後輩若乏天機，強效復古，反令思擾神沮，……」〔註116〕。唐詩人不滿足於沿襲傳統詩教，承傳中有通變，形成「復變」之特色，本書第二與第三章已觸及，接下來的幾章將會再闡述。至於「文學常變」與「儒家權道」之理，前兩章已略有敘述，且會在第七章再詳細探討。

第二節　中唐的儒學復興與文學革新

　　前節論及中唐的社會變革與文學思潮。該變革之社會底下，產生了不少受儒家思想影響，或提倡儒學的文學作品。中唐的儒學復興，部分體現於文學創作中，如詩歌蘊含美刺政教。職是之故，從中唐文學作品裏承載之內容，可資以體認當時之儒學，所以要掌握該時期之儒家思想，脫離不了對文學作品之討論。據此，中唐社會變革、儒學復興與文學革新，三者互相滲透，交叉影響，彼此關係密不可分。

〔註114〕〔唐〕李肇：《唐國史補》卷下，《唐五代筆記小說大觀》上冊，頁194。

〔註115〕〔明〕許學夷：《詩源辯體》卷三十四，頁328。

〔註116〕〔唐〕皎然著，李壯鷹校注：《詩式》，卷五，《有事無事情格俱下第五格・復古變通體》，北京：人民文學出版社，2003年，頁330。

一、安史之亂前的儒學與文學

唐開國至安史之亂，近一百九十年間的儒家思潮起伏不定，主要受到執政者的態度，以及釋、道兩教之制約影響。

1. 高祖與太宗的儒學發展盛況

唐初高祖與太宗不只延續隋的典章制度，也接受了隋帝推動儒學之主張。隋文帝與煬帝雖爲歷史上著名的佛教大護法，但在推動儒學方面亦有貢獻。隋人王通的「三教可一」觀，不似隋前支持儒學者全面排斥異教，反嘗試援釋、道入儒，該創舉爲處於三教夾雜中的唐人，提供很好的參照。

儘管有不少典籍記述唐開國皇帝爲政治理由而崇信道教，睿智的唐高祖及太宗，深諳儒學具「可以正君臣，明賤貴，美教化，移風俗」〔註117〕之能，對治道有助益，所以太宗一方面雖敕道家始祖老子爲「太上玄元皇帝」，親注《道德經》，但開國之後即不遺餘力地刻意推動儒學。

唐高祖崇儒的行動，以高抬儒家始祖之地位作爲起點。武德二年（619），高祖手詔「……宜令有司於國子學立周公、孔子廟各一所，四時致祭。」〔註118〕此外，太宗亦於貞觀二年（628），詔命「以周公爲先聖，始立孔子廟堂於國學，稽式舊典，以仲尼爲先聖，顏子爲先師，而籩豆干戚之容，始備於茲矣。……國學增築學舍四百餘間，國子、太學、四門、廣文亦增置生員，其書、算各置博士、學生，以備眾藝。」〔註119〕貞觀十四年（640），太宗又進一步下詔「梁皇侃、褚仲都……等二十有一人，並用其書，垂於國胄。既行其道，理合褒崇，自今有事於太學，可配享尼父廟堂」〔註120〕。由此可見太宗坐言起行，積極地推動儒學。

太宗爲秦王時，即在秦府中開設文學館，廣招天下文士。待踐阼後，更用心學習及推展儒學。「又於正殿之右，置弘文學館，精選天下文儒之士虞世南、褚亮、姚思廉等，各以本官兼署學士，令更日宿值。聽朝之暇，引入內

〔註117〕〔後晉〕劉昫等撰：《舊唐書》，卷一百八十九上，《儒學列傳第一百三十九上》，北京：中華書局，2002 年，頁 4939。

〔註118〕〔後晉〕劉昫等撰：《舊唐書》，卷一百八十九上，《儒學列傳第一百三十九上》，頁 4940。

〔註119〕〔唐〕吳兢著，謝保成集校：《貞觀政要集校》，卷七，《崇儒學第二十七》，北京：中華書局，2003 年，頁 376。

〔註120〕〔唐〕吳兢著，謝保成集校：《貞觀政要集校》，卷七，《崇儒學第二十七》，頁 379。

殿，講經議論，商略政事或至夜分乃罷。」〔註121〕太宗崇儒，可從其修訂儒家典籍之努力窺探。貞觀四年（630），太宗命孔穎達修訂《五經正義》，並欽定爲明經科考試之唯一據本。「欽定」即表示取得了正統的話語，於思想領域中具權威地位，自然壓倒道、釋兩個競爭對手，並造成社會趨儒與崇儒之熱潮。然而該經典的修訂，對唐儒學帶來負面發展，這些均已詳述於論文第二章第一節，此不贅述。

　　初唐貞觀時期，儒學發展盛況非凡。史載：「四方儒生負書而至者，蓋以千數。俄而吐蕃及高昌、高麗、新羅等諸夷酋長，亦遣子弟請入於學。於是國學之內，鼓篋升講筵者，幾至萬人，儒學之盛，古昔未有也」〔註122〕。可惜執政者的目的僅在於透過《五經正義》來統一儒家思想，專注於經文之注解與義疏，缺乏探討並深化儒學的哲思層次。論者據此質疑該盛況是虛浮表相，非內涵之眞正興盛，這點可從有唐一代未留後世任何一部儒學研究著作獲得證明。無論如何，太宗曾自稱：「……朕所好者唯堯、舜、周、孔之道，以爲如鳥有翼，如魚有水，失之者死，不可暫無耳。」〔註123〕該論明顯誇飾，不過倒也說明了太宗崇儒之事實。姑不論其背後動機，以及未探討儒學義理之弊，太宗貞觀君臣上下一致崇儒，是歷史上公認爲唐朝儒學發展之繁盛期。

2. 高宗、中宗與武后時期之薄儒

　　至於高宗、中宗、武后至玄宗登基前，時勢基本承平，執政者無需靠儒學來鞏固皇權，所以儒學在該時期之發展亦不比初唐兩皇帝，甚至反遭鄙薄。史書曾如斯記載高宗之薄儒：「高宗嗣位，政教漸衰，薄於儒術，尤重文史。……準貞觀舊事，祭酒孔穎達等赴上日，皆講五經題。至是，諸王與駙馬赴上，唯判祥瑞按三道而已。至於博士、助教、唯有學官之名，多非儒雅之實。……因是生徒不復以經學爲意，唯苟希僥倖。二十年間，學校頓時毀廢矣。」〔註124〕可見當時儒學發展之式微。高宗佞佛通道，執政三十餘

〔註121〕〔後晉〕劉昫等撰：《舊唐書》，卷一百八十九上，《儒學列傳第一百三十九上》，頁4941。

〔註122〕〔唐〕吳兢著，謝保成集校：《貞觀政要集校》，卷七，《崇儒學第二十七》，頁376～377。

〔註123〕〔宋〕司馬光：《資治通鑒》，卷一百九十二，《唐紀八》，北京：中華書局，2005年，頁6054。

〔註124〕〔後晉〕劉昫等撰：《舊唐書》，卷一百八十九上，《儒學列傳第一百三十九上》，頁4942。

年，不斷譯釋佛經，寺廟亦不停地增蓋，老子與一些道教經籍屢被提升爲經典。

武后篡政時，儒學的推廣與研究基本上亦未獲得多大的進展。天授元年（690），東魏國寺的和尚法明等進獻了四卷《大雲經》，經中說「太后乃彌勒佛下生，當代唐爲閻浮提主」〔註125〕。此明顯爲謬說，可恰給武后的謀篡找到合理之根據，太后欣然地將它頒佈天下。此外，太后詔命兩京與各州修建大雲寺，「藏《大雲經》，使僧升高座講解」，同時厚賜撰經者「其撰疏僧雲宣等九人皆賜爵縣公，仍賜紫袈裟、銀龜袋」。〔註126〕

武后佞佛，已達勞民傷財之地。天冊萬歲元年（695）落成明堂後，太后即在其北面構築天堂，目的爲儲藏一座用紵麻布夾縫製作之大佛像。天堂初造時，常被大風摧毀，爲了重造，結果「日役萬人，採木江嶺，數年之間，所費以萬億計，府藏爲之耗竭」〔註127〕。此外，太后亦常不惜耗鉅資作佛教法會，「每作無遮會，用錢萬緡；士女雲集，又散錢十車」〔註128〕。

天授二年（691），武后於《釋教在道法之上制》中明確指出「自今已後，釋教宜在道法之上，緇服處黃冠之前」〔註129〕。此舉爲續高宗之後，唐掌權者再度爲三教進行排位。武德八年（625），高宗曾下詔議論三教次序，結果論定老先、次孔，而佛教居末。如今佛教卻反推前，可見武后極度佞佛，同時該手詔也顯示儒學於武后掌權時之地位。

高宗通道，武后奉佛，初唐自太宗後儒學一度趨式微。雖然高宗與武后非全然不關懷儒學，如高宗即位十六年後，於乾封元年春（666）至山東曲阜，「贈孔子太師，以少牢致祭」〔註130〕。此徒爲高宗朝罕有之政治形式的關懷，無助於初唐的儒學發展，反倒是封賞孔子後沒隔幾日，高宗「至亳州，謁老君廟，上尊號曰太上玄元皇帝」〔註131〕，兩教的差別待遇，體現皇上之眞心所欲。

〔註125〕〔宋〕司馬光：《資治通鑒》，卷第二百四，《唐紀二十》頁6466。
〔註126〕〔宋〕司馬光：《資治通鑒》，卷二百四，《唐紀二十》，頁6469。
〔註127〕〔宋〕司馬光：《資治通鑒》，卷二百五，《唐紀二十》，頁6498。
〔註128〕〔宋〕司馬光：《資治通鑒》，卷二百五，《唐紀二十》，頁6498。
〔註129〕〔宋〕宋敏求編：《唐大詔令集》，卷一百十三，北京：商務印書館，1959年，頁587。
〔註130〕〔宋〕司馬光：《資治通鑒》，卷二百五，《唐紀十七》，頁6347。
〔註131〕〔宋〕司馬光：《資治通鑒》，卷二百五，《唐紀十七》，頁6347。

太宗之後至玄宗登基之前，近六十年之儒學衰微情狀，可從中宗掌政時期發生的三件事窺探得更清楚，首先從中央教育談起。歷朝之「中央官學」，是國家最頂尖的教育中心，它不但爲國家儲培未來領導幹才，同時肩負承傳儒學要務。景龍四年（710），中宗竟頒佈這麼一道《集學生制》：「去歲京畿不稔，倉廩未實，爰命樂群，暫停課藝，遂令子音罔嗣，吾道空歸，居無濟濟之業，行有憧憧之歎。雖日月以冀，而歲時迭往。」〔註132〕堂堂一個全國最高學府，竟然爲了一時歉收之小理由而遭擱辦，該未經深思之舉，體現出執政者是多麼地忽略教育與輕視儒學。

景龍二年（708）夏，中宗下令設置修文館大學士四員，直學士八員，學士十二員，此表面似乎爲崇文推儒之舉。然而「（中宗）每遊幸禁苑，或宗戚宴集，學士無不畢從，賦詩屬和」，各學士爭相獻詩後，中宗讓得寵的上官婉兒（664～710）品評第次，優者獲御賜金帛，「於是天下靡然爭以文華相尙，儒學忠謹之士莫得進矣。」〔註133〕所謂善爲文之諸學士如李嶠（645？～714？）等，在皇帝心目中，原來竟淪爲陪酒賦詩，奉和屬唱之高等御用伶人，儒學之地位可見一斑。

此外，更叫人難過之事發生於景雲元年（710）。中宗宴請近臣，「素以儒學著名」之國子祭酒祝欽明（生卒年不詳），竟「自請作《八風舞》，搖頭轉目，備諸醜態。」吏部侍郎盧藏用（？～714）於事後譴責：「祝公《五經》掃地盡矣！」〔註134〕寥寥數言，即生動，復貼切地描繪出當時儒學之困境矣。

3. 玄宗積極推展儒學

相較於前代幾位皇帝，玄宗對儒學之推展則積極得多。開元二十七年（739），玄宗追諡孔子，由「孔宣父」升格爲「文宣王」，誥制開篇即指出「弘我王化，在乎儒術」，認爲孔子之偉大在於「能立天下之大本，成天下之大經，美政教，移風俗，君君臣臣，父父子子，人到於今受其賜。」〔註135〕玄宗高抬孔子爲「王」之舉，充分顯示皇帝實際地推展儒學，並藉此推動民間習儒之風。睿智的執政者掌握所謂「上行下效」效應，同時更瞭解儒學對維護與鞏固政權之必要性。玄宗崇儒，可從以下幾件具體實例體現。

〔註132〕〔宋〕宋敏求編：《唐大詔令集》，卷一百五，頁538。
〔註133〕〔宋〕司馬光：《資治通鑑》，卷二百九，《唐紀二十五》，頁6622。
〔註134〕〔宋〕司馬光：《資治通鑑》，卷第二百九，《唐紀二十五》，頁6641。
〔註135〕〔後晉〕劉昫等撰：《舊唐書》，卷二十四，《志第四·禮儀四》，頁920。

　　玄宗在東宮時，即「留意經籍」〔註136〕。登基後於開元十四年（726），皇帝發佈《求儒學詔》，徵求天下博學之儒士。玄宗興學與廣徵賢才諸舉，不排除隱含政治動機，可是居上者推廣儒學之用心，應該獲得肯定。

　　開元三年（715）冬，玄宗以身作則，遴選「耆儒博學」如馬懷素（659～718）與褚無量（645～719）等充任侍讀。〔註137〕開元十年（722），玄宗親注儒家要典《孝經》，並頒佈天下。〔註138〕三年後，皇上親臨山東曲阜孔子故居，設奠祭拜。〔註139〕此外，開元二十六年（738），詔令諸州鄉貢的明經進士，「就國子監謁先師。」〔註140〕

　　雖然玄宗的表面是多麼努力地推展儒學，要瞭解的是事實上玄宗的中心思想，未必盡然歸屬儒家。開元二十一年（733），玄宗制令士庶家必藏一本《老子》，且於科舉中加試《老子》策。〔註141〕天寶元年（742），上封莊子（生卒年不詳）、文子（生卒年不詳）、列子（生卒年不詳）及庚桑子（生卒年不詳）爲「眞人」，並推四子之書爲「經」。〔註142〕翌年，玄宗更追尊老子爲「大聖祖玄元皇帝」。〔註143〕天寶十三載（754），玄宗向天下頒佈《御注老子》並《義疏》。〔註144〕唐人崇信儒、釋、道，歷屆唐帝多體現三教合一之現象，玄宗亦不例外。縱觀玄宗尚道與崇信神仙方術之事蹟，幾乎集中發生於其執政後期。開元二十四年（736），「尚直」之賢相張九齡遭譖被逐，李林甫掌相權後，即是開元盛世轉衰之開始。〔註145〕我們是否可以據之稱「行儒」讓政權鞏固，「溺道」反讓帝國崩解？也許彼此不具必然性，但看來又非「巧合」一語可以帶過，似乎個中自有其內在聯繫。無論如何，該問題涉及廣泛複雜，且與本書的議題沒多大關係，權且擱下。

　　唐玄宗的努力，讓唐人看到了儒學中興之希望。眼看唐朝儒學將由衰趨

〔註136〕〔後晉〕劉昫等撰：《舊唐書》，卷一百九十上，《文苑列傳第一百四十中》劉憲條下，頁5016。
〔註137〕〔後晉〕劉昫等撰：《舊唐書》，卷八，《玄宗本紀第八上》，頁175。
〔註138〕〔後晉〕劉昫等撰：《舊唐書》，卷八，《玄宗本紀第八上》，頁183。
〔註139〕〔後晉〕劉昫等撰：《舊唐書》，卷八，《玄宗本紀第八上》，頁189。
〔註140〕〔後晉〕劉昫等撰：《舊唐書》，卷八，《玄宗本紀第八上》，頁209。
〔註141〕〔後晉〕劉昫等撰：《舊唐書》，卷八，《玄宗本紀第八上》，頁199。
〔註142〕〔後晉〕劉昫等撰：《舊唐書》，卷八，《玄宗本紀第八上》，頁215。
〔註143〕〔後晉〕劉昫等撰：《舊唐書》，卷八，《玄宗本紀第八上》，頁216。
〔註144〕〔後晉〕劉昫等撰：《舊唐書》，卷八，《玄宗本紀第八上》，頁230。
〔註145〕〔宋〕司馬光：《資治通鑒》，卷二百一十四，《唐紀三十》，頁6825。

盛，一度如初唐貞觀時期般興盛發展。可惜天寶十四載（755），一場驚天動地的安史之亂，將該曙光給撲滅了。

二、中唐的儒學與文學

　　安史之亂摧毀了儒學之復興，但也有研究者倒果為因，指出唐國勢之所以突崩潰於輝煌，儒道不行是其中肇因。高宗以下諸帝，如上揭雖不同程度上通道奉佛，但興學、重儒生、祭孔等崇儒功夫還是未全給擱下。三教鼎立中，儒家雖未居冠，但亦未曾退居末席，崇儒行儒無日不在進行著。那麼該如何解釋儒道不施之責呢？其實指向儒學義理研究之匱乏。明經考試之「帖經」，「專考記誦，而不求其義」〔註146〕，為了敲開科舉大門，儒生唯有徒背誦經文，不深究儒學精義。如此長期固步自封下，缺乏與時並進的儒學，成了僵化之死學說。該問題除前述之學術一統的《五經正義》肇成外，另一癥結就出在明經科考試之制度上。

　　天寶年間，右拾遺楊綰（？～777）即深切地指出：

> 至高宗朝，劉思立為考功員外郎，又奏進士加雜文，明經加帖經，從此積弊寖而成俗，幼能就學，皆誦當代之詩；長而博文，不越諸家之集，遞相黨與，用致虛聲。六經則未嘗開卷，三史則皆同掛壁，況復徵以孔、孟之道，責其君子之儒者哉！〔註147〕

試想長期如斯造就了一批又一批，未嘗開卷窮究經義之所謂明經之士，積弊成俗，儒學豈能不衰微！

　　開元二十一年（733），明經第出身之賈至（718～772），本身卻具體痛斥該流弊：

> 今試學者以帖字為精通，而不窮旨意，豈能知遷怒二過之道乎？考文者以聲病為是非，而惟擇浮艷，豈能知移風易俗、化成天下之事乎？是以上失其源，而下襲其流。乘流波蕩，不知所止，先王之道，莫能行也。夫先王之道消，則小人之道長，小人之道長，則亂臣賊子由是生焉。臣弒其君，子弒其父，非一朝一夕之故，其所由

〔註146〕〔清〕皮錫瑞著，周予同注釋：《經學歷史》，北京：中華書局，2004年，頁149。

〔註147〕〔唐〕楊綰：《條奏貢舉疏》，〔清〕董誥等編：《全唐文》，卷三三一，北京：中華書局，2001年，頁3357。

來漸矣。漸者何？謂忠信之陵頹，恥尚之失所，末學之馳騁，儒道
之不舉，四者皆由取士之失也。〔註148〕

論者指出考試制度之失當，導致儒學式微，頻現不忠事件，由此動搖維繫國家社會秩序之綱常，亂臣孽子蠢動，後果則導致大唐帝國崩潰。賈至雖歸納取士之失有四，最末之「儒道之不舉」，實乃釀造一切惡果之禍端也。

凡一個思潮之興起，必有其無法割切的遠近因。中唐儒家思想之復興，非始自天寶或安史之亂，更非一般認爲韓、柳領導之古文運動首啓其風。早於初唐一批史家與政治家、初唐四傑以及陳子昂等即透過改革文風之倡議，已爲中唐的儒學復興提供必要的養分。關於彼等之言論，已於本書第二章討論過，茲不贅述。

「尚文」之盛唐賢相張說（667～731），續承陳子昂之文學觀，認爲文章務必要抒情與載道並重，「吟詠性情，記述事業，潤色王道，發揮聖門」〔註149〕。關於文章具抒情本質說，經南朝陸機之提倡，初、盛唐時已爲文人普遍之共識。至於文以載道說，中唐前雖不排斥此調，卻一直要待至古文運動成功落實後，才廣爲文士所接納。

開元十三年（725），張說任麗正殿學士時，曾獻詩：「東壁圖書府，西垣翰墨林，諷《詩》關國體，講《易》見天心」。玄宗閱後，讚賞之「……風雅之道，斯焉可觀」。〔註150〕此外，張說在給中宗時期的文壇領袖上官婉兒之文集寫序時，讚揚她能讓中宗停息征戰，廢棄遊樂，促使「雅頌之盛，與三代同風」〔註151〕。前者證明了玄宗的重道崇儒，而兩實例則體現張說對傳統詩教之接受。除此之外，張說亦曾向徐堅讚美集賢學士閻朝隱之文章，「麗色靚妝，衣之綺繡，燕歌趙舞，觀者忘憂。」然而他接下來其指出「然類之《風雅》，則爲罪矣」〔註152〕。張說之文學評論，體現其文學主張。至於怎樣的文章才屬有益政教，要如何推動既抒情又載道之文章等，張說均未具體說明。

〔註148〕〔唐〕賈至：《議楊綰條奏貢舉疏》，〔清〕董誥等編：《全唐文》，卷三六八，頁3735。

〔註149〕〔唐〕張說：《黃門侍郎盧思道碑》，〔清〕董誥等編：《全唐文》，卷二二七，頁2291。

〔註150〕〔唐〕劉肅：《大唐新語》，卷八，《唐五代筆記小說大觀》上冊，上海：上海古籍出版社，2000年，頁292。

〔註151〕〔唐〕張說：《唐昭容上官氏文集序》，〔清〕董誥等編：《全唐文》，卷二二五，頁2274。

〔註152〕〔唐〕劉肅：《大唐新語》，卷八，《唐五代筆記小說大觀》上冊，頁292。

可位高權重如張說者之鼓吹，多少也激勵並促進了當時儒學之復興，正如張九齡於張說的墓誌如斯讚譽，「乃未知宗匠所作，王霸盡在。及公大用，激昂後來，天將以公爲木鐸矣」〔註153〕。

1. 中唐儒學復興之直接先驅者

天寶至大曆年間，先後湧先了一批支持儒學復興之文士，諸如李華（715？～774）、蕭穎士（717？～760）、賈至（718～772）、獨孤及（725～777）、元結（719～772），以及稍後的梁肅（753～793）與柳冕（730？～804？）等，這些文士或多或少與中唐兩大文學兼儒學復興運動：「古文運動」及「新樂府運動」有繼承關係，本書歸屬他們爲中唐儒學復興的直接先驅者。

盛唐晚期名士李華與蕭穎士，彼此的活動時期相當。他們崇尚古體，反對駢偶，並強調爲文要有政教致用之內容。李華於崔沔（673～739）的文集序言裏開章明義曰：

> 文章本乎作者，而哀樂繫乎時。本乎作者，六經之志也；繫乎作者，樂文、武而哀幽、厲也。立身揚名，有國有家，化人成俗，安危存亡，於是乎觀之。……屈平、宋玉哀而傷，靡而不返，六經之道遁矣。〔註154〕

作者認爲文章不能僅沉溺於個人不幸或情感哀傷的宣洩，如屈、宋等過於哀痛之表現，已導致經道喪失。作者主張文章要有益乎政教，具「化人成俗，安危存亡」之實質功能，此深爲儒家用世文學觀指導下的不二言論。獨孤及則進一步於李華的文集序言裏指出作者之審美取向。

> 公之作本乎王道，大抵以五經爲泉源，抒情性以託諷，然後有歌詠。美教化，獻箴諫，然後有賦頌。懸權衡以辯天下公是非，然後有議論。至若記序編錄銘鼎刻石之作，必采其行事以正褒貶。非夫子之旨不書，故風雅之指歸，刑政之本根，忠孝之大倫，皆見於詞。〔註155〕

獨孤及指出李華的創作以五經爲泉源，作品具「託諷、教化、箴諫、辯是非

〔註153〕〔唐〕張九齡：《故開府儀同三司行尚書左丞相燕國公贈太師張公墓誌銘並序》，〔清〕董誥等編：《全唐文》，卷二九二，頁2965。

〔註154〕〔唐〕李華：《贈禮部尚書清河孝公崔沔集序》，〔清〕董誥等編：《全唐文》，卷三一五，頁3196。

〔註155〕〔唐〕獨孤及：《檢校尚書吏部員外郎趙郡李公中集序》，〔清〕董誥等編：《全唐文》，卷三八八，頁3946。

與褒貶」等功效，深與傳統詩教主旨相契，可被視爲不折不扣的「詩教復古」論。此外，該「非夫子之旨不書」句，更爲李華烙上中唐儒家傳人之印記。李華將文章內容意識高置於個人情感之抒發，揭示了文學觀念由張說至李華，有了新變。

蕭穎士在其長篇《贈韋司業書》裏自稱是一介恪守儒道之士，「丈夫生遇昇平時，自爲文儒士，縱不能公卿坐取，助人主視聽，致俗雍熙，遺名竹帛，尙應優游道術，以名教爲己任，著一家之言，垂沮勸之益。」〔註156〕據此，蕭穎士認爲侍奉君主要秉持詩教重諷喻規勸之旨，「以箴規諷譏爲事，進足以獻替明君，退足以潤色鴻業。」〔註157〕

獨孤及指出「天寶中，公（李華）與蘭陵蕭茂挺（蕭穎士）、長樂賈幼（賈至）幾勃焉復起，振中古之風，以宏文德」〔註158〕。類似之言論亦在較遲的梁肅文章中出現：

> 唐有天下幾二百載，而文章三變。初則廣漢陳子昂以風雅革浮侈，次則燕國張公說以宏茂廣波瀾，天寶已還，則李員外（李華），蕭功曹（蕭穎士），賈常侍（賈至），獨孤常州（獨孤及）比肩而出，故其道益熾。〔註159〕

總之，李華、蕭穎士、賈至及獨孤及等文觀，接續初唐陳子昂與盛唐張說，醞釀了天寶間創作道德文章的另一個高潮。此雖不至於馬上達致振衰起弊之效，不過倒對當時儒學之頹勢產生了些許阻遏作用，力挽日益敗壞之道德人心。

安史之亂後，該類論調依然延續，其中支持者有獨孤及、梁肅以及柳冕等。獨孤及指出「自典謨缺，雅頌寢，世道陵夷，文亦下衰，故作者往往先文字後比興。其風流蕩而不返，乃至有飾其詞而遺其意者」〔註160〕。論者認爲世道與文風衰微主因在於「典謨」與「雅頌」之缺席，以致於文章雕章琢

〔註156〕〔唐〕蕭穎士：《贈韋司業書》，〔清〕董誥等編：《全唐文》，卷三八八，頁3273。

〔註157〕〔唐〕蕭穎士：《贈韋司業書》，〔清〕董誥等編：《全唐文》，卷三八八，頁3273。

〔註158〕〔唐〕獨孤及：《檢校尚書吏部員外郎趙郡李公中集序》，〔清〕董誥等編：《全唐文》，卷三八八，頁3946。

〔註159〕〔唐〕梁肅：《補闕李君前集序》，〔清〕董誥等編：《全唐文》，卷五一八，頁5261。

〔註160〕〔唐〕獨孤及：《檢校尚書吏部員外郎趙郡李公中集序》，〔清〕董誥等編：《全唐文》，卷三八八，頁3945～3946。

句過於內容的比興政教。換言之，論者認爲好的創作不該只在字面上做功夫，更要蘊含道德思想，才能達至作者所謂「君子修其詞，立其誠，生以比興宏道，歿以述作垂裕，此之謂不朽」〔註161〕之境地。

此外，獨孤及爲蕭穎士寫的《唐故殿中侍御史贈考功郎中蕭府君文章集錄序》中指出「（蕭穎士）嘗謂揚、馬言大而迂，屈、宋詞侈而怨，沿其流者，或文質交喪，雅鄭相奪，蓋爲之中道乎？」〔註162〕獨孤及借蕭穎士來抨擊屈原、宋玉、揚雄及司馬相如等空具華麗文詞，卻沒實質有益之內容。我們不爭論其評述之是非，僅從該批評標準，窺探批評者是頗堅守傳統儒家的文學觀。

梁肅據此美譽獨孤及：「天寶中作者數人，頗節之以禮。泊公爲之，於是操道德爲根本，總禮樂爲冠帶，以《易》之精義，《詩》之雅興，《春秋》之褒貶，屬之於辭，故其文寬而簡，直而婉，辯而不華，博厚而高明，論人無虛美，比事爲實錄，天下凜然，復睹兩漢之遺風」〔註163〕。獨孤及之文是否如其讚譽，有待保留，然而其文章「操道德爲根本」，卻是毫無疑義的。

《禮記・樂記》：「聲音之道與政通」〔註164〕，而梁肅本之，「文章之道，與政通矣」，並進一步認爲「世教之污崇，人風之厚薄，與立言立事者，邪正臧否皆在焉」〔註165〕，論者毫不猶豫地高抬文章對世風教化與人情風俗之影響。梁肅具體指出文章的功效在於「上所以發揚道德，正性命之紀；次所以財成典禮，厚人倫之義；又其次所以昭顯義類，立天下之中」〔註166〕。如斯飽滿道德教化之論調，爲傳統儒家文學觀不折不扣之再版，「復古文學論」於中唐前期復現矣。

〔註161〕〔唐〕獨孤及：《唐故殿中侍御史贈考功郎中蕭府君文章集錄序》，〔清〕董誥等編：《全唐文》，卷三八八，頁 3941。

〔註162〕〔唐〕獨孤及：《唐故殿中侍御史贈考功郎中蕭府君文章集錄序》，〔清〕董誥等編：《全唐文》，卷三八八，頁 3941。

〔註163〕〔唐〕梁肅：《常州刺史獨孤及集後序》，〔清〕董誥等編：《全唐文》，卷五一八，頁 5260。

〔註164〕〔唐〕孔穎達：《禮記正義》，卷三十七，《樂記第十九》，北京：北京大學出版社，1999 年，頁 1077。

〔註165〕〔唐〕梁肅：《秘書監包府君集序》，〔清〕董誥等編：《全唐文》，卷五一八，頁 5259。

〔註166〕〔唐〕梁肅：《補缺李君前集序》，〔清〕董誥等編：《全唐文》，卷五一八，頁 5261。

　　相對年輕的另一位大儒柳冕，則把「宗經明道」觀念推展至另一個極致。首先，柳冕否定文章之情感表達，認爲屈原、宋玉等文章「哀而以思，流而不反，皆亡國之音也」。那該如何改革文風呢？柳冕主張「相公（謝杜）如變其文，即先變其俗，文章風俗，其弊一也。變之術，在教人心，使人日用而不自知也」，即是由改革風俗、經術與人心做起，因爲「經術尊則教化美，教化美則文章盛」。據此，柳冕總結出要「尊經術，卑文士」。〔註167〕該論嘗試將文章、經術與人心三者聯繫起來，雖顯得表面了些，不過似乎尚有些道理。若回顧張說的抒情與載道並重之審美主張，李華以內容爲主，個人情感爲次論，柳冕則進一步否定了文章之情感表達。中唐的儒家文觀似乎另有新發展，而該發展則正好回復隋文帝時，李諤排斥文學緣情之極端審美主張去。

　　由初唐四傑、陳子昂、張說、李華再至柳冕等，雖從不同的角度來理解以及推展儒學，但彼此都深信儒像具救世之功能，其中以李華《質文論》裏的理論主張爲典型代表。作者首先在文章裏論述了前朝之頹風，然後提出改革意見：「愚以爲將求至理，始於學習經史，《左氏》、《國語》、《爾雅》、荀孟等家，輔佐五經者也。……其餘百家之說，讖緯之書，存而不用。……其或曲書常言，無裨世教，不習可也」〔註168〕。此調很容易讓人聯想起漢武帝之「獨尊儒術，罷黜百家」。總而言之，中唐儒學復興的先驅者強調唯有屏棄一切雜說，獨尊儒家經典，方爲治世不二之道。

2. 新春秋學派與中唐儒學新發展

　　《五經正義》不僅解疑釋義與統一經典文本，更逐步地僵化了士人之思維。太宗、高宗至武后前期，儒生大致尚遵循欽定之經義，然而慢慢地有些儒生開始質疑該「以帖誦爲功」的學習。唐朝的疑經思潮，從武后後期一直綿延到晚唐。當中雖有個別儒士對經典提出質疑，卻以中唐啖助、趙匡與陸質等主導的「新春秋學派」，形成一股比較強大之勢力，爲唐疑經高潮，我們可從中體察出中唐儒學復興之跡象。

　　永徽四年（653）三月，高宗將《五經正義》頒佈天下，並「每年明經令依此考試」〔註169〕。然而該思想一統之努力要不了多久，約五十年後的長安三年（703），年邁的四門博士王元感（生卒年不詳），獻奏《尚書糾謬》十卷、

<hr>

〔註167〕〔唐〕柳冕：《謝杜相公論房杜二相書》，〔清〕董誥等編：《全唐文》，卷五二七，頁5354。
〔註168〕〔唐〕李華：《質文論》，〔清〕董誥等編：《全唐文》，卷三一七，頁3213。
〔註169〕〔後晉〕劉昫等撰：《舊唐書》，卷四，《高宗本紀第四上》，頁71。

《春秋振滯》二十卷及《禮記繩愆》三十卷等，開啓了疑經的第一道雜音異調。我們不需深入探討該著內容，僅觀其書名，可知王元感主要指斥孔穎達《五經正義》之「謬」、「滯」及「愆」等失誤。在當時一片「章句之學」的籠罩下，該舉驚世駭俗，乃挑戰權威之大事。朝臣以及弘文、崇賢兩館之學士分兩派進行大論辯，結果是武后嘉許王元感「掎前達之失，究先聖之旨，是謂儒宗，不可多得」。鳳閣舍人魏知古（647～715）更高崇王元感所撰爲「信可謂五經之指南也」，可取代《五經正義》，爲天下儒生學習之圭臬。可未知何故，王元感之指謬，卻終未實行。無論如何，王元感疑經之勝利，顯示初唐的儒學一統出現了隙縫，儒生對《五經正義》的信念開始動搖。〔註170〕「權威」首遭挑戰衝擊，表面雖關學術，背後潛藏守舊派與革新派權爭之政治動機，此牽涉複雜，不擬贅述。

稍後於王元感的劉知幾（661～721），乃有唐極富批判思想的了不起史學家。劉知幾於其史學理論巨著《史通》二十卷的《惑經第四》與《申左第五》中，質疑與批評了《春秋》的一些失實。前者對《春秋》「書法」提出了「十二未諭」及前人對之的五點「虛美」，而後者主要讚揚《左傳》具三長而貶抑《公羊傳》與《穀梁傳》有五短。清人皮錫瑞強烈抨擊劉知幾「詆毀聖人，尤多狂悖」〔註171〕，該歧見背後牽涉古今文學派之爭，我們姑不辯孰是孰非。劉知幾大膽質疑《春秋》，前所未有，與王元感一起帶動了往後的疑經精神，並間接地促進了中唐儒學之復興。

玄宗時期，亦發生了一道疑經事例，這回被質疑的經典是《禮記》，主要的改革者爲國子祭酒元行沖（653～729）。事情的簡略經過是元行沖等奉敕注疏《類禮》，檢討刊削，勒成《類禮義疏》五十卷，並擬立爲官學。《類禮》是太宗因世傳《大、小戴禮記》編次紊亂，而令孫炎（生卒年不詳）及魏徵等重刪修編製。尙書左丞張說力持反對，堅守舊說，駁奏《禮記》爲「歷代傳習，已向千年，著爲經教，不可刊削」〔註172〕。元行沖感不忿，退而著《釋疑》一篇，指出要變易章句有五難，強力爲己辯護。

中唐時期，學術界崛起了一個以啖助（724～770）、趙匡（生卒年不詳）與

〔註170〕〔後晉〕劉昫等撰：《舊唐書》，卷一百八十九下，《儒學列傳第一百三十九下》，頁 4963。

〔註171〕〔清〕皮錫瑞著，周予同注釋：《經學歷史》，北京：中華書局，2004 年，頁 154。

〔註172〕〔後晉〕劉昫等撰：《舊唐書》，卷一百二，《元行沖列傳第五十二》，頁 3178。

陸質（？～805）爲推手之「新春秋學派」。該學派對後世學術，尤其是春秋學之研究，產生了深遠的影響。啖助等三者的思想理論互相補充發展，彼此據說有師承之關係〔註173〕。啖助《春秋集傳集注》與《春秋統例》，首爲學派立下綱領式的基礎，趙匡則續著《春秋闡微纂類義統》，可惜兩者之著已亡佚，唯陸質編著《春秋集傳纂例》三卷、《春秋微旨》三卷以及《春秋集傳辨疑》十卷尚存世，其論述中間夾啖助與趙匡的觀點，可藉以窺探「新春秋學派」之學說主張。

啖助等不滿時人重《左傳》、《公羊》以及《穀梁傳》等三傳而忽略《春秋》經文，他們質疑《春秋》三傳之詮釋，並客觀地摘錄三傳中可取來解經者。新春秋學派諸子未停留於破解經傳，而是進一步地靈活通變，捨棄三傳，自臆經義，另立新說。

新春秋學派的先驅啖助指出《左傳》主張孔子修《春秋》的目的在於「上以遵周公之遺制，下以明將來之法」；《公羊傳》則主「黜周王魯」；而《穀梁傳》主張「明黜陟，著勸誡，成天下之事業，定天下之邪正。」〔註174〕啖助則認爲「夫子之志，冀行道以拯生靈也」〔註175〕，而據此主張孔子的動機爲「救時之弊，革禮之薄」〔註176〕。「救時之弊」在於拯救春秋時期周室衰微、王綱廢絕、天下板蕩，以及人倫敗壞之氣；「革禮之薄」則指向變革周朝已日益衰微之禮儀制度。兩者均揭示孔子修《春秋》的目的在於撥亂反正、救時補弊與通經致用。

除此之外，啖助又指「是知《春秋》參用二帝三王之法，以夏爲本，不全守周典」，又謂「所言變從夏，政唯在立忠。」〔註177〕其意是孔子企圖以夏的忠道，去糾正周禮之弊也。其弟子趙匡則認爲「予謂《春秋》因史製經，以明王道，其指大要二端而已：興常典也，著權制也。」〔註178〕其認爲未必

〔註173〕〔新唐書〕：「（啖）助門人趙匡、陸質，其高第也。」參見〔宋〕歐陽修、宋祁：《新唐書》，卷二百，《啖助列傳第一百二十五儒學下》，頁5706。

〔註174〕〔唐〕陸質：《春秋集傳纂例》，卷一，《趙氏損益義第五》，《文淵閣四庫全書》，第146冊，上海：上海古籍出版社，2003年，頁379。

〔註175〕〔唐〕陸質：《春秋集傳纂例》，卷一，《趙氏損益義第五》，《文淵閣四庫全書》，第146冊，頁380。

〔註176〕〔唐〕陸質：《春秋集傳纂例》，卷一，《春秋宗指議第一》，《文淵閣四庫全書》，第146冊，頁379。

〔註177〕〔唐〕陸質：《春秋集傳纂例》，卷一，《趙氏損益義第五》，《文淵閣四庫全書》，第146冊，頁380。

〔註178〕〔唐〕陸質：《春秋集傳纂例》，卷一，《趙氏損益義第五》，《文淵閣四庫全書》，第146冊，頁383。

事事都皆要變周從夏，凡是不依從常典者，《春秋》即譏刺之，而沒常典可遵循者，聖人就「裁之聖心，以定褒貶。」〔註179〕趙匡之論充分體現儒家的權變觀，貫徹了儒家「守經權變」的法則。可見趙匡有承續師說，亦有所發展。話雖如此，趙匡之論大體不離其師。如他亦支持孔子撰著《春秋》的動機在於救世：「尊王室，正陵僭，舉三綱，提五常，彰善癉惡，不失纖芥。」〔註180〕東周與肅、代宗時期具君權旁落、朝綱不振，以及道德淪喪之共通性，由此「尊王室」主張說具救世之政治實用意義。

　　新春秋學派諸子通過他們對《春秋》主旨之再詮釋，歸納出儒學為「關心民生、改革現實的政治觀念和通權達變的哲學主張。」〔註181〕儒學應該「治學」與「行道」合一，發揮儒家致用哲學，非束諸廟堂的僵死學說。

　　新春秋學派創新之論，不只掀起中唐疑經的另一個高潮，而站在中唐儒學復興前，更是深切地影響了中唐的學術與政治思想。中唐後期的劉、柳重人事、反天命論，即是在紹承傳統的儒學基礎上進行權衡通變；元、白突破了傳統的委婉表達手法來推動詩以美刺政教；古文運動的主推手韓愈與柳宗元雖宗儒道，亦因社會現實而綜合諸家學說，前者寫了具新意的《論語筆解》，後者有引釋入儒之詩文，彼此均因革了傳統儒學。除此之外，還有盧仝（796～835）的《春秋摘微》、馮伉（744～809）的《三傳異同，》以及劉軻（生卒年不詳）的《三傳指要》，等等，均為中唐疑經思潮影響下的不朽傑作。

　　與此同時，政治家陸贄、李吉甫、杜佑（735～812），軍事家如郭子儀，理財家劉晏（715～780）等，也都不約而同地具有該種反對空疏，通經致用之思維。中唐爆發的重民生，除舊弊之「永貞革新」，即是以新春秋學派之主張為思想指導，其中陸質正是該運動的要員之一。

　　必須在這裡提出的是新春秋學派雖有新意，同時亦召來不少排斥聲，如《新唐書》作者歐陽修譴責：「名治《春秋》，摭訕三家，不本所承，自用名學，憑私臆決」，並指出它具「固」與「誣」之病，開後世「穿鑿詭辨，訕前

〔註179〕〔唐〕陸質：《春秋集傳纂例》，卷一，《趙氏損益義第五》，《文淵閣四庫全書》，第 146 冊，頁 383。

〔註180〕〔唐〕陸質：《春秋集傳纂例》，卷一，《趙氏損益義第五》，《文淵閣四庫全書》，第 146 冊，頁 383。

〔註181〕孫昌武：《唐代古文運動通論・「古文運動」的社會與文學背景》，天津：百花文藝出版社，1984 年，頁 24。

人，捨成說」之歪風。〔註182〕

溯源之，王元感首啓疑經，劉知幾與元沖之紹承，新春秋學派崛起，彼此皆對傳統尋章問句之學不滿，才有如斯的「反叛」之舉。可該「反叛」精神，正好爲停滯不前，甚至僵化的儒學尋獲一道出口，讓儒家思想於盛、中唐獲得新發展。若將之擺在整個儒學發展史來作宏觀審視，他們的通變，雖不至於立蛻成一門「新儒學」，可它卻是由漢代章句訓詁之學，發展至宋明心性之學之樞紐，具承上啓下之關鍵作用，自有其珍貴的學術價值，並非無知者之謂「唐朝無儒學」者也。

3. 古文運動與中唐儒學復興

所謂「古文」，乃指先秦諸子散文或兩漢史傳文及論說文，沒有規定形式之單行散句文體，主要區別於魏晉至初唐盛行之駢儷化了的「時文」。駢體文過度講究用典、對偶，以及聲律等文章審美形式，造成內容空虛或文格淫靡。「古文運動」表面糾正「時文」之失，它背後的議程卻指向思想改革，即是一場復興儒學之運動。

士人對駢體文之不滿，肇始於西晉。晉人夏侯湛（243？～291？）不滿文壇充滿浮靡華麗之駢體文，於是模仿《尚書》體作《昆弟誥》。北周魏文帝爲了抑制靡風，令蘇綽（498～546）仿《尚書》製《大誥》，而梁人裴子野（469～530）甚至貶斥駢體文爲「淫文破典」〔註183〕。入唐後，古文與駢體文之間的鬥爭未曾停歇。初唐貞觀君臣、初唐四傑、陳子昂、劉知幾、張說，再至推展古文比較成熟的天寶、大曆年間之元結、李華、獨孤及、梁肅與蕭穎士等人，從不同角度來批評六朝綺靡文風，而彼等最後均指向文章要經世致用，與儒家文觀結合起來。

無論如何，先驅者的言論中，均未明確地將古文與發揚儒道掛鉤。直接高舉復興儒學大纛者，爲貞元末推動「古文運動」之韓愈與柳宗元。韓愈少孤，由伯兄韓會（738？～779？）與兄嫂撫養。〔註184〕蕭穎士子蕭存（生卒年不詳）

〔註182〕〔宋〕歐陽修、宋祁：《新唐書》，卷二百，《啖助列傳贊第一百二十五儒學下》，頁 5708。

〔註183〕〔梁〕裴子野：《雕蟲論》，郭紹虞主編：《中國歷代文論選》第一冊，上海：上海古籍出版社，頁 324。

〔註184〕《新唐書》：「愈生三歲而孤，隨伯兄會貶官嶺表。會卒，嫂鄭鞠之。」參見〔宋〕歐陽修、宋祁：《新唐書》，卷一百七十六，《韓愈列傳第一百一》，頁 5708。

「亮直有父風，有文辭」，韓會與之有交往，由此可以推論蕭存在文學審美觀點上或多或少影響了韓愈，加之史載「韓愈少爲存所知」〔註185〕，更充分論證韓愈文觀與中唐儒學復興之先驅者乃一脈相承。可韓愈卻不墨守前規，另有開拓。

　　中唐古文運動的表面雖爲打倒駢文儷句之一項文學復古運動，但韓愈與柳宗元的骨子裏更著重於「文者以明道」〔註186〕，該概括「古文運動」大旨之言爲柳宗元於元和八年（813）提出。所謂「文」，指向單行散句的「散文」，而「道」則指堯、舜、禹、湯、文、武、周公，再至孔孟等儒家聖人之道，韓愈稱之爲儒家「道統」。易言之，該場運動主要嘗試恢復儒學之正統地位也。

　　韓愈曾自白：「愈之爲古文，豈獨取其句讀不類於今者邪？思古人而不得見，學古道則欲兼通其辭；通其辭者，本志乎古道者也！」〔註187〕又指出「愈之所志於古者，不惟其辭之好，好其道焉爾」〔註188〕，可見古文運動者雖將「古道」與「古文」捆綁一塊，卻有輕重之別：把「明道」前置，強調先「道」後「文」。雖然有論者指出韓愈一方面強調護「道」，另一方面卻有強烈之表現欲，常「以文爲戲」，呈「文道破裂」現象。然而韓愈爲文基本以儒道爲主，正如史書贊曰：「至貞元、元和間，愈遂以六經之文爲諸儒倡，障堤末流，反剽以樸，劙僞以眞。……其道蓋自比孟軻，以荀況、楊雄爲未淳，寧不信然？……皇皇於仁義，可謂篤道君子矣」〔註189〕。

　　永貞革新後命運乖桀之柳宗元，雖長年貶謫荒南，亦透過給求教之青年學子書信，以及透過本身的創作實踐，闡發文學思想，爲古文運動獻力。柳宗元注重內容與文探，他在贈豆盧生（生卒年不詳）的序言中強調爲文應該避免「無乎內而飾乎外」，或「有乎內而不飾乎外」之偏失。〔註190〕理想的文章需兼顧思想與內容，質文並美。可是若無法統一兩者時，該以何者爲重？柳宗元主張「大都文以行爲本，在先誠其中」，〔註191〕意思是寫出一篇好文章

〔註185〕〔宋〕歐陽修、宋祁：《新唐書》，卷二百二，《蕭穎士列傳第一百二十七文藝中》，頁 5770。

〔註186〕〔唐〕柳宗元：《柳宗元集》，卷三十四，《答韋中立論師道書》，北京：中華書局，2000 年，頁 873。

〔註187〕〔唐〕韓愈：《韓昌黎文集校注》，卷五，《題歐陽生哀辭後》，香港：中華書局，1984 年，頁 178。

〔註188〕〔唐〕韓愈：《韓昌黎文集校注》，卷三，《題歐陽生哀辭後》，頁 102。

〔註189〕〔宋〕歐陽修、宋祁：《新唐書》，卷一百七十六，《韓愈列傳贊曰第一百一》，頁 5269。

〔註190〕〔唐〕柳宗元：《柳宗元集》，卷二十二，《送豆盧膺秀才南遊序》，頁 607。

〔註191〕〔唐〕柳宗元：《柳宗元集》，卷三十四，《報袁君陳秀才避師名書》，頁 880。

前，必須要有良好的道德行爲，故其答案是不言而喻的。

歷來學者對韓、柳之文學異同作過多方比較。柳宗元文章情感含蓄內斂，爲文不避駢儷，如其不少碑誌即是很好的駢體佳作。韓愈創作語言重革新創造，詞必己出，其情感則直落恣肆。韓愈的文學涵養主儒家五經，而柳宗元則兼取五經、論孟、《左傳》、《國語》、《莊子》、《楚辭》與《史記》等，容納度比較廣泛。最爲學者津津樂道者爲韓愈之排佛，而柳宗元卻大量引禪道入詩文。既然兩者多異點，他們何以會被後世共推爲古文運動之主要領導者？主因爲彼此均「崇尙儒道」也。必須瞭解的是韓、柳之道同中有異，由於該牽涉複雜，非三言兩語可以交代，就不岔開討論下去了。

上文論證「古文運動」與「儒學復興」互爲表裏，孫昌武卻不贊同此說，認爲唐代文學的成就，包括「古文」的興起，「其根本動力不在儒道」。他反而提出正因爲傳統經學教條之束縛被打破，古文才會興盛，而所謂「打破」，往往是改革者「採取了標舉儒道名號或改造它的某些內容的方式進行的」。〔註192〕論者之意爲古文得以興盛，實拜儒學衰落所致，此乃從特定角度來分析，姑不評論。筆者則認爲恰恰是中唐儒道不施，方須仰賴「古文」扶狂瀾於既倒，正如上揭古文運動的背後議程在於復興儒學，韓愈、柳宗元諸子推動運動目的，直指式微之儒學也。論者指出古文運動之聲勢壯浩，即代表運動掀起了中唐儒學之復興。

孫昌武又認爲從陳子昂至元結的「古文運動」，作爲其主導思想與前進動力者，主要非經學，可是他另一方面又承認如蕭穎士及李華等，「儒學觀念起了一定作用，但他們吸取和發揚的是經世致用，褒貶諷喻的方面」，並說「即使是標舉儒學口號的人，他們也不迷戀經學教條，而往往是發揮儒學的某些有益於世的方面」。〔註193〕孫昌武稱「經世致用」、「褒貶諷喻」及「有益於世」等，實乃本書前幾章節反復論述之儒家詩教內涵。初、盛唐章句之學固然凝滯了儒學發展，但打破了經學教條，轉爲講實用，重諷喻之道，依然契合儒學，甚至可以說更貼近先秦孔孟之用世思想〔註194〕。

韓、柳「文以明道」之「道」，非單純之儒道，實乃綜合諸子之道，該論早爲學界所共識。話說回來，韓、柳畢竟還是高舉儒家旗幟，蘊含一定程度

〔註192〕孫昌武：《唐代古文運動淺議》，《唐代文學論叢》總第三輯，西安：陝西人民出版社，1983 年，頁 35。

〔註193〕孫昌武：《唐代古文運動淺議》，《唐代文學論叢》總第三輯，頁 38。

〔註194〕論文第一章第一節已經詳細論述了儒家的尙用主義與尙用文學觀。

之儒家思想。

　　經初唐《五經正義》及明經帖試之僵化後，天寶至貞元年間李華等以「復古」爲號的文學革新，再接力至貞元中至元和初年間韓、柳諸子古文運動之改造，諸種努力猶如爲儒學注入一股股鮮血，帶來活力。「古文運動」與「新春秋學派」一樣，非單純的文學革新，是中唐「儒學復興」之別稱，而成果是文學、經學，還有儒學，彼此交叉影響，相互於貞元至元和間獲得復蘇、改造，以及成長。

　　古文運動掀起之儒學思潮，又對當時之詩歌審美具一定的影響力。元、白高度發揚詩教規諷勸諭主旨，此前人之述備矣，無需加以論證。然而以「奇詭矯激」見稱的韓、孟，亦有借詩以言政教之主張。孟郊於《送魏端公入朝》中感懷已身長年淪爲下吏，「徒懷青雲階，忽至白髮年。何當補風教，爲薦三百篇？」〔註195〕詩人深切地期盼詩作能發揮救時補教之效。中唐後期兩大詩派均有偏重儒家詩教精神之傾向，不可說未受文學思潮之牽制影響。

　　元、白於元和初登仕壇，書寫強調美刺政教之詩歌，其創作時間，正好接替發韌於貞元中末之古文運動。除此之外，兩大詩派的幾位主要詩人彼此間互有交遊往來，或詩文唱酬，存世詩作有白居易的《和韓侍郎苦雨》與《同韓侍郎遊鄭家池吟詩小飲》，元稹向韓愈索花詩《辛夷花》，而韓愈亦有《同水部張員外曲江春遊寄白二十二舍人》，以及贈答元稹之《答元侍御書》。同時，韓愈更爲元稹亡妻韋叢（783？～809？）寫了《監察御史元君妻京兆韋氏墓誌銘》，由此可見彼此之間的密切交往。〔註196〕

　　關於韓、孟與元、白詩派的詩論與實踐，以及他們對詩教之接受，會在下兩章仔細論述。

4. 執政者對儒學之態度

　　「武創業，文守成，百世不易之道也。若乃舉天下一之於仁義，莫若儒。」〔註197〕安史之亂後，執政者要鞏固政權，維持綱紀，推展儒學是最佳的選擇。本書前三小節主要集中敘述了中唐文士對振興儒學的倡議，今反過來看看執

〔註195〕〔唐〕孟郊：《送魏端公入朝》，郝世鋒箋注：《孟郊詩集箋注》，石家莊：河北教育出版社，2002 年，頁 407。

〔註196〕鄧新躍對韓愈與白居易之間的交遊作詳盡之考察。參見鄧新躍：《韓愈白居易文學交遊考》，《中國古代文學論叢——湖南科技大學中國古代文學學科論文選》，上海：上海古籍出版社，2004 年，頁 209～217。

〔註197〕〔宋〕歐陽修、宋祁：《新唐書》，卷二百，《儒學篇序》，頁 5637。

政者之反應。翻遍《舊唐書》、《新唐書》以及《資治通鑑》等有關記載唐史的主要史籍，未察覺肅、代宗多少崇儒之事蹟。國勢蜩螗，戰事頻仍，執政者的目光自然集中於如何剿匪及應付藩鎮，無暇顧及相對次要的倫理教化問題。無論如何，尚有些跡象可勘察執政者對儒學之態度。

肅宗唯一可考的崇儒活動則是於乾元三年（760）四月，改年號爲上元，並「追封周太公望爲武成王，依文宣王例置廟」〔註198〕。史書多載述其通道佞佛之事蹟，如至德二載（757），「上（肅宗）常使僧數百人爲道場於內，晨夜誦佛」〔註199〕。肅宗佞佛至以宮殿爲道場，招大批僧人入宮誦經做法，後雖經勸諫做罷，可其沉溺釋、道程度可見一斑。上行下效，朝臣亦多奉佛。宰相房琯（697～763）因失寵，竟「多稱病不朝謁，不以職事爲意」，反而「日與庶子劉秩、諫議大夫李揖，高談釋、老」。〔註200〕

乾元元年六月，肅宗因通道而答允王璵（生卒年不詳）之請，「立太一壇於（長安）南郊東」。此外，更因不豫，竟然迷信占卜者指山川作祟，遣派「中使與女巫乘驛分禱天下名山、大川」，結果不但無益助，反「巫恃勢，所過煩擾州縣，干求受賕。」嗚呼！執政者一人之偏執武斷，遭殃者卻是可憐老百姓。〔註201〕

廟號代宗之李豫（726～779），爲肅宗長子，史書稱其「仁孝溫恭，動必由禮，幼而好學，尤專《禮》、《易》，……」〔註202〕然而該精通儒家典籍之皇帝，繼位後不但未發展儒學，反而承續父王佞佛通道之習尚。永泰元年（765）九月庚寅朔（初一），代宗於資聖寺與西明寺設置了百尺高的壇座，延請高僧宣講《仁王經》。與此同時，爲了配合，朝廷尚大肆鋪張，「內出經二寶輿，以人爲菩薩、鬼神之狀，導以音樂鹵簿，百官迎於光順門外，從至寺。」〔註203〕直至丙午（十七日），「及奴虜寇逼京畿，方罷講」。〔註204〕可是待危機稍息，「冬十月己未，復講《仁王經》於資聖寺。」〔註205〕代宗時期，外寇常侵

〔註198〕〔後晉〕劉昫等撰：《舊唐書》，卷十，《肅宗本紀第十》，頁259。
〔註199〕〔宋〕司馬光：《資治通鑑》，卷二百一十九，《唐紀三十五》，頁7024。
〔註200〕〔宋〕司馬光：《資治通鑑》，卷二百一十九，《唐紀三十五》，頁7024。
〔註201〕〔宋〕司馬光：《資治通鑑》，卷二百二十，《唐紀三十六》，頁7056。
〔註202〕〔後晉〕劉昫等撰：《舊唐書》，卷十一，《代宗本紀第十一》，頁267。
〔註203〕〔宋〕司馬光：《資治通鑑》，卷二百二十三，《唐紀三十九》，頁7176。
〔註204〕〔後晉〕劉昫等撰：《舊唐書》冊二，卷十一，《代宗本紀第十一》，頁281。
〔註205〕〔後晉〕劉昫等撰：《舊唐書》冊二，卷十一，《代宗本紀第十一》，頁281。

擾，國君唯一應對方法卻是「常于禁中飯僧百餘人，有寇至則令僧講《仁王經》以禳之，寇去則厚加賞賜。」〔註206〕將人為的禍患託付於渺不可測之神靈，除體現執政者溺於佛、道之外，更充分顯示了其無知及無能矣。

史書裏記載代宗起初只「好祠祀，未甚重佛」〔註207〕，皆因宰相元載、王縉及杜鴻漸（709～769）信佛，並屢以佛教因果報應論來進諫，上方深信之，「由是中外臣民承流相化，皆廢人事而奉佛」〔註208〕。王縉與杜鴻漸大量修建佛寺，後者相信佛祖庇祐，使之平安出使蜀地，所以設齋供養一千名僧人。〔註209〕大曆三年（768），代宗幸章敬寺剃度僧尼一千人。〔註210〕大曆九年（774），因興善寺胡僧涅槃，上「贈開府儀同三司、司空，賜爵蕭國公」〔註211〕，一介僧人竟蒙如斯殊榮，其封爵僅略遜於位極人臣的忠武王郭子儀，可見佛教於代宗心目中之地位。

話說回來，從鞏固政權及經邦濟世角度來說，稍有所知的帝皇即理解儒學之積極入世及倫理綱常之主張，畢竟比強調出世之佛、道較具政教實效性，故佞佛、道如高宗及武后等亦不揚棄儒學。自安史之亂後，國子監的房舍及廳堂等設施均嚴遭損毀，加之將領軍士之借住，肇成「太學空設，諸生蓋寡」，昔日興旺之「弦誦之地」，今則「寂寥無聲」。〔註212〕該全國最高學府，培育儒學之搖籃，已形同虛設。國子祭酒蕭昕（699～791）因此上奏「學校不可遂廢」〔註213〕，嘗試假借復校來復興儒學。

大曆元年春（766），代宗敕旨復修國子監，並在其制書裏表達了支持儒學之意，「朕志承體理，尤重儒術，先王設教，敢不虔行。……」〔註214〕可是一個月後，代宗為國子監舉行釋奠禮，竟讓「僅能執筆辨章句」的大宦官魚朝恩，大刺刺地親登國子監講壇，為百官與眾學子講述經典！可見代宗時期儒學之式微，以及飽受鄙薄，已達可悲復可笑之境地。呂思勉評論得好，「以

〔註206〕〔宋〕司馬光：《資治通鑑》，卷二百二十四，《唐紀四十》，頁7196。
〔註207〕〔宋〕司馬光：《資治通鑑》，卷二百二十四，《唐紀四十》，頁7196。
〔註208〕〔宋〕司馬光：《資治通鑑》，卷二百二十四，《唐紀四十》，頁7196～7197。
〔註209〕〔宋〕司馬光：《資治通鑑》，卷二百二十四，《唐紀四十》，頁7196。
〔註210〕〔宋〕司馬光：《資治通鑑》，卷二百二十四，《唐紀四十》頁7197。
〔註211〕〔宋〕司馬光：《資治通鑑》，卷二百二十五，《唐紀四十一》，頁7227。
〔註212〕〔後晉〕劉昫等撰：《舊唐書》，卷十一，《代宗本紀第十一》，頁281。
〔註213〕〔宋〕司馬光：《資治通鑑》，卷二百二十四，《唐紀四十》，頁7188。
〔註214〕〔後晉〕劉昫等撰：《舊唐書》，卷十一，《代宗本紀第十一》，頁281。

宦人而高坐說《易》，陳教坊之樂於上庠，事類兒戲，只足發噱」〔註215〕。

　　至於德宗時期的儒學待遇，與前朝相比較，則稍有些好轉。史書裏雖未直接記載德宗崇儒之事蹟，可是觀察他的舉措，多契合儒家隆禮節與仁民愛物思想，尤其初踐阼時更顯見。德宗前，凡是公主出嫁，公婆皆要對之行拜禮，而媳婦卻不必答禮。德宗認爲此舉不合禮數。建中元年（780），上敕命禮官「定公主拜見舅、姑及婿之諸父、兄、姐之儀，……」，易改之與普通家庭持相同禮節。又有位親王的縣主出嫁，是日卻巧遇德宗從父妹去世，而被詔令停嫁。有司以「供張已備，且殤服不足廢事」爲由反對德宗之命令，而德宗反以「爾愛其費，我愛其禮」來阻止婚禮。〔註216〕

　　大曆十四年（779），德宗縱珍禽、出宮女，〔註217〕又因「上欲以德懷之」，將代宗時期俘虜得來的五百名吐蕃人，「各賜襲衣而遣之」。〔註218〕德宗執政初期屢見該類合儒家仁德之舉。在此同時，德宗也展現了他不似前代國君，如肅、代宗般迷信陰陽鬼神之說。代宗出殯時，有司因德宗本命在午（正中），不敢犯沖，而將靈車稍偏道邊行走，結果遭德宗哭斥，「安有枉靈駕而謀身利乎」，遂改中行。又代宗只依七月期滿之禮法入葬，也不另擇日。〔註219〕該顯例充分證明德宗早期爲崇儒重禮之國君。

　　《資治通鑑》作者司馬光稱德宗初即位時，因以崔祐甫（721～780）爲宰相，「務崇寬大，故當時政聲藹然，以爲有貞觀之風」。〔註220〕作者將之比諸唐史上之著名貞觀之治，許是高抬了些，但可見其理政比前兩朝清明得多。可惜，建中二年（781），德宗開始偏寵「貌醜而心險」之盧杞（？～785？），擢升之爲門下侍郎，並同平章事。〔註221〕從此小人弄權，國君屢受欺詐擺佈。翌年，「盧杞爲相，知上性多嫉，因以疑似離間群臣，始勸上以嚴刻御下，中外失望」〔註222〕。再經建中四年朱泚之亂，險些失國，導致皇帝思想行爲驟變。貞元年間之德宗，竟然表現得與歷朝昏庸諸君幾無兩樣矣。

〔註215〕呂思勉：《隋唐五代史》，上海：上海古籍出版社，1984 年，頁 1266。

〔註216〕〔宋〕司馬光：《資治通鑑》，卷二百二十六，《唐紀四十二》，頁 7290。

〔註217〕〔宋〕司馬光：《資治通鑑》，卷二百二十五，《唐紀四十一》，頁 7260。

〔註218〕〔宋〕司馬光：《資治通鑑》，卷二百二十六，《唐紀四十二》，頁 7268。

〔註219〕〔宋〕司馬光：《資治通鑑》，卷二百二十六，《唐紀四十二》，頁 7272。

〔註220〕〔宋〕司馬光：《資治通鑑》，卷二百二十七，《唐紀四十三》，頁 7329。

〔註221〕〔宋〕司馬光：《資治通鑑》，卷二百二十六，《唐紀四十二》，頁 7297。

〔註222〕〔宋〕司馬光：《資治通鑑》，卷二百二十七，《唐紀四十三》，頁 7329。

　　史書未記載多少德宗後期轉奉佛、道之事蹟。唯一可考者僅這麼一則：貞元十二年（796）四月，「上生日，故事，命沙門、道士講論於麟德殿，至是，始命以儒士參之」〔註223〕。每逢國君誕辰之重大日子，皆延請和尚與道士講經論道，由此推測德宗似乎有一定程度的奉佛通道。此外，儒士要待至該年才准予參與，也可見當時儒學之式微。可惜我們無法獲悉麟德殿之講論始於何時，否則可以進一步考察三教在德宗時期之地位演變。總的來說，肅、代、德三朝五十年間，除德宗早期舉止稍合儒道外，儒學其實深陷低窪中。

　　至於順宗則享祚太短，除了上節敘述之「永貞革命」事件外，似乎沒多少大事蹟被史書所記述，更甭論對儒學之影響或任何貢獻。與此同時，史書裏亦沒記載「中興之主」憲宗對復興中唐儒學的任何貢獻，反之憲宗卻曾質疑儒學的功能：「漢元優游於儒術，盛業竟衰」。白居易於「才識兼茂、明於體用科」試策中回應「非儒學之過也，學之不得其道也」〔註224〕，而元稹更強調「尚儒術而衰盛業，蓋章句之學興，而經緯之文喪也。」元稹又指出如今通經明義者，不過是「覆射數字」與「辨析章條」而已。〔註225〕從元、白之試策對答中，深刻映現初唐定《五經正義》於一尊，並制定所謂明經「帖經」試之餘毒，禍延百年，荼害社稷與儒生。

　　元和十四年（819），憲宗從鳳翔法門寺迎佛指骨舍利，先供養在宮中三天，然後再論送至京城各寺。由於獲得皇上御敕，掀起了全國崇佛熱潮，「王公士庶，奔走捨施，唯恐在後。百姓有廢業破產、燒頂灼臂而求供養者。」〔註226〕韓愈為此上《諫迎佛骨表》，激烈反對後遭貶謫。憲宗之佞佛，從此為後世所熟悉矣。

　　憲宗本身雖未顯示多少的崇儒行動，元和時期卻是儒學復興之高潮。韓、柳推動的「古文運動」，元、白宣導之「新樂府運動」，均於此時充盈迸發。幾乎所有元和詩人，從韓、柳、元、白至劉禹錫、孟郊、張籍、李賀及李紳等，彼等詩作與詩論不同程度地體現詩教的痕跡，都為中唐的儒學復興貢獻了一定的力量。本書第四與第五兩章將會詳盡剖析該課題，茲不先述。可以

〔註223〕〔宋〕司馬光：《唐紀五十一》，卷二百三十五，《資治通鑑》，頁7571。

〔註224〕〔唐〕白居易：《才識兼茂明於體用策一道》，朱金城箋注：《白居易集箋校》，卷四十七，上海：上海古籍出版社，2003年，頁2847。

〔註225〕〔唐〕元稹：《才識兼茂明於體用策一道》，《元稹集》，卷二十八，北京：中華書局，2000年，頁336。

〔註226〕〔後晉〕劉昫等撰：《舊唐書》，卷一百六十，《韓愈列傳第一百一》，頁4198。

這麼說，中唐士人提倡儒學，而皇帝卻佞佛通道，該局勢與貞觀君臣崇儒，而開元則君尚儒，臣溺釋、道，迥然有異，亦相映成趣。

如本章第一節揭示，憲宗後的穆、敬、文宗等中唐後期三朝，近二十年間朝廷君臣均忙碌於內憂外患中。「內憂」一指朝臣與宦官之互鬥，二則重臣彼此間的「牛李黨爭」；「外患」則指藩鎮以及吐蕃南蠻等外族之騷亂。文宗「銳意懲革，躬行儉素，以率屬之」，爲該三朝中對推動儒學較落力者。大和七年（833）八月，上下詔令：「皇太子方從師傅傳授六經，一、二年後，當令齒冑國庠，以興墜典。宜令國子選名儒，置五經博士各一人。……」〔註227〕文宗欲復興儒學，可是其努力，如其政治改革，最後均化爲烏有。

小結

中唐儒學之復興，背後具有政治、經濟、文學、經學等相互交叉之影響，可說是社會發展到特定時期，有識之士要求改革之必然結果。儒學於元和達至高潮後，其發展幾乎可以「一蹶不振」來形容，可從晚唐名詩人羅隱（833～910）的《謁文宣王廟》一詩中窺探：

> 晚來乘興謁先師，松柏淒淒人不知。
> 九仞蕭牆堆瓦礫，三間茅殿走狐狸。
> 雨淋狀似悲麟泣，露滴還同歎鳳悲。
> 倘使小儒名稍立，豈教吾道受棲遲！（657／7608）

詩中除了對晚唐儒學之沒落寄予無限悲情外，生動地描繪出了當時儒學之慘狀。

〔註227〕〔後晉〕劉昫等撰：《舊唐書》，卷十七下，《文宗本紀第十七下》，頁551。